W0202887

Frank Maria Reifenberg

AN DEN UFERN DES OROWANGO

Gustavs & Kulus

ABENTEUERLICHE REISE ZUM KONGO

ueberreuter

Gustavs & Kulus Reiseroute

1. Hamburg
2. Sankt Petersburg
3. Riga
4. Southhampton
5. Brest
6. Kap Finisterre
7. Lissabon
8. Casablanca
9. Madeira
10. Kapverdische Inseln
11. Dakar
12. Monrovia
13. Lomé
14. Grand Popo
15. Boma / Mündung des Kongo

Gustavs und Kulus Heimatorte sind fiktiv und somit auf keiner Karte dieser Welt zu finden. Alle anderen Orte existieren wirklich.

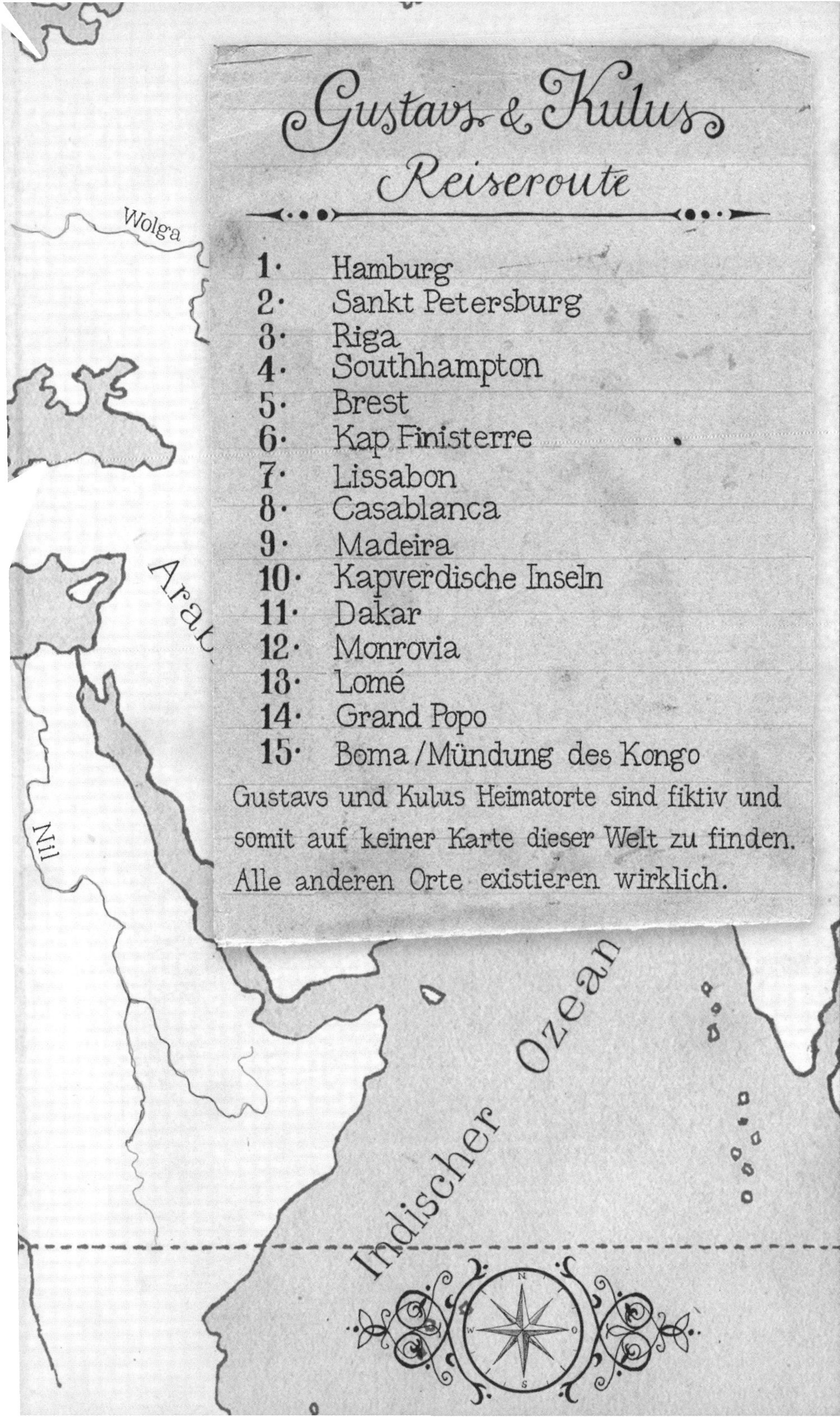

Hinweis

Diese Geschichte spielt vor über 125 Jahren, als die Menschen des afrikanischen Kontinents von europäischen Mächten entrechtet, unterdrückt und ausgebeutet wurden. Der Kolonialismus dieser Zeit gründete unter anderem darauf, dass die Menschen dort als kulturlose »Wilde« betrachtet wurden. Dieses falsche Gefühl der Überlegenheit drückte sich auch in der Wahl der Worte aus, mit denen die Menschen bezeichnet wurden. Heute werden diese Bezeichnungen häufig nach wie vor benutzt. Das schreibt den Rassismus in unsere Zeit fort. In diesem Text werden Wörter benutzt, die damals als »normal« galten und zeitgemäß waren, aber – damals wie heute – unangemessen, verletzend und menschenverachtend sind.

»Unsere Väter lebten angenehm. Sie hatten Rinder und Feldfrüchte; sie hatten Salzsümpfe und Bananenbäume. Plötzlich sahen sie ein großes Schiff aus dem Ozean emporsteigen. Dieses Schiff hatte vollständig weiße Flügel, die wie Klingen funkelten. Weiße Männer kamen aus dem Wasser und sprachen Worte, die niemand verstand. Unsere Vorfahren ergriff die Furcht; sie sagten, das seien vumbi, Geister, die von den Toten zurückkehrten. Sie trieben sie mit Pfeilhageln zurück ins Meer. Die vumbi aber spien mit Donnergeräusch Feuer. Viele Menschen wurden getötet.«

Der Geschichtenerzähler Mukunzo Kioko aus dem Pende-Volk

I

»Wer der Schwarzen Mamba einmal ins Maul geschaut hat, weiß, warum die Schlange ihren Namen trägt. Kurz darauf ist er jedoch tot, das ist so gut wie sicher. Er wird mit seinem gerade gewonnenen Wissen niemanden mehr beeindrucken können.

An den Ufern des Kongo und seinen vielen Nebenflüssen fühlt die Schwarze Mamba sich wohl. Sie liebt die Büsche und Wälder in der Nähe von Gewässern.

Die Schlange ist scheu, niemals würde sie einfach zum Vergnügen angreifen. Aber leider stattet sie oft den Siedlungen der Menschen in der Morgendämmerung einen Besuch ab, nachdem sie die Nacht in ihrer Erdhöhle verbracht hat.«

1

Gustav war im wohl ungefährlichsten und langweiligsten Ort der ganzen Welt aufgewachsen: In Bokkelsen passierte nie etwas. Man regte sich auf, wenn der Fuchs im Gänsestall wütete oder eine Kuh am Milzbrand verendete. Einmal hatte jemand den Klingelbeutel in der Kirche mitgehen lassen, ihn dann aber aus Angst vor Gottes Zorn zwei Tage später heimlich zurückgebracht.

Doch dann veränderte ein unerwartetes Ereignis Gustavs Leben schlagartig. Und das nur, weil er an jenem schönen Tag im späten Frühling im Laden der buckeligen Erna den Korb vergaß, in dem er der Frau vierzig Eier von den Altsteierischen Hennen aus dem Hühnerstall seines Onkels gebracht hatte. Das gehörte jeden Freitag zu seinen Aufgaben.

Gustav war klar, wie die Strafe aussehen würde, wenn er ohne den Korb nach Hause kam. Der Onkel wartete geradezu auf jede Gelegenheit, um seinen Neffen mit einem Seil, in das er an einem Ende einen Knoten geschlungen hatte, zu verprügeln. Also lief Gustav noch einmal zurück in den Laden. Und da sah er ihn, als er wieder aus dem Geschäft trat: den Mann auf dem Hochrad.

Auf dem Kopf trug der Mann einen Turban. Er war in bunte Gewänder gekleidet, mit Glöckchen und silbernen Quasten an den Schäften der Stiefel. Hoch über den Köpfen der Leute durchquerte er auf seinem Hochrad sitzend das Dorf. Dabei verteilte er Handzettel und warf den Mägden, die aus den Häusern strömten und ihre Fäuste in die Hüften stemmten, freche Blicke zu, sodass diese erröteten und kicherten.

Hinter ihm tanzten Clowns und eine Dame mit Bart über die staubige Dorfstraße, ein anderer, dicker Mann pustete in die Tuba, ein dritter schlug eine Trommel, dass es einem in den Ohren dröhnte. Zwei Ochsen zogen einen Wagen, dessen Ladung allerdings von einem ehemals sicher prunkvollen, aber inzwischen häufig geflickten, rot schimmernden Samtvorhang verhüllt wurde. Darin saßen bestimmt wilde Tiere, die vor den Augen des neugierigen Volkes am Straßenrand geschützt werden mussten.

Und schließlich thronte ein Mann in einer Uniform, die jedem Gardeoffizier alle Ehre gemacht hätte, hoch oben im Nacken eines grauen Kolosses – einem echten und lebenden Elefanten. In einer Hand hielt der Mann ein Schnupftuch, in der anderen ein Zepter, als sei er der Kaiser Wilhelm persönlich.

»Kommen Sie und staunen Sie«, rief der Uniformierte immer wieder. »Hier treffen Sie auf Löwenbändiger, den tanzenden Elefanten Elmonstro, die Schlangenlady! Das alles und noch viel mehr bewundern die wertesten Herrschaften im weltsensationellen Circus Corelli. So etwas hat die Welt noch nicht gesehen, so etwas hat Bokkelsen noch nicht gesehen!«

Der Tuba-Spieler quetschte einen Tusch aus seiner Tuba, der Trommler trommelte einen Wirbel, die Clowns jauchzten und schlugen Purzelbäume.

»Und wenn Sie davon noch nicht genug haben, erleben Sie etwas, das Sie in der Nacht um den wohlverdienten Schlaf bringen wird. Exklusiv und nur bei Corelli: die Vorführung der großen Kongo-Neger-Truppe, echte Kannibalen aus den

Tiefen des afrikanischen Dschungels. Mitsamt dem weltbesten Bogenschützen, der es mit Wilhelm Tell jederzeit aufnimmt.«

Als das Wort *Kongo* fiel, durchzuckte es Gustav: Boma, Kongo, westliches Afrika, der Ort, von dem vor fast drei Jahren eine Postkarte abgeschickt worden war an ihn, Gustav Kröger, adressiert, mit einer bunten Briefmarke darauf. Leider war diese Postkarte das einzige und zugleich letzte Lebenszeichen seines Vaters gewesen, der im Auftrag eines Fabrikanten die gefährliche Reise von Hamburg aus angetreten hatte. Er sollte dabei helfen, die Kupfer-Vorkommen im westlichen Afrika zu erschließen und war dann auf Nimmerwiedersehen verschwunden. Im Jahr darauf war Gustavs Mutter an der Schwindsucht gestorben und Gustavs Onkel Friedereich Sörensen zu seinem Vormund ernannt worden.

Gustav kam nicht dazu, bei diesem Gedanken zu verweilen, denn nun ertönte ein besonders lauter Tusch. Ein Mädchen in einem eng geschnürten Korsett zog blitzschnell an einem Seil hinten an dem Wagen.

Ein mannshoher Käfig kam zum Vorschein.

»Ach du gütiger Herr Jesus!«, rief die Frau vom Bäcker und fiel in Ohnmacht. Ein paar der jüngeren Mädchen hielten sich die Hände vor die Augen, um gleich darauf zwischen den Fingern hindurchzuschauen, und Jonte und Fiete feuerten auch schon die ersten Steine auf das Gefährt ab.

Keine Tiger, keine Löwen, nicht einmal ein paar dressierte Pudel schauten aus dem Käfig hinab auf den Weg. Stattdessen blinzelten vierzehn müde Augenpaare, weil ihnen plötzlich die grelle Sommersonne hineinstach.

»Kongo«, flüsterte Gustav und auch ihm fiel die Kinnlade herunter.

Die Gestalten rührten sich nicht, fast mochte man meinen, dass sie aus Marmor gemeißelt waren, aus pechschwarzem Marmor, von dem sich nur die wenigen Fetzen der Tierfelle abhoben, die ihre Scham bedeckten. Ein oder zwei trugen Federbüsche auf dem Kopf, ein Mann saß in der Mitte auf einem hölzernen Thron und verbarg sein Gesicht hinter einer aus Holz geschnitzten Maske, die Gustav kurz Angst einflößte.

Er hatte noch nie einen Menschen gesehen, der keine schneeweiße Haut wie die Bewohner von Bokkelsen hatte. Für einen Augenblick dachte Gustav, dass jemand die vierzehn angemalt haben musste, vielleicht mit der Schuhwichse, die Herrn von Mörbeeks Reitstiefel immer so vornehm schwarz glänzen ließ.

In dessen Bibliothek gab es Reiseberichte mit Fotografien von solchen Menschen, wie sie vor Strohhütten standen, Männer mit Schilden und Lanzen oder Frauen, die nackte Babys auf dem Arm hielten. Eine solche Fotografie war jedoch ganz etwas anderes als diese lebenden Wesen, die Gustav und die anderen Dorfbewohner nun anstarrten.

Gustavs Blick wanderte langsam von dem Mann auf dem Thron, der der Häuptling dieser Kannibalen zu sein schien, zu einem Jungen zu dessen Rechten, der ungefähr in Gustavs Alter war und dessen Anblick ihn fesselte. Er stellte sich vor, wie es wohl sein mochte, wenn er in einem Käfig durch ein fremdes Dorf gefahren würde. Ein schöner Gedanke war das nicht.

Die Stirn des Jungen auf dem Wagen umspannte ein Band mit Federn und seine Haut im Gesicht und am ganzen Körper war mit einem goldenen Puder eingestäubt, der in der Sonne schimmerte. Die hohen Wangenknochen und das gereckte Kinn verliehen ihm einen entschlossenen Ausdruck. Grimmig und stolz schaute er von dem Wagen hinab. Er hatte sich einen Bogen um die Brust gelegt und hielt ein Bündel Pfeile in der Hand.

Für einen kleinen Moment trafen sich seine und Gustavs Blicke. Gustav lief ein Schauer über den Rücken und im nächsten Augenblick schämte er sich. Seine Mutter hatte ihn früher oft ermahnt, dass er andere Leute nicht so unverschämt anstarren sollte. »Außerdem siehst du dann aus wie ein dämlicher Ochs vorm Berg«, klangen ihm ihre Worte noch im Ohr.

Der Wagen rollte an ihm vorbei und der Blickkontakt brach ab. Schreiend folgten die Dorfkinder der eigentümlichen Prozession. Nur Gustav blieb zurück.

Fiete sprang an dem Käfig hinauf und rüttelte an den Stäben. Einer der Zirkusleute riss ihn hinunter, ein anderer warf das rote Tuch wieder über die menschliche Fracht. »Das muss reichen«, schallte der Ruf des Zirkusdirektors durch die Straße. »Mehr gibt's nur für das zahlende Publikum«, fügte er hinzu und fast so schnell, wie diese aufregende Truppe erschienen war, machte sie sich wieder aus dem Staub.

Gustav stand da mit dem Eier-Korb und dachte an den Jungen mit dem Bogen und den Pfeilen. Sein Blick war so grimmig gewesen. Ob es eine gute Idee war, gerade diesem Jungen eine tödliche Waffe in die Hand zu geben?

»Jungchen, was machst du denn noch hier?«, hörte er da hinter sich die Stimme der buckligen Erna. Also nahm er die Beine in die Hand und machte sich auf den Rückweg zum Hof des Onkels. Dem fiel natürlich irgendein Grund für eine Tracht Prügel ein, die er seinem Neffen und Mündel verabreichte, um ihn dann ohne Abendbrot in seine Kammer über dem Kuhstall zu schicken.

An Schlaf war für Gustav allerdings zunächst nicht zu denken, und als die Müdigkeit ihn doch endlich übermannte, warf er sich auf seinem Strohsack in wilden Träumen hin und her – von Elefanten und Kannibalen und von dem großen Fluss Kongo und dem Urwald, in dem sein Vater verschollen war.

Gustav wachte am nächsten Tag auf, bevor der Hahn krähte und die Kühe ungeduldig schrien, weil die Milch in ihren Eutern drückte. Geschlafen hatte er nur ein paar Stunden.

Während er die Kühe molk, erzählte er ihnen haarklein, was er am Vortag gesehen hatte. Sie waren die einzigen Wesen auf dem Bauernhof, die ihm geduldig zuhörten und ihm nicht eine hinter die Ohren gaben oder mit ihm schimpften, dass er seine Zeit nicht mit dummen Geschichten verbringen sollte. So machte es nämlich ansonsten jeder: der Großknecht, die Küchenmagd und besonders sein Onkel Friedereich. Prompt hörte er die Stimme des Onkels im Nacken.

»Die Milch wird sauer, wenn du das arme Viehzeug vollschwatzt«, knurrte er, aber wenigstens versetzte er Gustav keine Kopfnuss. »Du bringst dem Herrn von Mörbeek zwei Kannen, spute dich.«

»Und er hat einen Bogen und Pfeile«, wisperte Gustav der letzten Kuh ins Ohr, als er sie zum Schluss zwischen den Augen kraulte.

Er konnte es kaum erwarten, bis die Zirkusleute endlich ihr Zelt aufstellen würden und die ersten Vorstellungen begannen, aber bis dahin musste er sich gedulden. Also schulterte er das kleine Joch mit den beiden Eisenhaken an jedem Ende, mit denen er die Kannen am Henkel anheben konnte. Die Last war immer noch schwer, aber bis ins Dorf und zum Haus des Herrn von Mörbeek würde er es schaffen.

Die Dorfbewohner sprachen über nichts anderes als über die Kannibalen. Man munkelte einiges. Der Apotheker aus der Stadt sei von den Zirkusleuten geholt worden, hatte die Küchenmagd gehört: Die Wilden trügen Krankheiten ins Land, von den Blattern war die Rede, von der Cholera oder gar der Pest, die sie alle ausradieren würde.

Hinter vorgehaltener Hand ging es um ganz andere Dinge, auch auf dem Hof von Gustavs Onkel. Gerüchte, dass diese Frauen die feurigste Lust in einem Manne auslösen konnten, machten die Runde. Nicht zu bändigen seien sie und man müsse aufpassen, dass man nach dem Liebesspiel nicht aufgefressen werde, schließlich seien es Kannibalen, behauptete der Großknecht, lachte dreckig und schlug sich auf die Schenkel, vielleicht, weil er seine eigenen Geschichten nicht glaubte.

»Auf das Geschwätz der Leute musst du nicht hören«, sagte Herr von Mörbeek, als Gustav die Milch bei ihm ablieferte. Der Herr hatte schon weite Reisen um die halbe Welt gemacht und verfügte über eine beachtliche Bibliothek. »Gleiches gilt für die Kannibalen, die Wollust und einfach alles, was die Leute darüber reden.« Herr von Mörbeek seufzte. »Dieses dumme Volk. Spätestens wenn die Gerüchte dreimal durchs Dorf und wieder zurück gewandert sind, werden sie für bare Münze genommen. Auf keiner meiner Reisen ist mir jemals ein Volk oder auch nur ein einziger Mensch begegnet, der sich am Fleische eines anderen Menschen in solcher Weise vergangen hat.« Er zündete sich eine seiner Pfeifen aus feinstem Meerschaum an.

Das war das Zeichen, dass er zu einer längeren Geschichte ausholen würde. »Der Mensch als solcher kann ein Teufel oder ein Engel sein. Ob er dabei auch noch Mann oder Frau, reich oder arm, schwarz oder weiß oder gelb oder rot im Gesicht ist, ob er zum großen Allah oder zum lieben Gott betet oder ob er lieber Sauerkraut stampft oder Pfeife raucht, ist ganz egal.«

Den Zusammenhang zwischen Sauerkraut und Kannibalen verstand Gustav nicht, aber er traute sich nicht, danach zu fragen. Sowieso interessierte er sich mehr für die Pfeile, die der Junge mit dem düsteren Blick in der Hand gehalten hatte, und für das Wort des Ausrufers auf dem Hochrad, das Gustav wie ein Schlag getroffen hatte: Die Kannibalen stammten aus dem Kongo-Gebiet, wo sein Vater verschollen war, dem Herz des schwarzen Kontinents, wie Herr von Mörbeek es ausdrückte.

»Vielleicht hat einer von ihnen meinen Vater gesehen«, rief Gustav daher aufgeregt. Er hatte den Satz noch nicht ganz ausgesprochen, da wurde ihm schon klar, dass er nicht nur vorlaut, sondern auch töricht gewesen war.

Und richtig: Herr von Mörbeek lachte ihn prompt aus. Er holte aus dem Schrank, in dem er die großen Atlanten und Landkarten aus aller Welt aufbewahrte, ein großes aufgerolltes Papier und breitete es auf dem Tisch aus.

»Das ist Afrika. Du kannst China und Indien und die Vereinigten Staaten und das gute alte Europa und noch mehr hineinpacken. So unendlich groß ist es«, sagte er.

Gustavs Mundwinkel sanken nach unten.

»Und schau dir das an: der Kongo. Ein Fluss, den noch kaum jemand von der Quelle bis zur Mündung bereist hat, und wenn du es tun würdest, träfest du bei diesem Abenteuer wahrscheinlich mehr unterschiedliche Völker als auf einer Reise von Paris bis in die Mongolei.« Er rollte die Karte wieder auf. »So, nun haben wir genug geplaudert. Willst du dir noch ein Buch mitnehmen? Ich habe gerade gestern eine druckfrische Ausgabe von Karl May bekommen, eine Wild-West-Geschichte, die magst du doch?«

»Heute nicht, ich nehme sie ein anderes Mal mit«, sagte Gustav. An jedem anderen Tag hätte er sofort zugegriffen, denn die Bücher, mit denen Herr von Mörbeek ihn versorgte, waren oft die einzige Ablenkung vom trostlosen Alltag auf dem Hof des Onkels. Aber heute hatte er noch etwas vor und da störte das teure Buch, auf das er dann aufpassen musste, nur.

2

Eigentlich sollte er am Mittag mit dem Knecht auf dem Acker die frühen Kartoffeln ernten, stattdessen lief Gustav nun geradewegs zur Wiese, wo die Zirkustruppe ihr Lager aus Wohnwagen aufgeschlagen hatte. Das Zelt mit der Manege stand bereits fertig da. Es bestand aus roten und weißen Stoffbahnen, Wimpel schmückten es, Fahnen mit dem geschwungenen Schriftzug des Zirkus wehten darüber.

Auf dem Platz davor übten Artisten halsbrecherische Sprünge auf dem Trampolin, andere kletterten übereinander, bis sie eine Menschenpyramide bildeten, die Clowns schlugen Purzelbäume.

Wäscheleinen waren zwischen den Wohnwagen aufgespannt, die Beschriftungen und Malereien in allen Farben des Regenbogens zierten. Ein paar Frauen saßen herum, sie flickten Trikots und Kostüme, eine rief ihm zu: »Komm, Junge, ich lese dir aus der Hand und sage dir auf den Tag genau, wann dir das Lebenslicht ausgehaucht wird!«

Die anderen lachten, als er schnell weiterging.

Ein Kassenhäuschen stand am Eingang zur Wiese, die der Bürgermeister dem Zirkus zugewiesen hatte. Vor dem Häuschen hing eine Tafel mit dem Eintrittsgeld darauf. Gustav schluckte. Sein gesamtes Barvermögen würde nicht ausreichen. Eine halbe Mark sollte das Vergnügen kosten.

»Wenn du dir ein paar Mark verdienen willst, hier wird immer Hilfe gebraucht«, sprach ein blasses Mädchen ihn an, als er gerade einen Zettel betrachtete, der am Kassenhäuschen angeschlagen war und auf dem geschrieben stand: *Junger Mann zum Mitreisen gesucht! Kost und Unterkunft frei und jede Menge Trinkgeld!*

»Ich bin Sadhana, die indische Schlangenfrau.« Sie streckte Gustav die Hand entgegen, und er schüttelte sie. »Eigentlich heiße ich aber Lotte und komme aus Breslau.«

Ihre Hand war kalt, was Gustav nicht wunderte, denn alles an ihr war dünn und blass. Dann beugte sie sich nach hinten und schaute ihn gleich darauf zwischen ihren Beinen hindurch an.

»Aber ich rate dir nicht dazu«, sagte Sadhana oder Lotte.

Gustav runzelte die Stirn. Er verstand nicht, was sie meinte.

»Mitreisen. Das tust du besser nicht. Sowieso ist nichts schöner, als irgendwo für immer zu bleiben. Wer kann, läuft dem Direktor schnell wieder weg. Er ist ein Schinder, weder Mensch noch Tier achtet er, nur die Taler in seinem Geldsack interessieren ihn. Zwei Stallburschen hat er innerhalb der letzten Woche in die Flucht geschlagen.«

»Warum läufst du nicht weg?«, fragte Gustav.

»Ach, wer braucht schon eine Schlangenfrau?« Sie seufzte und brachte alle ihre Knochen wieder in die richtige Ordnung. »Soll ich als Magd in einer Küche das schmutzige Geschirr schrubben? Außerdem bin ich seine Tochter. Mein Leben ist die Manege und ohne den Applaus am Abend schlafe ich schlecht in der Nacht … Oje, da ist er schon wieder.«

Der Zirkusdirektor stapfte heran. Er schimpfte das blasse Mädchen aus: »Was tändelst du herum? Machst du dem Bauernburschen schöne Augen? Und du, Bengel?«, wandte er sich Gustav zu. »Du machst dich vom Acker oder du machst dich nützlich.«

Das Schlangenmädchen verdrehte hinter dem Rücken des Direktors die Augen, dann lief sie eilig davon.

»Da drüben stehen die Mistgabel und der Schrubber. Blitzblank machst du alles, auch den Hintern von Elmonstro.« Dabei klatschte er auf seinen Allerwertesten. Gustavs Antwort wartete der Direktor nicht ab, sondern wedelte nur mit dem Schnupftuch und ging davon.

Gustav lief hinüber zum Gehege von Elmonstro. Es bestand aus Eisenstangen, die in den Boden gerammt worden waren, und Holzlatten, die die Stangen miteinander verbanden. Ganz oben und ganz unten war Stacheldraht gespannt. Gustav fragte sich, ob ein Elefant mit ein bisschen Stacheldraht davon abgehalten werden konnte, einen solchen Zaun niederzutrampeln. Elmonstro stand jedoch sehr friedlich an einem Trog, der mit Gemüseabfällen und Heu gefüllt war. Er schob sich in aller Gemütlichkeit das Grünzeug mit dem Rüssel ins Maul.

In einer Ecke entdeckte Gustav einen jungen Mann. Er trug über dem nackten Oberkörper nur eine lederne Weste und auf dem Kopf einen Strohhut. Mit einem roten Halstuch wischte er sich den Schweiß aus dem Gesicht. »Dem Herr im Himmel sei Dank«, stieß er hervor. »Endlich ein neuer Stallbursche.« Er stand auf, steckte den Stummel eines Zigarillos in den Mundwinkel und tippte an die Krempe des Strohhuts. »Donny Dagger, Messerwerfer, Kunstreiter und bis vor einer Minute für die Scheiße am Arsch von Elmonstro zuständig. Rate mal, welches meiner Talente jetzt nicht mehr gefragt ist? … Richtig«, sagte er und spuckte auf den Boden. »Die Scheiße. Die ist jetzt deine Sache und ich sage dir, das Monster kackt mit einer

Ladung mehr als ein Kavallerieregiment der alten Preußen in einer Woche. Jetzt holen wir erst einmal Wasser. Schnapp dir das Lama, sie heißt Isabella. Und Möhre nehme ich.« Er zeigte auf ein seltsames Wesen, das eigentlich wie ein Maulesel aussah. Sein Fell war jedoch eigentümlich schwarz und weiß gestreift. »Möhre müssen wir neu anstreichen. Letzten Monat ist unser Zebra eingegangen, aber die gute alte Möhre macht sich mit ihren Streifen gar nicht schlecht.«

Nachdem Elmonstros Hintern sauber und all der Dung und Mist beseitigt waren, winkte Donny Dagger Gustav mit einer verschwörerischen Geste zu sich. Er schaute sich mehrmals um, wahrscheinlich um sicherzugehen, dass der große Corelli sie nicht beobachtete.

»Komm mit«, sagte der Messerwerfer.

Sie schlichen sich entlang der Wohnwagen, umrundeten das Zirkuszelt und erreichten dahinter schließlich einen Zaun, der aus fingerdicken, eng gesteckten Weidenruten bestand. Gustav konnte nicht hinüberschauen, selbst wenn er sich auf die Schultern von Donny Dagger gestellt hätte. Auf einer Seite gab es einen Zugang, eine Art Flügeltür, die aus etwas dickeren Ästen des Weidenbaums gezimmert war.

Ein Schild hing darüber:

Willkommen im
Original-Kongo-Negerdorf
präsentiert von Alfonso Corelli
Eintritt 1 Mark

Donny Dagger zog einen Schlüssel hervor und steckte ihn in das Vorhängeschloss, mit dem das Tor verriegelt war. Noch einmal warf er einen Blick über die Schulter, dann zog er Gustav am Hemd und schob ihn in das abgesperrte Gelände.

Der eingezäunte Bereich war größer, als Gustav es erwartet hatte: Fünf Hütten aus Strohmatten und mit runden Strohdächern umringten einen kleinen Platz, in dessen Mitte sich eine Feuerstelle aus dicken Steinbrocken befand. Zwischen den Hütten standen Gestelle, an denen bunt bemalte Schilde hingen. Den Mittelpunkt des Ganzen bildete ein aus roh behauenen Stämmen gezimmertes Podest. Darauf stand ein unbequem wirkender Sitz mit hoher Rückenlehne. Darüber schützten bunte Tücher und die Felle von wilden Tieren denjenigen, der hier thronen sollte, denn nichts anderes als den Thron einer fürstlichen Person stellte das ganze Gebilde dar, das war Gustav sofort klar. An ein paar in den Boden gerammten Speeren hingen Troddeln und Quasten aus Federn und getrockneten Grasbüscheln. Und kleine, bräunliche, kugelförmige Dinger.

Donny ging hinüber, nahm eine von diesen herunterbaumelnden Kugeln in die Hand. Mit einer plötzlichen Bewegung warf er sie Gustav zu. Der schnappte danach.

Ein grinsendes Gesicht schaute ihn an, als er die Hand öffnete und die Kugel betrachtete. Aus den vertrockneten Lippen des Gesichts standen gelbliche Zähne hervor, die Stirn war von zauseligen Haarbüscheln umrahmt.

Mit einem Schreckensschrei ließ Gustav den Kopf fallen.

»Schrumpfköpfe.« Donny lachte. »Original und vollkommen echt, das gibt es nur bei Corelli.« Er hob den eingetrockneten Kopf auf und pustete den Staub aus den Haaren. »Du solltest etwas vorsichtiger mit Corellis Schätzen umgehen. Ach, wahrscheinlich ist es sowieso Betrug. Bei Corelli ist alles Betrug, sogar er selbst. Er ist so wenig ein Italiener wie ich ein Hottentotte oder Möhre ein Zebra. Er hat den ganzen Kram bei einem Halunken in Genua erstanden. Ein gecker Vogel mit einem Zylinder, der seine eigenen Landsleute verkauft hat. Wie die Fliegen sind sie ihm gestorben auf der Überfahrt vom Kongo nach Europa. Und den Rest wollte dieser Kerl dann schnell loswerden.«

Gustav zuckte zusammen. Schon wieder: Boma. Kongo. Westliches Afrika. Die Postkarte von seinem Vater. Er schwieg jedoch und ließ Donny Dagger weiterreden.

»Sie hatten Typhus an Bord, keine schöne Sache, das sage ich dir. Da haben ihnen ihre Schutzgeister und an was sie alles glauben auch nicht geholfen.« Donny drehte sich auf dem Absatz um und hielt Ausschau. »Wo ist das ganze Volk eigentlich?«

Es war keine Menschenseele zu sehen. Der Dorfplatz wirkte wie ausgestorben.

Donny Dagger spuckte erneut aus und gab einen Fluch von sich, der sich gewaschen hatte. »Es ist immer dasselbe mit ihnen, deswegen wird nie etwas aus den Faulpelzen, und ja, Faulpelze, das sind sie. Den ganzen Tag in ihren Hütten herumliegen, das wollen sie. Alles nachtragen soll man ihnen. Sie denken, dass sie von fürstlichem Blut sind, nur weil sie hier für uns ihre Schau aufführen«, schimpfte er vor sich hin. »Und weil Corelli ohne sie tatsächlich längst bankrott wäre. Die Kongo-Neger füllen die Kasse. Uns anderen droht er alle naselang damit, uns auf die Straße zu setzen.«

Er stapfte von einer Hütte zur anderen. Mit einem Holzstecken stocherte er durch die Tücher ins Innere, rief Namen und dass die schwarzen Faulpelze gefälligst ihren Hintern in Bewegung setzen sollten.

Gustav wunderte sich, dass es lauter deutsche Namen waren. Er fragte Donny Dagger danach.

»Kannste doch gar nicht aussprechen, wie die sich nennen.« Donny lachte dreckig. »Humbabumba und wie sie alle heißen mögen, wer soll sich das merken?«

Aus der letzten Hütte ertönte zuerst ein grässliches Husten, dann begann ein Kind zu weinen.

Der Messerwerfer stöhnte. »Sie machen mich noch wahnsinnig, jeden Tag spielt ein anderer den Kranken.«

Nach und nach traten die Bewohner der Hütten hinaus ans Tageslicht. Sie gaben ein Bild des Jammers ab. Schon bei ihrem Umzug durch das Dorf hatten sie keinen besonders glücklichen Eindruck bei Gustav hinterlassen, aber nun taten sie ihm einfach nur leid. Zwei jungen Frauen tränten die entzündeten Augen. Eine andere Frau hustete genau wie ihr Baby. Auf ihrer Stirn standen Schweißperlen, ihr Blick huschte fiebrig umher.

»Frau krank, Kind krank«, sagte einer der Männer. »Brauchen Medizin.«

»Medizin?«, rief Dagger aus. »Bist du noch ganz bei Verstand? Der Apotheker war doch schon da. Holt euren Medizinmann oder beschwört die Geister eurer Vorfahren … Ach, verdammt und zugenäht, dann soll das Weib sich eben einen Tag ausruhen.«

Den Mann der kranken Frau stieß er mit dem Stecken gegen die Brust.

»Aber du gibst uns heute den Stammeshäuptling, nun mach schon, hol dein Zeug. Nimm das Leopardenfell und den Kopfschmuck, es wird jetzt alles geprobt, so gehört sich das für uns

Artisten. Das Publikum hat eine perfekte Darbietung verdient, wenn sie schon so dämlich sind, eine volle und ganze Reichsmark für euch zu bezahlen.«

Danach scheuchte er die Menschen über den Platz. Die jungen Männer mussten Schwertkämpfe vorführen, die Frauen zerrieben in hölzernen Schalen Getreide, ein älterer Mann schlug mit bloßen Händen eine Trommel und alle zusammen tanzten dazu. So ging es eine Weile weiter, bis zum Höhepunkt der Schau ein wildes Geheule einsetzte und einer der jungen Männer von den anderen gejagt, gefangen und schließlich vor dem Thron des Stammeshäuptlings niedergeworfen wurde, um bibbernd und bebend vor gespielter Angst sein Urteil zu erwarten. Wieder setzte ein Geheule ein, denn es war zweifellos ein Todesurteil, das auf der Stelle vollstreckt wurde, zumindest wurde so getan, als schlage man dem armen Kerl den Kopf ab.

»In der Vorstellung nehmen wir Schweineblut dafür«, sagte Donny Dagger und voller Stolz fügte er hinzu: »Dolle Sache, oder? Hab ich mir alles ausgedacht.«

Es war also alles Schwindel, und es hätte Gustav nicht gewundert, wenn beim nächsten Regenguss alle Farbe von den ausgemergelten Körpern gespült worden wäre. Aber die Menschen waren wohl das einzig Echte an der ganzen Darbietung.

Dann fiel ihm auf, wer die ganze Zeit über gefehlt hatte. »Wo ist der Bogenschütze?«, fragte er.

»Ich hoffe, der tut, was ihm gesagt wurde, und übt den Schuss. Er muss bei jeder Vorstellung einen Apfel vom Kopf einer hübschen Maid aus dem Publikum hinunterschießen, da wäre es besser, er trifft.«

Donny Dagger rief ein paar Mal nach ihm. Er wurde dabei immer wütender und übersah in seinem Ärger, wie eine Gestalt aus einem der Zelte schlich, sich am hinteren Teil der Umzäunung zu schaffen machte und hinausschlüpfte.

Gustav jedoch hatte diese Gestalt bemerkt und erkannt.

3

Gustav hatte den Zirkusplatz eilig hinter sich gelassen. Den Jungen, der durch die Umzäunung geschlüpft war, verlor er trotzdem aus den Augen. Doch auf dem Weg zurück zum Hof lag der kleine Weiher und dort schien sich etwas zu tun. Das Ufer war mit hohen Binsen und Schilf bewachsen. Dort lagen ein paar Gestalten in Deckung: Jonte, der Sohn des Pastors, Fiete, der am Ende des Sommers als Lehrjunge zum Zimmermann gehen sollte, und dessen Cousine Eva, die immer in Hosen herumlief und auch sonst nicht von den Jungen zu unterscheiden war. Sie beobachteten jemanden, der gerade in dem Moment, als Gustav dazukam, unter Wasser verschwand.

»Still«, zischte Eva.

»Was willst du hier?«, blaffte Fiete.

Jonte legte den Zeigefinger auf die Lippen und duckte sich.

Das Wasser kräuselte sich kaum noch, die Oberfläche lag ganz ruhig im Licht der langsam nach Westen hinsinkenden Sonne.

»Vielleicht hat ihn der große Willi gepackt und in den Schlamm gezogen«, wisperte Jonte.

Vorm großen Willi hatten alle Kinder im Dorf Angst, jedenfalls alle, die im Weiher schwimmen gingen. Gesehen hatte den mächtigen Wels allerdings noch nie jemand. Angeblich war er zwei Meter lang und konnte mühelos ein Lamm vertilgen, das sich zu nah ans Wasser wagte.

»Wen hat der große Willi gepackt?«, fragte Gustav.

Die Wasseroberfläche wurde plötzlich von etwas durchstoßen. Es schoss aus der Tiefe, japste nach Luft und klatschte zurück ins Wasser. Der große Willi war es nicht, das erkannte Gustav schnell, denn es hatte Arme und Beine.

»Er ist überall schwarz«, rief Fiete. »Auch untenrum! Ich habe es doch gesagt. Die Wette habe ich gewonnen«, fügte er noch hinzu, weil man jetzt erneut den schwarzen Hintern des Jungen für einen kurzen Moment sehen konnte, bevor er wieder zurück ins Wasser platschte und untertauchte. »Guck nicht hin, Eva«, befahl Fiete.

»Blödmann«, antwortete Eva.

»Sollen wir ihn schnappen?«, fragte Jonte. »Wenn er abgehauen ist, bekommen wir eine Belohnung. Und dann kriegt er die Peitsche zu spüren und zwar nicht zu knapp.«

In Jontes Augen blitzte die Vorfreude darauf. Es war genau zu erkennen, wie er sich auf ein solches Schauspiel freute.

»Du spinnst wohl«, sagte Eva.

»Peitschen darf man niemand, egal welche Farbe er hat, das sagt Herr von Mörbeek«, sagte Gustav.

»Was mischst du dich hier ein? Dein schlauer Herr von Mörbeek kann mir gestohlen bleiben!« Jonte sprang auf, so schnell, wie Gustav es noch nie bei ihm erlebt hatte, weil er ein bisschen dick war und sich ungern bewegte. Er packte Gustav an den Hosenträgern, zerrte ihn aus dem Schilf und boxte ohne Vorwarnung los, zuerst in Gustavs Bauch und dann zweimal mit einem linken Haken von unten gegen das Kinn und auf die Nase.

»Du spinnst wohl«, rief Eva noch einmal, aber Fiete hielt sie zurück.

Jonte stieß Gustav mit einem Tritt ins seichte Wasser des Ufers, das sich vom Blut aus Gustavs Nase rot färbte.

»Der Kannibale ist weg, kommt mit!«, befahl Jonte.

Fiete befolgte den Befehl. Fiete befolgte alle Befehle, die Jonte ihm gab. Eva dachte gar nicht daran. Sie reichte Gustav die Hand, um ihm aus dem Wasser zu helfen.

»Danke«, sagte Gustav.

Hinter dem Bootshaus am anderen Ende des Weihers war jetzt ein lautes Geschrei zu hören. Eva und Gustav nahmen die Beine in die Hand. Als sie am Ort des Geschreis ankamen, stand dort Jonte mit einem Knäuel Zeugs in der Hand. Er wedelte damit herum, nach links und nach rechts und rief: »Komm schon, du Kaffer, hol dir deine Plünnen. Wir sind hier nich im Busch, hier läuft man nich mit'm nackend Hintern rum.«

Der Junge bedeckte mit einer Hand seine Scham. Mit der anderen griff er nach den bunten Stoffen in Jontes Hand. Der dachte jedoch nicht daran, sie herauszurücken, sondern zog sie immer wieder blitzschnell weg. Fiete feuerte Jonte an, seine Stimme und sein Lachen überschlugen sich und wurden zu einem Gekreisch voller Hohn und Spott, während Eva ihren Vetter als Dööskopp beschimpfte.

Der fremde Junge brachte keinen Ton heraus, aber Gustav sah genau, wie sein Blick immer düsterer wurde und sich eine steile Zornesfalte in seine Stirn grub.

Wie gut konnte er den Jungen verstehen.

Jonte machte diesen Scherz mit jedem, der sein Zeug irgendwo am Ufer hinlegte, wenn er ein paar Runden im Weiher schwimmen wollte. Gustav selbst war das auch schon passiert.

Der Junge spielte das Spielchen jedoch nicht lange mit. Er drehte sich um, watete ein paar Schritte zum Ufer, dann wendete er blitzschnell und stürmte auf Jonte zu. Der Schrei, den er dabei ausstieß, ging durch Mark und Bein.

Der röhrende, tiefe Laut erstarb erst, als der Junge mit voller Wucht gegen Jonte prallte. Bei den letzten Schritten hatte er sich ein wenig gebückt und den Kopf gesenkt, sodass sich sein harter Schädel tief in die Magengrube seines Gegners bohrte. Mit einem pfeifenden Geräusch entwich Jonte die Luft. Seine Augen weiteten sich, voller Erstaunen, aber auch, weil er nach Atem ringen musste. Wie ein gefällter Baum kippte er nach hinten.

Eva lachte.

Fiete starrte stumm auf seinen Herrn und Gebieter.

Der fremde Junge nutzte die Gelegenheit und schnappte sich die Kleider aus Jontes Hand. Mit geschmeidigen Bewegungen schlüpfte er hinein. Nun stand er da in einer blau und grün gestreiften Pluderhose und einem roten Hemd mit Rüschen an den Manschetten und am Kragen.

Die Arme verschränkte er vor der Brust, das Kinn schob er mit entschlossener Miene nach vorne. *Komm nur, wenn du dich traust!,* war die unmissverständliche Botschaft.

Jonte traute sich. So etwas hatte es noch nie gegeben! Jemand wagte es, sich ihm zu widersetzen. »Du schmuddeliger, schwarzer Hundsfott«, zischte Jonte. »Das sollst du bereuen.«

»Lass es gut sein«, versuchte Eva, ihn zu beruhigen.

Gustav ahnte, dass die ganze Sache kein gutes Ende nehmen würde. Jonte trug fast immer ein Klappmesser bei sich, mit dem er schon oft herumgefuchtelt hatte. Bisher hatte er das Messer jedoch nur benutzt, um einem Hasen das Fell abzuziehen oder eine Forelle auszunehmen.

»Steck das Messer weg«, sagte Gustav.

»Mach ihn fertig!«, brüllte Fiete.

Jonte schnaubte vor Wut. Sein Gegner war flink, das hatte er gezeigt, aber er hatte Jonte vor seinen Freunden herausgefordert – eine Schmach, die sich im ganzen Dorf herumsprechen würde.

Der Junge baute sich mit verschränkten Armen und geradezu hochmütiger Miene kaum zwei Meter vor Jonte auf. Vielleicht glaubte er, Jonte mit seinem Mut beeindrucken zu können. Vielleicht wusste er einfach nicht, wie man in Bokkelsen solche Dinge regelte. Ganz sicher wusste er das nicht, denn er machte im nächsten Moment alles noch schlimmer, indem er sagte: »Ich bin Kulu Ndaye Mukambu.« Der Tonfall, in dem der Junge es aussprach, triefte vor Verachtung.

Jonte stapfte mit drei schwerfälligen Schritten, unter denen die morschen Planken des Bootsstegs erzitterten, vor. Schon zischte die Klinge des Messers von rechts nach links, verfehlte ihr Ziel jedoch. Gustav glaubte zu hören, wie die Schneide die Luft zerteilte.

Der Junge stolperte zurück und stürzte zu Boden.

Jonte sprang vor und ging über dem Jungen in die Knie. Er landete mit den Schienbeinen auf den Oberarmen des Jungen. Der wand und bog sich unter dem Gewicht. »Du hochnäsiger Kaffer«, sagte Jonte. »Dir zeige ich es.« Dabei griff er sich die Nase des Jungen mit zwei Fingern und zog sie lang. In der anderen Hand hielt er immer noch das Messer.

»Nicht!«, schrie Eva.

»Mach schon«, rief Fiete. »Schneid ihm die Nase ab!«

Gustav griff nach dem Erstbesten, was ihm in die Finger kam – einer Latte, die sich aus der Wand des verfallenen Bootshauses gelöst hatte. Er zielte nicht, er schlug einfach mit großem Schwung zu. Das Holz traf gerade im richtigen Augenblick Jontes Hand und das Messer flog im hohen Bogen in den Weiher.

Jonte schaute verdattert zuerst auf seine leere Hand, dann auf die Latte und dann in Gustavs Augen. Der fremde Junge nutzte die Gelegenheit, um sich zu befreien und aufzuspringen.

»Komm, schnell!«, rief Gustav und packte ihn am Ellbogen. Wütende Schreie folgten ihnen, als sie den Weg hinunter zur Mühle und weiter zum Hof von Gustavs Onkels entlangrannten, aber es folgte ihnen niemand.

Sie schlichen sich über die untere Wiese hinauf zur großen Scheune. Gustav legte den Zeigefinger auf die Lippen. Er deutete nach oben auf das Rosenspalier. »Dort hinauf«, flüsterte er. »Und dann zu der Luke.«

Es war die einzige Öffnung, durch die ein bisschen Licht in den Verschlag im Dachboden fiel.

»Da wohne ich«, sagte Gustav. »Und früher auch meine Schwester. Aber die ist nicht da, weil sie jetzt in Diensten steht, bei vornehmen Leuten in der Stadt. Ich heiße Gustav.«

Erst jetzt kam ihm der Gedanke, dass der Junge ihn vielleicht gar nicht verstand, aber der Junge sagte: »Kulu.« Er tippte sich mit der flachen Hand auf die Brust.

»Ja. Kulu Ndaye Makumba«, sprach Gustav zum ersten Mal seinen vollständigen Namen aus.

Der Junge lachte. »Kulu Ndaye Mukambu.«

»Mukambu«, sagte Gustav es noch einmal, dieses Mal richtig. »Kulu Ndaye Mukambu.«

Dann kletterte der Junge voran.

Von Jonte würden sie sicher hören, das war nur eine Frage der Zeit. Allerdings hatte niemand gesehen, wohin sie gelaufen waren, und auf dem Hof hatte auch niemand gesehen, wie sie hinauf in die Kammer geklettert waren. Vorerst konnten sie sich also wahrscheinlich in Sicherheit wiegen.

Sie saßen in Gustavs Kammer, die ärmlicher kaum sein konnte: Ein Bett stand links, eines rechts. Eigentlich waren es nur zusammengehämmerte Latten vom alten Zaun, der früher das Gehege für die Ziegen umschlossen hatte. In jedem von ihnen lagen ein Strohsack und eine wollene Decke, deren Geruch verriet, dass sie einmal Pferdedecken gewesen waren. Ein Schaukelstuhl, dessen Sitz mit einem löchrigen Netz aus Hanf bespannt war, stand direkt unter der Luke. Tagsüber konnte man von hier aus ein Fleckchen Himmel sehen, aber Gustav saß meist nachts darin und schaute in die Sterne.

Kulus neugieriger Blick fiel auf die Bücher, ein kleiner Stapel neben dem Bett, es waren Geschenke von Herrn von Mörbeek. Meistens musste Gustav die Bücher, die er zum Lesen bekam, zurückbringen, aber diese hatte Herr von Mörbeek ihm geschenkt: die Geschichte eines Trappers im Norden Amerikas, die Abenteuer von Kara Ben Nemsi im Lande des Mahdi, Gustavs Lieblingsgeschichte von Jim Hawkins und seiner Reise zur Schatzinsel.

Kulu schlug eines der Bücher auf und begann leise murmelnd zu lesen.

»Du kannst lesen?«, fragte Gustav erstaunt. Damit hatte er nicht gerechnet.

»Ich habe es gelernt bei Pater Ignaz und Pater Ludwig in der Missionsschule. Das ist schon lange her.«

»Hm, gut«, sagte Gustav. Im Dorf hatte es geheißen, die Schwarzen seien Wilde, kaum zu vergleichen mit Menschen, eher mit den Affen, die mit ihnen im Busch lebten.

Kulu schaute Gustav herausfordernd an. Er blätterte an den

Anfang des Buchs, legte seinen Zeigefinger auf das erste Wort und las: »*Flusspiraten des Miss-issi-ppi*«, bei diesem schwierigen Wort stockte er kurz, entzifferte es dann jedoch langsam, aber richtig. »*Von Friedrich Gerstäcker. Vorwort. Schon in früheren Zeiten, als die westlichen Staaten noch als Territorium der Union galten, Dampfboote die Wasser jener mächtigen Ströme noch nicht aufwühlten, und nur unbehülfliche*«, hier schaute er kurz auf, weil er dieses Wort wohl nicht kannte, fuhr aber wieder fort: »*unbehülfliche Kiel- und Flatboote – oft auch sehr passend Archen genannt* ... Archen«, wiederholte er das letzte Wort und lächelte. Es schien ihm zu gefallen.

Gustav musste sich eingestehen, dass der Junge kaum – oder vielleicht gar nicht – schlechter als er selbst las. »Das ist ein Fluss. Weißt du, wo der Mississippi fließt?«

Kulu schüttelte den Kopf.

»In Amerika. Amerika, verstehst du, weit über das Meer.«

»Weit über das Meer«, wiederholte Kulu. Dabei verschloss sich seine Miene. Er wirkte traurig.

»Du bist auch weit über das Meer gefahren?«, fragte Gustav.

Kulu nickte.

»Davon musst du mir erzählen«, sagte Gustav. »Alles!«, fügte er mit großer Entschiedenheit hinzu. »Vorher lasse ich dich nicht gehen. Ich will eines Tages auch über das Meer fahren. Vielleicht nach Amerika oder nach Afrika, dort ist mein Vater. Ich werde ihn suchen.«

Gustav zog die Postkarte, die sein Vater nach seiner Ankunft in Boma am Kongo geschickt hatte, aus einem der Bücher hervor.

Eigentlich war es eine Fotografie, die Hinnerk Kröger selbst zeigte. Umringt von ein paar Männern mit Tropenhelmen und herausgedrückter Brust stand er auf dem Anleger. Überseekoffer, grobe Holzkisten und Seesäcke stapelten sich neben ihnen auf den Brettern des Landungsstegs.

Kulu hielt die Karte ehrfürchtig in den Händen.

Gustav tippte auf die dritte Person von links. »Mein Vater.«

Jetzt lächelte Kulu. »Du siehst aus wie dein táta.«

»Táta?«, wiederholte Gustav das fremde Wort.

»Das heißt Vater, in meiner Sprache«, sagte Kulu. Seine Miene wurde wieder ernst und es breitete sich eine traurige Stille zwischen den beiden Jungen aus.

»Musst du eigentlich zurück zum Zirkus?«, sagte Gustav endlich.

Kulu zuckte die Achseln.

»Nicht?«, fragte Gustav.

Kulu wiederholte die Geste.

Ein sehr gesprächiger Mensch schien er nicht zu sein. Oder misstraut er mir?, fragte Gustav sich. »Aber deine Familie macht sich bestimmt Sorgen«, hakte er nach.

»Ich habe keine Familie«, sagte Kulu.

Gustav schaute ihn verdutzt an. »Die anderen? Im Zirkus?«

»Das ist nicht meine Familie«, gab Kulu zurück.

»Wo sind sie denn? In Afrika? Du bist ganz allein hierhergekommen?« Gustav platzte fast vor Neugier, aber er merkte auch, wie hungrig er mit einem Mal war. Draußen war es mittlerweile dunkel geworden. Wer zum Abendbrot nicht in der großen Küche erschien, ging leer aus. »Hast du Hunger?«, fragte er und schob die Postkarte seines Vaters in die Hosentasche.

»Oh ja!«

»Du bleibst hier und rührst dich nicht vom Fleck«, befahl Gustav.

Kulu nickte.

»Und später erzählst du mir alles!«

Gustav schlich sich hinunter in den Stall. Der Hof lag still und verlassen im schwachen Licht des Mondes. Nur oben in der Reihe der Kammern, wo die Mägde schliefen, flackerte ein Licht. Er musste sich vorsehen, denn Katinka ließ sich nicht gerne die Speisekammer plündern. Gustav wusste jedoch, wo sie den Schlüssel versteckte: Hinter dem Spülbecken konnte man ein Brett zur Seite schieben, dort lag er immer, wenn Tinka ihn nicht bei sich in der Schürze trug. Das Schloss knackte nur leise, als er den großen Schlüssel darin herumdrehte.

Der würzige Duft des Schinkens, der unter der Decke baumelte, schlug ihm entgegen. Schnell sammelte Gustav alles ein, was ihm in die Hände fiel: einen Streifen Speck, ein Stück vom Scheibenhonig, zwei Mettwürste, ein paar Brotkanten und einen Krug vom Leichtbier. Als er zurück in seine Kammer über dem Stall kam, saß Kulu in dem Schaukelstuhl und schaute hinauf in den Himmel, an dem die ersten Sterne blitzten.

Sie schlugen sich die Bäuche voll. Als sie alles mit einem ordentlichen Schluck Bier hinuntergespült hatten, zog Gustav die Knie zur Brust und umklammerte sie mit den Armen. »Nun leg schon los«, forderte er Kulu auf. »Von wo bist du hergekommen? Wo sind deine Eltern? Hast du eine Schwester, wie ich? Hast du schon einmal einen Löwen gejagt? Oder einen Leoparden? Nun lass dir doch nicht jedes Wort aus der Nase ziehen!«

Schon bei Gustavs ersten Sätzen wurde Kulus Blick düster. Sie saßen eine Weile schweigend da, bis Kulu sich schließlich räusperte und mit leiser Stimme zu erzählen begann.

»Es begann alles damit, dass ein Mann in meinem Dorf am Orowango Menschen suchte, um sie zu einer abenteuerlichen Reise zu überreden. Er bot meinen Eltern an, sie in jene Länder des fernen Europas mitzunehmen, in denen er selbst zu Reichtum und Ansehen gekommen war«, erzählte Kulu.

»Ihr müsst gar nichts Besonderes tun«, sagte dieser Mann, der genauso schwarz war wie Kulu, aber einen Namen trug wie ein weißer Mann. »Die weißen Menschen zahlen euch Geld dafür, wenn sie euch ansehen dürfen.«

Kulu wusste damals nicht genau, wozu dieses Geld wichtig war, aber er wusste, dass es für die weißen Herren wichtiger als das Blut in den Adern war, und er lernte bald, dass sie für Geld, das nirgendwo wuchs, das man nicht ernten und nicht jagen konnte, auch Blut vergossen.

»Ihr bekommt vierundsechzig Mark für jeden Monat, den ihr fernab der Heimat verbringt. Zur Hälfte wird es alle vier Wochen ausgezahlt und zur Hälfte, wenn ihr zurückkehrt«, erklärte der Mann.

»Das ist viel Geld«, sagte Pater Ignaz.

»Wer ist Pater Ignaz?«, unterbrach Gustav Kulus Erzählung.

»Pater Ignaz und Pater Ludwig kamen eines Tages in unser Dorf und brachten das dicke Buch der Geschichten vom Gottvater Jesus Heiliger Geist mit«, sagte Kulu. »Schon lange vor diesem Mann.«

Gustav lachte. »So einen Pater gibt es hier auch und Jonte, dem wir eins ausgewischt haben, ist sein Sohn.«

»Die Pater haben mir Lesen und Schreiben beigebracht, aber sonst waren sie zu nichts nützlich«, sagte Kulu.

»Erzähl weiter«, sagte Gustav. »Vierundsechzig Mark, da warst du stehen geblieben.«

Kulu nickte. »Der Pater ließ mich ausrechnen, wie viel das in einem Jahr ausmachte. Ich lag falsch und bekam den Rohrstock zu spüren.«

»Gebt davon großzügig für die Armen«, sagte Pater Ludwig, und er überredete den schwarzen Mann, ihrer Missionsstation Kulus Betrag für den ersten oder besser für die ersten drei Monate als mildtätige Spende zu überlassen. »Der Junge hat schließlich von uns in größter Aufopferung redliche Gottesfurcht und die deutsche Sprache erlernt und kann als Übersetzer für den Rest dienen.«

»Mein Großvater sagte, dass der Mann den bösen Blick hatte.«

Der Großvater redete mit ihm nur, wenn im Beutel, den er an einem Riemen aus der Sehne einer Antilope um den Hals trug, ein starker Fetisch zur Abwehr dieses Blicks steckte. Kulus Großvater war ein kluger Mann, der die Macht der Fetische nicht nur kannte, sondern auch wusste, wie man sie behandeln musste, um die Geister auf seine Seite zu bringen. Ohne dieses Wissen wäre er sicher niemals zum König geworden.

Er war es auch, der Kulu die praktischen Dinge, wie das Bogenschießen, beibrachte. Und er erzählte ihm die Geschichten ihrer gemeinsamen Vorfahren.

»Du bist erst ein Mitglied der Familie, wenn der Älteste dich einlädt, die Geschichten zu hören«, erklärte Kulu Gustav.

Der fremde Mann trug zwar einen wohlklingenden deutschen Namen, jedoch stammte er eigentlich aus einer Gegend, die gerade einmal drei Tagesreisen flussabwärts gelegen war, unterhalb der Stromschnellen, die in einen Wasserfall mündeten. Dieser bildete eine natürliche Grenze, weshalb die Bewohner von Malouku fast nie mit denen südlich des Katarakts zu tun hatten.

Niemand hatte eine Vorstellung davon, was vierundsechzig Mark für einen Monat des Nichtstuns bedeuteten. Kulu selbst wusste nicht einmal, was ein Monat darstellte oder gar ein Jahr, denn ein Jahr könnte es dauern, bis sie wieder zurückkämen, sagte der Mann.

Alle in Kulus Dorf begriffen, dass dieser Mann etwas geschafft hatte. Er hatte einen Namen: Rübenstreich. Wenn er auf weiße Herren traf, nannten sie ihn bei seinem Namen. Er wurde nicht »Nigger!« gerufen oder einfach nur »Hey, du!«, wenn jemand etwas von ihm wollte. Fast behandelten die Weißen ihn wie ihresgleichen. Er aß und trank, was sie aßen und tranken, und saß dabei an einem Tisch mit ihnen.

Er suchte im Auftrag eines Mannes aus Hamburg, das im Reich des Deutschen Kaisers Wilhelm lag, nach wilden Tieren für zoologische Gärten. »Löwen und Elefanten, Zebras, Flusspferde, Würgeschlangen, Papageien, Nasenbären oder Affen jeglicher Art und Größe finden einen reißenden Absatz«, sagte der Mann, nachdem er wenige Tage nach seiner Ankunft einige Dorfbewohner um sich versammelt hatte. »Sie sind ein gutes Geschäft. Es gibt viel Geld. Vielleicht kommt einer von euch auch so weit wie ich, wenn ihr mitgeht«, rief er aus und dabei blieb sein Blick an Kulu hängen. »Komm her, nun mach schon«, befahl er ihm, was Kulu nicht mochte.

Er war der Enkel des Oberhaupts in seinem Dorf. Er ließ sich keine Befehle geben, auch nicht, wenn der Mann eine Jacke mit goldenen Knöpfen und einen hohen Hut trug.

»Was wollte der Mann von dir?«, fragte Gustav.

»Ich hielt meinen Bogen und Pfeile in der Hand. Ich hatte – wie jeden Tag – mit dem Großvater geübt, die Pfeile auch ins kleinste Ziel zu schießen. Das musst du üben, viel üben.«

Gustav nickte. »Verstehe.«

»Und du musst mit solcher Kraft schießen, dass du auch einen angreifenden Leoparden mit einem Schuss ins Herz töten kannst.«

Der Mann holte an jenem Tag eine Münze aus der Tasche seines Mantels und warf sie vor sich in die Luft. Kulu riss den Bogen hoch. Er schoss. Die Münze fiel auf den Boden vor die Stiefel des Mannes.

»Hoppla, nicht getroffen«, sagte der. »Das war wohl zu schnell.«

Er hob die Münze auf, warf sie wieder in die Luft, Kulu schoss und wieder landete sie im Staub.

»Nun ja, vielleicht kannst du den Leuten etwas anderes vorführen«, sagte Rübenstreich. »Eine Trommel schlagen oder tanzen.«

»Ich hatte absichtlich danebengeschossen. Ich wollte nichts vorführen und hoffte, dass der Mann sein Interesse an uns verlor.«

»Egal«, sagte dieser, »Buschneger sind die neueste Sensation in den zoologischen Gärten und Varietés. Das Publikum strömt in Massen herbei, wenn wir eine Kannibalentruppe aus dem Kongo heranschaffen. Wenn also jemand fragt: Ihr seid waschechte Kannibalen, ist das klar?«

Gustav zuckte bei diesem Wort zusammen. Er holte tief Luft, aber Kulu ließ ihn nicht zu Wort kommen: »Ich kannte dieses Wort noch nicht, denn in den Geschichten aus der Bibel war es nicht vorgekommen. Nach seiner Bedeutung fragte ich auch nicht.«

»Ihr seid so eine hübsche Familie«, umschmeichelte Rübenstreich Kulus Vater und seine Mutter, die Kulus kleine Schwester auf dem Arm hielt. »Es gibt eine gute Bezahlung, ihr bekommt feinstes Tuch und schöne Kleidung und ihr seht die Schönheiten fremder Länder und Städte. Wenn ihr Glück habt, dürft ihr euch sogar vor den Königen und Stammesfürsten des weißen Mannes zeigen.«

Er holte eine Glasmurmel aus der Manteltasche. Bunte Schlieren waren darin eingeschlossen. Die Sonne fing sich in ihnen und schleuderte kleine Blitze zurück, die noch Sekunden später leuchtende Flecken in Kulus Augen hinterließen. Kulus Schwester lachte und griff danach und der Mann schenkte ihr diesen Schatz.

Kulus Eltern ließen sich von dem Mann überreden. Sie setzten ihren Fingerabdruck unter ein Papier, das sie nicht lesen konnten. Einen Vertrag nannte der Mann das Papier.

»Mein Großvater befragte die Ahnengeister, die gegen unsere Reise waren. Neumondnächte sind keine gute Zeit für den Beginn einer Wanderschaft, warnte Großvater uns. Unglück kommt über alle, die die Mahnungen der Ahnengeister missachten.«

Rübenstreich opferte den Geistern ein großes tiefrotes Tuch und eine Flasche Brandwein, die bewirkte, dass Kulus Großvater im tiefen Rausch schlief, als er Kulus Familie aus dem Dorf wegbrachte.

Er führte sie ans Ufer des Flusses, von wo er sie mit Booten in die nächste Handelsstation und dann weiter bis zur Küste und schließlich zum Hafen von Boma brachte.

Es gebe noch viel zu erledigen, sagte Rübenstreich. Dann sprach er hastig von Behörden und Papieren und Genehmigungen, und er warnte sie immer wieder, dass sie ihm auf keinen

Fall mehr abhauen durften, weil ihn das eine ganze Menge kosten würde.

Er zahlte auch für ihre neuen Kleider und Schuhe und kaufte die Kiste aus Holz, in der sie ihr weniges Hab und Gut verstauten.

»Nur von meinem Bogen und den Pfeilen trennte ich mich nicht.«

»Das hätte ich auch nicht getan!«, platzte es aus Gustav hervor.

Kulu lächelte. Wann immer es ging, trug er sie bei sich, und er suchte jede Gelegenheit, um sich weiter in der Kunst des Bogenschießens zu üben.

Wie sich herausstellte, hatte der Mann mit dem Zylinder nicht nur Kulus Vater und seine Mutter zu dieser Reise überredet, sondern noch zwei Dutzend andere.

Er hatte im Nachbardorf nicht nur viele Bewohner für die Reise nach Europa begeistern können, sondern auch gleich eine ganze Reihe ihrer Behausungen abbauen und einpacken lassen, samt der Schlafstellen, Töpfe und Tonkrüge, Lanzen und allerlei anderer Waffen – eigentlich fast alles, was man zum alltäglichen Leben brauchte. Es müsse alles sehr naturgetreu aussehen, sagte er, darauf bestünde sein Auftraggeber. Kulu fragte sich, was so aufregend an einem Topf mit gekochtem Maniok sein sollte.

Während er den Herren in den Schreibstuben der Verwaltung Geldscheine zusteckte und auf die Genehmigung zur Abreise wartete, kamen ein paar der Bewohner des Dorfes, das er in große Holzkisten verpackt hatte, und forderten ihr Hab und Gut zurück. Es gab ein großes Palaver, in dem es angeblich auch zu Hexereien und Verwünschungen kam, weil sich herausstellte, dass besonders die Fetische zum Schutz des Dorfes vermisst wurden, die bei Rübenstreich und seinem Auftraggeber besonders begehrt waren.

Ein paar Tage später trat Rübenstreich vor sie. Er hatte sich zu seinem Hut und der Jacke mit den goldenen Knöpfen noch einen Gehstock gekauft, dessen Knauf aus Elfenbein geschnitzt war und den Kopf einer Schlange darstellte. Er teilte mit, dass alle ihr Hab und Gut in ein Bündel schnüren und in Kisten packen sollten. »Der Frühling und der Sommer sind die beste Zeit für eine Tournee. Macht euch darauf gefasst, dass es an unserem Ziel ein bisschen kälter ist als hier.«

Im Hafen wartete die *Vesuvio*, ein Dampfschiff, das unter italienischer Flagge fuhr. Rauch stieg bereits aus dem Schornstein auf, ein Signalhorn schallte über den Quai. Kulus Schwester schrak so heftig zusammen bei dem Geräusch, dass sie sich weigerte, über die Gangway hinauf aufs Passagierdeck zu laufen. Kulu nahm sie auf den Arm und sang ein Lied für sie, wie er es schon oft getan hatte, wenn sie sich in der Nacht vor den Geistern des Waldes gefürchtet hatte. Das Lied hatte keine Worte, aber der Klang seiner Stimme beruhigte sie. Ihre kleinen Hände hangelten nach den Seevögeln, die die *Vesuvio* noch eine Weile begleiteten und sie bemerkte am Ende gar nicht, dass das Land am Horizont verschwand.

Kulu erzählte ihr die Geschichte von dem großen Schiff, das alle Tiere rettete, als die große Flut kam. Da auch an Bord der *Vesuvio* eine Vielzahl von wilden Bestien mitreiste, sogar ein Elefant und ein Krokodil, so groß, wie Kulu noch nie eines zu Hause im Fluss gesehen hatte, fühlte sie sich bald besser.

Schon nach einem Tag mussten jedoch alle Männer mithelfen, den Elefanten über die Reling zu werfen. Er hatte den Abschied aus seiner Heimat nicht so gut verwunden und tobte in seinem Käfig. Immer wieder stieß er seinen harten Schädel gegen die Gitterstäbe, bis ihm das Blut in die kleinen traurigen Augen lief, was das Tier nur noch wilder machte. Als er sich fast schon einen Weg hinaus aus seinem Gefängnis gebahnt hatte, befahl der Kapitän, den Riesen zu erschießen, wogegen der Mann mit lauten Worten und dabei sogar mit seinem Gehstock drohte. Das bewahrte den Elefanten jedoch nicht vor dem Tod. »Ihr seht, was passiert, wenn man sich nicht in sein Schicksal fügt«, knurrte Rübenstreich.

Das machte Kulu Angst.

Die Route nach Norden entlang der Küsten des afrikanischen Kontinents legte der Dampfer schnell zurück, weil er nicht von günstigen Winden abhängig war. Das Schiff steuerte auf seiner Strecke immer wieder Häfen an, in denen Passagiere zustiegen oder an Land gingen und wo alle möglichen Güter in den Laderäumen verstaut oder gelöscht wurden. In Douala an der Küste Kameruns durfte die *Vesuvio* nicht in den Hafen einlaufen, weil eine Quarantäne verhängt worden war: In der Stadt ging eine Krankheit um, die der Kapitän sich nicht an Bord holen wollte.

Kulu verbrachte die Tage auf Deck, im Bug des Schiffes, wenn es die Matrosen erlaubten. Am liebsten wäre er ganz vorne an die Spitze geklettert, um stundenlang ins Wasser zu starren.

Immer wieder begleiteten Delfine die Reise, fliegende Fische sprangen hoch hinaus aus den Wellen, vor den kanarischen Inseln gesellten sich Wale zu ihnen, die ihre Buckel über die Oberfläche hinausdrückten und manchmal ihre mächtigen

Flossen aufstellten, um gleich darauf wieder in der Tiefe zu verschwinden.

Die *Vesuvio* durchquerte die Meerenge von Gibraltar. Als sie den letzten Hafen im Norden des afrikanischen Kontinents hinter sich gelassen hatten, wurde Kulus Schwester krank. Ihre Augen glänzten, sie schwitzte und fühlte sich heiß an. Das Fieber brachte ihren Körper schon bald zum Glühen, Durchfall zehrte sie in wenigen Tagen aus und Kulu lernte ein neues Wort: Typhus. Er verstand sehr schnell, was es bedeutete, wenn dieses Wort geflüstert wurde, denn das wurde es sehr bald immer häufiger.

»Meine Schwester starb nach wenigen Tagen«, sagte Kulu mit so viel Traurigkeit in der Stimme, dass Gustav eine Hand auf seinen Arm legte.

Die Augen von Kulus Mutter schimmerten an diesem Tag ebenfalls bereits vom Fieber, es blieb ihr nicht viel Zeit, um zu weinen, dann nahm die Krankheit auch sie mit ins Reich der Ahnengeister. Wenig später folgte sein Vater. Es waren so viele, die starben, dass nicht genug Segeltuch da war, um all die Toten einzunähen. Der Kapitän las aus der Bibel vor und ließ sie anschließend einfach ins Meer werfen, ohne dass die Frauen, wie es sein musste, wehklagen konnten und alles getan wurde, um den Geist der Toten so zu ehren, dass sie Ruhe finden konnten.

Kulu sang das Lied ohne Worte für seine Schwester und seine Mutter und seinen Vater eine ganze Nacht lang, bis der Mond vom Himmel verschwand, und einen Tag, bis er sich wieder zeigte. Seine Augen waren heiß, aber er vergoss keine Tränen, weil dies nur den klagenden Frauen zustand.

»Im Hafen von Genua gingen nicht einmal die Hälfte der Menschen, die mit uns losgefahren waren, an Land«, sagte Kulu und schwieg danach.

Gustav schaute durch die Dachluke in den Himmel. Die Sterne waren schon verblasst. Es würde nicht mehr lange dauern, bis die ersten Sonnenstrahlen den Horizont rötlich färben würden.

»Du kannst den Strohsack von meiner Schwester nehmen«, sagte Gustav. »Eine kleine Mütze Schlaf bekommen wir noch.«

4

Das Krähen des Hahns weckte Gustav am nächsten Morgen. Er sprang von seinem Strohsack auf und rieb sich die Augen. Kulu war verschwunden.

Als er von den Ställen hinüber zum Haus lief, hörte er ein lautes Gezeter, noch bevor Gustav die Küche betrat. Drinnen saß Kulu, mit hängenden Schultern.

Vor ihm hatten sich der Großknecht aufgebaut, er drohte mit einem Knüppel, und Katinka, die auf ihn einredete: Wenn er nicht auf der Stelle gestehe, dass er ein Dieb und Halunke sei, würde sie den Dorfpolizisten holen – was eine leere Drohung war, denn in Bokkelsen gab es keinen Dorfpolizisten. Nach ein paar Minuten kamen Friedereich Sörensen und die Bäuerin dazu.

Gustav trat vor und bekannte sich zu der Tat, auch wenn Kulu ihm ein Zeichen gab und den Finger auf die Lippen legte.

Der Onkel konnte sich kaum noch zusammenreißen. Er polterte los und mit jedem Satz steigerte sich seine Wut: »Vom ersten Tag an, als meine Schwester sich mit deinem Vater eingelassen hat, wusste ich es. Wenn du diesen Hinnerk Kröger heiratest, landest du eines Tages in der Gosse, habe ich ihr gesagt. Nun hat der Herrgott im Himmel sie viel zu früh zu sich geholt und mir ihre verkommene Brut auf meinem Hof hinterlassen. Zum Teufel mit euch Pack, Lumpen und Landstreicher, das steckt euch in den Knochen.« Er stieß die Worte leise, aber mit unendlich viel Verachtung aus und das waren nur die harmlosen Beschimpfungen. Dann zog er den Gürtel aus den Schlaufen seiner Hose und schlug ohne Erbarmen zu.

Gustav hob die Arme über den Kopf, um sein Gesicht zu schützen. Es half jedoch nichts. Sörensen traf Gustav an der Stirn. Die Haut platzte auf, das Blut brachte den Onkel nur noch mehr in Raserei, und als die Tante ihrem Mann in den Arm fiel, stieß er sie einfach fort.

»Eine Schande bist du, Bastard, ich schlag dich tot«, brüllte Friedereich immer wieder mit wutverzerrtem Gesicht.

Gustav hatte den Onkel schon oft erlebt, wenn er wütend wurde. Dann war er zu allem fähig. Einen solchen Zorn hatte er in seinen Augen jedoch noch nie gesehen. Er duckte sich, aber er wusste, dass ihm das nichts nützen würde.

Als der Onkel wieder und wieder den Arm erhob, um zuzuschlagen, sprang Kulu plötzlich auf. Er schubste Gustavs Onkel mit einem festen Stoß zur Seite. Friedereich Sörensen stieß einen wütenden Schrei aus, als er rückwärtsstolperte und zu Fall kam. Der schwere Bauer konnte sich nicht halten und schlug mit dem Hinterkopf gegen den gusseisernen Herd. Reglos blieb er liegen.

Während alle anderen sich voller Aufregung um den Onkel scharten, gab Gustav Kulu einen Wink. »Schnell weg«, flüsterte er. Egal, was dem Onkel widerfahren war, es bedeutete ihren Untergang. Das war Gustav klar.

Nun waren sie zum zweiten Mal innerhalb von nicht einmal einem Tag auf der Flucht, allerdings gab es in diesem Fall keinen Unterschlupf mehr in Bokkelsen für sie. Nicht einmal zu

Herrn von Mörbeek, der Gustav zugetan war und nicht zu voreiligen Schlüssen und Handlungen neigte, traute Gustav sich.

»Wo willst du hin?«, fragte Kulu, nachdem sie eine ganze Weile immer querfeldein gelaufen waren.

Gustav musste zugeben, dass er es selbst nicht wusste. »Weg«, sagte er nur. »Und zwar so weit wie möglich.«

Kulu suchte den Schatten einer alten Buche und warf sich unter das Blätterdach des Baumes. Gustav setzte sich neben ihn. »Ich habe Hunger«, sagte er.

Kulu zog etwas aus seinem Hemd hervor. Es war die letzte Mettwurst, die Gustav am Abend zuvor gestohlen hatte. Kulu grinste. Er teilte die Wurst in zwei Hälften.

»Wir sollten sparsam sein«, sagte Gustav.

»Wir finden schon etwas«, entgegnete Kulu.

Eine Weile kauten beide schweigend. Dann sagte Gustav mit noch vollem Mund: »Richtung Norden. Wir müssen Richtung Norden, da liegt Hamburg.«

»Von Hamburg habe ich gehört.« Kulu nickte. »Donny Dagger hat davon geschwärmt. Von einem Ort, der Reeperbahn heißt.«

Gustav wusste nichts von dieser Bahn, aber er wusste, dass Hamburg einen Hafen hatte. »Wenn wir weit weg wollen, ist Hamburg das richtige Ziel für uns. In Hamburg hat sich mein Vater eingeschifft.«

»Weit weg«, sagte Kulu und seufzte.

»Weit weg«, wiederholte Gustav und plötzlich kam ihm ein Gedanke. »Wir fahren nach Afrika«, rief er aus und sprang auf. »Nach Hause, zum Kongo. Was sagst du?«

»Du bist verrückt«, antwortete Kulu. Er warf einen Blick zum

Himmel, dann deutete er quer über die Weide, an dessen Rand sie standen. »Da lang«, sagte er schließlich.

Gustav schaute ihn fragend an.

»Dort ist Norden. Wenn wir nach Hamburg wollen, müssen wir da lang.«

Mehr sagte er nicht mehr. Er bahnte sich schon einen Weg durch das halbhohe Gras.

Am Abend legten sie sich in einen Heuschober zum Schlafen und mit den ersten Sonnenstrahlen machten sie sich wieder auf den Weg. Gegen Mittag stießen sie tatsächlich auf die Chaussee, die nach Hamburg führte, und hatten Glück: Ein Scherenschleifer nahm sie auf seinem Karren, der von einem munteren Apfelschimmel gezogen wurde, mit. Ihre Mägen knurrten so laut, dass er ihnen sogar einen Kanten Brot schenkte.

Als sie die Elbe erreichten, zog der Scherenschleifer nach Westen weiter, weil es ihn eigentlich nach Bremen zog, wo er sein Zuhause hatte. An einem Gasthof sprangen die beiden Jungen vom Wagen und verabschiedeten sich.

Aus dem Inneren des Gasthauses drang Lärm. Gläser klirrten, Rufe nach dem Wirt wurden laut, Männerstimmen versuchten sich an einem Lied, in dem es um blonde Maiden und Hochzeitsglocken ging, jemand spielte dazu auf der Fiedel.

Kulu lief zu einem Brunnen neben der großen Pforte zum Schankraum. Er betätigte den eisernen Schwengel der Pumpe. Ein Schwall Wasser schoss heraus, unter den er seinen Kopf steckte.

Gustav tat es ihm gleich. Das kalte Wasser spülte die Ermüdung der unbequemen Fahrt hinweg. Sie spritzten sich gegenseitig nass, bis plötzlich jemand das Fenster des Gasthauses öffnete.

Ein Kerl mit einem feisten Gesicht blickte zu ihnen hinab, eine Schlägerkappe saß schräg auf seinem Kopf und im Mundwinkel baumelte eine erkaltete Pfeife. Die Wangen des Wirts glänzten rot. »Was zum Teufel ist denn das?«, rief er aus.

Ein anderer Mann streckte ebenfalls den Kopf aus dem Fenster, zwei oder drei weitere kamen dazu. »Ja, schau dir das mal an!«, rief der eine. »Den haben sie wohl in ein Fass mit Teer getunkt«, ein anderer. Sie stießen ein schmutziges Lachen aus, aber der Wirt des Gasthofs war nicht zu Scherzen aufgelegt.

»Mach, dass du wegkommst, du Mohrenkopf«, schimpfte er. »Du kannst an die Pferdetränke gehen, da gehörst du hin.«

Kulu glitt der Pumpenschwengel aus der Hand. Er starrte die Männer am Fenster mit finsterer Miene an, sagte aber nichts.

In Gustav stieg ein wütendes Gefühl auf. Er spürte, wie es sich in seinem Magen zusammenzog und auf die Wanderschaft nach oben ging, bis er sich selbst fluchen hörte: »Und du Fettgesicht gehörst drüben in die Suhle zu den anderen Säuen.«

Als hätten die Schweine im Gatter neben den Pferdeställen seine Worte verstanden, grunzten und quiekten sie fröhlich drauflos.

»Sag nichts.« Kulu versuchte Gustav zurückzuhalten, aber während der Wirt ein empörtes »Na warte!« ausstieß und im Inneren des Hauses verschwand, polterten schon weitere Verwünschungen aus Gustav heraus. Erst als der dicke Kerl in der Tür erschien, war Gustav klar, dass sie besser Reißaus nahmen.

Sie rannten die Straße hinab, die, so hofften sie, weiter nach Hamburg führte. Nach ein paar Hundert Metern schlugen sie sich in die Büsche am Wegesrand und rangen nach Luft.

»Was für ein blöder Kerl«, schimpfte Gustav.

»Es ist überall gleich.« Kulu zuckte mit den Achseln. »Ich höre gar nicht hin. Du kannst die Leute nicht ändern. Hier drinnen weiß ich, dass sie unrecht haben.« Er klopfte auf seine Brust.

II

*»In der Nähe menschlicher Behausungen findet
die Schwarze Mamba einen reich gedeckten Tisch:
Ratten und Mäuse oder ihre Leibspeise:
den Klippdachs.
Beim Blick in das Maul der Schlange offenbart sich,
warum sie diesen Namen trägt:
Ihr Rachen ist tiefschwarz.
Die Mamba ist schnell und groß wie keine andere
Schlange auf dem afrikanischen Kontinent.
Und giftig. Nach ihrem Biss dauert es sogar bei
einem ausgewachsenen Menschen nicht sehr lange,
bis das Schicksal seinen Lauf nimmt.«*

5

Nach anderthalb Tagen erreichten sie mit dem Einsetzen der Dämmerung Hamburg. Die Stadt kündigte sich schon aus einiger Ferne an. Immer mehr Leute waren auf der Straße, je näher sie kamen. Bauern und Händler mit Ochsenkarren und Leiterwagen waren unterwegs, Herren hoch zu Ross, die wenig Rücksicht auf die Menschen zu Fuß nahmen. Aus Bauernhöfen mit Gemüsegärten, Hühnerställen und Schweinepferchen wurden Steinhäuser und Fabriken, die sich aneinanderreihten. Die Straßen wurden enger und noch voller.

»Vorsicht«, rief Kulu, als sie in eine Gasse bogen und er Gustav in letzter Sekunde davor bewahrte, von zwei Ochsen zu Boden gestoßen zu werden. Die zogen einen Brauereiwagen mit einem Dutzend Fässern darauf. Der Mann auf dem Kutschbock schimpfte die Jungen aus, aber sie machten dem Kerl eine lange Nase und liefen lachend weiter.

Kinder, die in der Gosse mit ein paar Hölzern und Steinen spielten, wurden auf sie aufmerksam. Die Schar rappelte sich auf. Die meisten von ihnen waren jünger als Gustav oder Kulu, dünn und schmutzig, in zerschlissenen Lumpen. Zwei Jungen hatten ungefähr Kulus und Gustavs Größe, doch auch ihre Gesichter waren hohlwangig, die Augen von dunklen Schatten umringt. Einer hob den Arm und schon schleuderte er einen Stein, der Gustav an der Schläfe erwischte.

»Aua, du dummer Kerl«, schrie Gustav.

»Wie nennst du mich?«, antwortete der Junge. Ein Zeichen genügte und seine ganze Bande stürzte auf sie los.

Aber Kulu reagierte blitzschnell. Er stieß einen Träger in die Seite, der gerade einen Sack mit Kohlen auf den Schultern über den Gehweg schleppte. Der Mann brüllte, doch der Sack rutschte, öffnete sich und ergoss die schwarzen Brocken aufs Pflaster. Die Straßenkinder stolperten, Kulu zog Gustav davon und dieses Mal rannten sie, was ihre Lungen hergaben, in eine Gasse rechts, eine zweite links und weiter über einen Platz.

Die Häuserreihen standen enger, die Gestalten, die ihnen begegneten, wurden düsterer und unübersehbar waren es mehr und mehr Seeleute – der Hafen konnte nicht mehr weit sein. Endlich stoppten die Jungen ihren Lauf, lehnten sich an die Wand eines Hauses und pumpten Luft in ihre Lungen.

Kulu deutete auf Gustavs Schläfe. Der Stein des Straßenjungen hatte eine ordentliche Schramme hinterlassen, die sich zu dem Striemen von des Onkels Peitsche gesellte. »Wenn du so weitermachst, nennen dich bald alle Narbengesicht.«

Gustav tastete über seine Stirn und die Wange, dort hatte sich ein kleines Rinnsal Blut seinen Weg gesucht, das aber schon zu trocknen begann.

»Ja, wen haben wir denn da?«, ertönte in diesem Augenblick eine Stimme aus der Dämmerung des benachbarten Hauseingangs. »Was sind denn das für zwei schmucke Bürschchen?«

Kulus Körper spannte sich augenblicklich an, schon war er wieder bereit zur Flucht.

Gustavs Augen flogen hinüber zu dem Hauseingang. Doch beide entspannten sich, als sie erkannten, zu wem die rauchige, aber sanfte Stimme gehörte.

Kleine schwarz ummalte Kulleraugen, Puder auf den Wangen

und feuerroter Lippenstift. Silbrig weiße Löckchen umrahmten das Gesicht. Ein Korsett schnürte die Taille eng ein, das Kleid bestand aus allerlei Schichten von Rüschen und schimmernden bunten Stoffen, an den Handgelenken klimperten Armbänder. Von allem an ihr gab es viel zu viel.

»Habt ihr euch verirrt, meine Süßen?«, fragte die Frau. »Oder wollt ihr euren Wochenlohn bei Helga auf den Kopf hauen?« Bei diesen Worten tippte sie mit einem Finger zuerst auf Kulus und dann auf Gustavs Nasenspitze.

Gustav wusste, um welche Sorte Mädchen es sich handelte. Im Dorf hatte jemand erzählt, dass sie sich gegen ein paar Mark den Matrosen zum Liebesdienst anboten. Nun waren sie beide weder Matrosen, noch hatten sie ein paar Mark und sowieso wussten sie nicht viel davon, was man unter diesem Dienst eigentlich verstand.

Erst jetzt wurde Gustav bewusst, dass sie in einer jener Ecken der Stadt gelandet waren, wo vor jedem Hauseingang ein paar von diesen bunten Damen standen, miteinander tratschten, an Zigaretten zogen, die in langen Mundstücken steckten, und jedem Kerl, der an ihnen vorbeiging, ihre Schönheit anpriesen.

Kulu stupste Gustav an und diesem fiel nicht zum ersten Mal auf, dass Kulu immer auf der Hut zu sein schien. Als würde er davon ausgehen, dass in jedem Moment irgendwo eine Gefahr lauern konnte. Die Straßenbande, der sie entkommen zu sein glaubten, bog um die nächste Ecke. Noch hatten sie die Jungen nicht entdeckt, also schob Gustav Kulu schnell in den Hauseingang, sodass er fast über Helga stolperte.

»Hui, plötzlich so stürmisch?«, rief das Mädchen aus, zog sie aber gleichzeitig mit in eine Schankstube.

Dort empfing sie schummriges Licht, das kaum durch die Schwaden von Tabakrauch drang. Seeleute lärmten, eine runzlige Alte quetschte ein Akkordeon vor ihrem Busen. Sie sang ein Piratenlied. Fast fühlte Gustav sich in die Geschichte von der Schatzinsel versetzt. Es hätte ihn nicht gewundert, wenn im nächsten Moment der einbeinige Schiffskoch Long John Silver hinter dem Tresen, der sich auf einer Seite über die Länge der schmuddeligen Wand zog, erschienen wäre.

Im nächsten Augenblick umringten sie ein paar Matrosen, von denen einer Gustav besonders ins Auge fiel. Die roten Haare dieses Mannes waren mit Brillantine nach hinten gekämmt, der Schnurrbart war sauber gestutzt und seine Jacke ordentlich zugeknöpft, wobei besonders die doppelte Reihe goldener Messingknöpfe daran auffiel. Er hielt sich steif und aufrecht.

Als Kulu die Jacke erblickte, zuckte er neben Gustav zusammen. »Kein guter Mann«, raunte er seinem Freund in all dem Lärm zu, aber es war zu spät.

»Immer hereinspaziert in die gute Stube!«, grölte ein schmaler Kerl, dessen Augen sich nicht darauf einigen konnten, wohin sie schauen sollten. Eines rollte in seiner Höhle, das andere starrte in eine Richtung. Gustav begriff erst auf den zweiten Blick, dass es ein Glasauge sein musste. »Komm, hier gibt es Spaß und Freude und Tanz und Tandaradei«, johlte der Matrose und zog Kulu mit sich. Dabei zerrte er an dessen Hemd, so fest, dass ein Ärmel sich an der Schulter löste und ein Riss im Stoff klaffte.

Gustav hingegen hielt ein eisenharter Griff zurück. Er verlor Kulu aus den Augen.

»Wohin so eilig?«, fragte der Rothaarige.

Er zog Gustav in die andere Richtung. Vergeblich versuchte Gustav, Kulu im Dämmerlicht des Schankraumes wiederzufinden. In einer Ecke machte der Rothaarige schließlich halt und presste Gustav hinunter auf die Sitzbank neben einem Tisch. Er schubste einen betrunkenen Schläfer, dem der Kopf auf die Tischplatte gesunken war, zur Seite und zog sich einen Stuhl heran.

»Hey, schönes Mädchen«, rief er laut nach einer der Bedienungen. »Bring diesem Buben hier einen Humpen vom Fass, aber schnell. Und für mich das Übliche.«

Gustav versuchte, sich zu erheben. »Ich muss …«

Der Rothaarige presste seine Hand auf Gustavs Schulter. »Du musst ein Bier mit mir trinken, oder? Und eine Bulette gibt's dazu, du siehst ja ganz verhungert aus.«

Sein Blick sagte Gustav, dass es keine Frage war, die er stellte. Es war eine Anweisung. Aber die Aussicht auf eine Bulette war verführerisch.

Die Bedienung brachte ein Bier und das, was der Rothaarige als ›das Übliche‹ bezeichnet hatte: ein glasklares Getränk, vermutlich ein Korn oder ein anderer Schnaps. Daneben stellte sie einen Teller mit einer Bulette, einem Stück Brot, einer Gurke und einer Scheibe Schweinskopfsülze darauf.

Gustav seufzte. Das Glück meinte es wohl gut mit ihm.

»Was treibt ein Bürschchen wie dich in eine Spelunke wie den Goldenen Anker?«, fragte Gustavs Gegenüber.

Gustav antwortete ihm mit vollem Mund und tischte dem Mann die erstbeste Lüge auf, die ihm einfiel. Falls der Onkel auf die Idee kam, nach ihm und Kulu zu suchen, war es besser, wenn in dieser Stadt keiner wusste, wer er war und woher er kam.

Das Bier schmeckte frisch und malzig und kühl und zudem durchströmte Gustav mit einem Mal ein Gefühl von Abenteuer. Es kitzelte ihn der Reiz des Verbotenen, denn verboten war dieser Ort ganz sicher für ihn, dazu brauchte er nicht den Pastor zu fragen, der sonntags in der Kirche immer mit starken Worten vor den teuflischen Folgen des Alkohols und der käuflichen Liebe gewarnt hatte.

So plauderte er mit jedem Schluck aus dem Humpen mehr, als er wollte. Das Gefäß war bald leer und wurde durch ein volles ersetzt. Einmal glaubte Gustav, vom anderen Ende des Wirtshauses seinen Namen zu hören, aber seine Sinne waren schon so benebelt, dass er nicht mehr sagen konnte, ob es Kulu gewesen war, der ihn rief, und auch nicht, ob er geantwortet hatte. Irgendwann sank sein Kopf hinab auf die Tischplatte. »Autsch«, stieß er hervor, als seine Stirn auf das raue Holz schlug.

»Ab mit ihm«, hörte er noch aus weiter Ferne die Stimme des Rothaarigen, den alle im Goldenen Anker nur den Roten Hans nannten, aber da war alles um ihn herum schon schwarz.

6

Zuerst hörte Gustav ein lautes Poltern und dann eine durchdringende Stimme. Jemand verfluchte Gott und den Teufel, seine Schwiegermutter, dazu das Wetter, dann den Seelenverkäufer, auf dem er dieses Mal sicher sein Leben lassen würde. Und schließlich noch den Roten Hans, weil dieser ihm ein nichtsnutziges Pack, das die halbe Reise verschlief, geliefert hatte.

Der Tritt, den Gustav gleich darauf an seinem Allerwertesten spürte, machte ihm endgültig klar, dass es kein schlechter Traum war, in dem er sich befand. Er schaukelte in einer Hängematte, weshalb der Tritt ungebremst und schmerzhaft sein Ziel erreicht hatte.

Gustav riss die Augen auf und starrte auf fünf schwarze Zehen, die ihm ins Gesicht gestreckt wurden. Die Hängematte teilte er nämlich mit Kulu, nur dass dieser genau umgekehrt in ihr lag. Sein Freund schaute ähnlich verwirrt aus der Wäsche wie Gustav selbst.

»Bewegt ihr eure faulen Hintern bald auf Deck? Was glaubt ihr, wofür ihre eure Heuer bekommt?« Vor ihnen stand ein stämmiger Mann mit wütend funkelnden Augen, die Fäuste in die Hüften gestemmt.

Erst jetzt sah Gustav, dass der Mann nass bis auf die Haut war. Seine Kleider klebten am Körper, die Haare im Gesicht. Auch aus dem vollen Bart, der dem Fremden bis auf die Brust reichte, tropfte das Wasser. Schon hob er zur nächsten Beschimpfung an und packte dabei mit beiden Händen die Hängematte. In einer schnellen Bewegung drehte er die Schlafstatt der Jungen komplett um – ungebremst polterten beide auf den harten Holzboden.

»Wo … wo sind wir?«, brachte Gustav mit rauer Stimme hervor und rappelte sich auf. Augenblicklich rollte und schlingerte der Boden unter ihm.

Sein Kopf dröhnte. Vor ihm wankte auch Kulu hin und her und wieder zurück. Nun spürte er, dass nicht Kulu wankte, sondern der Boden unter ihren Füßen, die Wände wankten, alles wankte.

In einer Ecke löste sich ein Fass aus einer Halterung und rollte mit Tempo auf die Jungen zu. Gustav schubste Kulu zur Seite, sonst hätte das Fass ihn niedergewalzt. Auch der bärtige Schreihals brachte sich im letzten Augenblick in Sicherheit, rutschte aber aus und stieß sich den Kopf an der niedrigen Decke des Logis, in dem sie sich befanden. Der Mann sank zu Boden.

Mit offenen Mündern schauten Gustav und Kulu sich um. Sie befanden sich nicht mehr in der Kneipe im Hamburger Hafen, so viel stand fest. Das war Gustavs letzte Erinnerung: die Kneipe, das Bier, der Mann, den sie den Roten Hans nannten. Danach folgte ein großes schwarzes Loch. Ohne jeden Zweifel war dies ein Schiff, auch wenn keiner von ihnen einen blassen Schimmer hatte, wie sie an Bord gekommen waren. Und dieses Schiff kämpfte sich gerade durch schwere See, das war ebenfalls klar.

Zu weiteren Grübeleien über ihre Lage blieb keine Zeit. Das Schiff sank ins nächste Wellental hinab, wieder setzte sich alles, was nicht niet- und nagelfest war, in Bewegung. Auch das schwere Fass.

Kulu stemmte sich dagegen. Obwohl er ein schmaler Kerl war, gelang es ihm, das Fass zu stoppen, bevor es richtig Fahrt aufnehmen konnte. »Schnell, Gustav«, brüllte er gegen das Getöse von Wind und Wellen an, »nimm das Tau da vorne und schling es herum.«

Gustav reagierte sofort. Er warf Kulu das eine Ende des Seils zu, der schnappte es sich und streckte die Hand nach dem anderen aus. Gustav konnte seinen Bewegungen kaum folgen, so geschickt wand Kulu das Tau linksherum um das gewaltige Fass und rechtsherum und durch eine Schlaufe und noch einmal linksherum. Er zog die Schlinge fest, schob das lose Ende um einen der Deckenbalken und zurrte das Fass daran fest.

»Den Knoten habe ich ja noch nie gesehen«, sagte da eine Stimme hinter Gustav. Der Bärtige hatte sich aufgerappelt und rieb sich den angeschlagenen Hinterkopf.

»Den hat mein Großvater mir beigebracht.« Kulu grinste stolz.

»Das sind ja mal gute Aussichten, wenigstens einer von euch ist nicht völlig unnütz«, sagte der Seemann.

Jemand riss die Luke zum Deck auf.

»Iversen, bewegen Sie Ihren Hintern nach oben. Haben Sie die Kerle wach gekriegt?«

»Nein«, rief der Seemann zurück. Er legte den Zeigefinger auf die Lippen. »Das ist der Erste Offizier, ein strenger Hund. Seid leise. Da oben habt ihr noch nichts zu suchen bei dem Schietwetter. Ihr geht mir da schneller über Bord, als ich gucken kann.« Dann zwinkerte er den beiden Jungen zu und kletterte die Stufen nach oben, wo er dem Offizier zu verstehen gab, dass der Rote Hans den neuen Schiffsjungen ordentlich was in den Tee gekippt hatte und sie noch zu nichts zu gebrauchen waren.

Damit hatte er recht, zumindest, was Gustav betraf. Er merkte erst jetzt, wie furchtbar übel ihm war. Das Schiff schlingerte und rollte weiter durch die raue See und mit ihm tat es Gustavs Magen. Kulu schlug sich wacker, denn er hatte das alles auf seiner ersten Reise schon einmal erlebt und sich daran gewöhnt. Er hielt den Eimer, in den Gustav nach ein paar Stunden nur noch saure Galle spuckte – alles andere war schon raus.

»Ich sterbe«, röchelte Gustav irgendwann nur noch.

Aber Kulu hatte nicht viel Mitleid. »So schnell stirbt es sich nicht«, sagte er und kräuselte die Nase. »Und wenn, dann sterbe eher ich – von deinem Gestank.«

Nach ein paar Stunden ließ der Sturm nach. Die Schonzeit für die Jungen war vorbei und dieses Mal kam der Seemann gemeinsam mit dem Ersten Offizier der *Hendrike Övelmann* – so hieß das Segelschiff, auf dem sie sich befanden – ins Logis der Matrosen hinab.

»Wir müssen nach …«, sprudelte es aus Gustav heraus, aber der Offizier schnitt ihm gleich das Wort ab.

»Iversen, bringen Sie unserem Moses erst einmal bei, nur zu reden, wenn er etwas gefragt wird.«

Gustav fragte sich, wer wohl dieser Moses war, aber er kam nicht dazu, lange darüber nachzudenken. Iversen zuckte auf die Anweisung hin die Achseln, als wolle er sich entschuldigen. Im nächsten Augenblick spürte Gustav den harten Knöchel seiner Seemannsfaust auf dem Schädel. Es sollte nicht der letzte Knuff sein, den die neuen Schiffsjungen einsteckten, denn die Sitten an Bord waren rau und als Schiffsjungen standen Gustav und Kulu ganz unten in der Rangfolge.

»Könnt ihr arbeiten?«, fragte der Erste Offizier. »Hart arbeiten?«

Die Jungen nickten eifrig.

»Das behaupten alle«, sagte der Erste Offizier. »Ich lasse euch kielholen, wenn ihr es nicht tut. Oder ich verkaufe euch an den nächstbesten Walfänger und dann könnt ihr Walöl kochen, bis es euch aus den Ohren kommt.« Er musterte die beiden Jungen gründlich von oben bis unten, bevor er fortfuhr: »Der da kommt in die erste Wache, zusammen mit dem Steuermann.« Er zeigte auf Kulu. »Du hast einen guten Fürsprecher. Iversen sagt, du kennst dich mit Knoten schon aus. Den anderen nehmen Sie zu sich in die Kombüse.«

Gustav schaute unglücklich drein. Er war noch nie zur See gefahren, aber eines wusste er: Küchenjunge auf einem Schiff war nicht sein Traumberuf. Hoch in die Wanten klettern, Segel setzen und schauen, wie man sich dem Horizont näherte, das wollte er schon eher.

»Wenn ihr euch gut anstellt, kommt ihr irgendwann, wohin ihr wollt«, sagte der Erste Offizier. »Wir haben den ganzen Laderaum voller Fracht und die bringen wir jetzt erst einmal so schnell wie möglich nach Sankt Petersburg.«

Gustav schaute Kulu an. Der hob die Schultern. »Wir müssen doch zum Kongo.«

»Ihr könnt zurückschwimmen, wenn euch das nicht passt«, sagte der Erste Offizier und lachte laut über den Scherz, der für die beiden Jungen gar nicht lustig klang.

Von jetzt an hieß es um vier Uhr morgens für Gustav: raus aus der Hängematte, den Schornstein der Kombüse fegen, Feuer anmachen und Wasser aufsetzen für den Kaffee. Wenn es den nicht in der Morgenstunde gab, stark und heiß, machte man sich auf dem Schoner keine Freunde. Und die brauchte man auf einem Schiff, wo es sowieso schon den ganzen Tag »Moses hier, Moses dort!« hieß. Alle Schiffsjungen trugen diesen Spitznamen, nur wenn sie unter sich waren, nannte Iversen die beiden bei ihren richtigen Namen.

Wenn die Seeleute in der Back ihr Frühstück verputzten, saß Gustav schon wieder vor einem großen Eimer Kartoffeln, die er schälen musste, um gleich darauf das Logis zu schrubben. Mit Sand und Knochenfett war das eine arge Plackerei, denn Seife gab es keine. Und auf Sauberkeit achtete der Kapitän. Wenn einer seinen Priem ausspuckte und der Kautabak nicht im Spucknapf oder in der See landete, setzte es was.

Freie Zeit hatten sie selten. Wenn sie einmal nicht herumgescheucht wurden, saßen sie am Bugspriet und schauten in die Ferne oder übten sich in Seemannsliedern, die man gut gebrauchen konnte, um beim Setzen der Segel im Takt mit den erfahrenen Männern zu ziehen. Oder sie stichelten mit Nadel und Faden an ihren Sachen herum, denn Iversen hatte ihnen geraten, in jedes Stück, das ihnen gehörte, ihren Namen zu sticken.

»Eigentlich macht das eure Liebste oder eure Mudder daheim«, sagte er, »aber bei euch Grünhörnern is' ja nix, wie es soll.«

Die *Hendrike Övelmann* fand guten Wind hinauf in den Norden. Die Küste Dänemarks zog an ihnen vorbei, sie passierten

Jütland, durchquerten das Skagerrak und das Kattegat und kamen dem Land in der Sund-Enge bei Helsingør so nah, dass sie die stolze Kronburg bewundern konnten.

Hinein ging es in die Ostsee, wo sie wieder ein Sturm piesackte, und Gustav lernte, warum man sich niemals die Luvseite eines Schiffes aussuchte, um seinen Magen zu erleichtern. Nie gegen, sondern leewärts mit dem Wind spucken, war die Devise. Während Gustav sich das Erbrochene aus dem Hemd wusch, sagte er sich diese Regel immer wieder vor.

In ruhigen Stunden erlaubte der Steuermann Kulu schon nach wenigen Tagen, sich zu ihm ans Ruder zu stellen und brachte ihm das Steuern am Wind bei. Mit einem Auge hinauf zum Gaffeltoppsegel beobachtete Kulu mit dem anderen den Kompass, um rechtzeitig zu reagieren, wenn das Schiff ausscheren und vom Kurs abkommen wollte.

»Du musst das Schiff immer so hoch am Wind halten, dass die Segel eben gefüllt sind«, erzählte Kulu Gustav später begeistert, als sie jeder mit einer Schüssel gekochter Bohnen mit dicken Speckstücken darin in der Back saßen. Weil Sonntag war, gab es dazu noch einen großen süßen Kloß mit warmem Pflaumenmus.

Gustav konnte Kulus Begeisterung nicht teilen. »Wir fahren in die entgegengesetzte Richtung«, schimpfte er. »Afrika ist da.« Er streckte den Arm aus und zeigte zum Heck des Schiffs.

Kulu zuckte die Achseln. »Was sollen wir tun? Über Bord springen?«

Gustav seufzte. »Wer weiß, wie lange wir für den Rückweg brauchen.«

Iversen gesellte sich zu ihnen. »Wir nehmen morgen den Lotsen für Sankt Petersburg an Bord. Auf der Newa bringt uns dann ein Schlepper zu unserem Liegeplatz und dann könnt ihr euch die ganze Pracht der russischen Zaren anschauen. Wir bleiben nicht lange in der Stadt, wohl zwei Tage nur oder noch kürzer, weil der Kapitän hofft, dass er anschließend eine schnelle Fracht hoch in den Norden bekommt … Ihr wollt euch doch nicht in Petersburg aus dem Staub machen?«

Auf diese Idee waren die Jungen noch nicht gekommen. Und Iversen riet ihnen auch davon ab. »Keinen Pfennig von eurer Heuer bekommt ihr, im Gegenteil. Wenn sie euch erwischen, setzt es ordentlich was, das könnt ihr glauben. Also kommt nur nicht auf dumme Gedanken!«

Die beiden Jungen sahen einander an und nickten. Auch wenn sie vom Roten Hans nicht ganz freiwillig für die Fahrt auf der *Hendrike Övelmann* angeheuert worden waren, stand ihnen ihr Lohn für die Arbeit an Bord zu. Die Hälfte von dieser Heuer wurde jedoch erst am Ende der Fahrt ausgezahlt. Reich wurde man damit so oder so nicht.

»Haltet durch, Jungen. Und lasst niemanden auch nur einen Ton davon hören, wenn ihr so eine Dummheit im Kopp habt. Der Kapitän ist eine ehrliche Haut, aber er hat nicht gerne Ärger. Euch beiden hat er besser behandelt als je einen Moses zuvor«, sagte Iversen und gab jedem von ihnen einen Knuff.

7

Als die *Hendrike Övelmann* am nächsten Tag die weite Bucht erreichte, wo der Fluss Newa in den Finnischen Meerbusen überging, kam vor der Insel Kotlin ein Lotse an Bord. Er brachte sie ohne Probleme bis in die Newa, hier wartete bereits der Schlepper, um die *Hendrike Övelmann* an ihren Liegeplatz zu bringen.

Gustav und Kulu waren in die Wanten geklettert. Dort hatten sie einen großartigen Blick auf die Hauptstadt des Zarenreichs. Die goldenen Kuppeln der Kirchen und Paläste glitzerten in der Sonne.

»Was gafft ihr rum?«, brüllte der Erste Offizier. »Seht zu, dass unsere *Hendrike* genauso strahlt wie die protzigen Zarenschlösser, wenn wir festmachen.«

Also hieß es wieder schrubben und wischen, bis der Kapitän sie überraschte: Er gewährte Gustav und Kulu Landgang. »Passt auf euch auf«, ermahnte er die Jungen. »Und seid pünktlich zurück. Schlag zwei Uhr, auf die Minute.« Dann warnte er sie noch vor Leuten wie dem Roten Hans. In jeder Stadt gebe es solche Agenten und Ausrüster für Schiffe und Seemänner, die es mit den Regeln der christlichen Seefahrt nicht ganz genau nahmen.

»Nicht, dass ihr mir noch einmal schanghait werdet und auf einem Nordfahrer nach Spitzbergen landet.« Der Kapitän grinste, weil er nur zu gut wusste, auf welchem Weg die Jungen in seiner Mannschaft gelandet waren.

Die ersten Schritte auf festem Boden nach den Wochen an Bord des Seglers waren überraschend. Auf dem Wasser hatten sie sich längst daran gewöhnt, die mal sanften, mal heftigen Bewegungen der Wellen und des Winds auszugleichen. Die Knie eines Seemanns waren in ständiger Bewegung, das Sinken und Steigen ging einem schon nach kurzer Zeit in jeden Muskel, jede Sehne und jedes Gelenk über. Nun, da der russische Boden unter ihren Füßen steif und hart Widerstand gab, war es genau umgekehrt. Nicht mehr der Untergrund schwankte, sondern sie selbst.

Kulu schüttelte die Beine, Gustav stampfte auf. Sie standen einander gegenüber und schauten sich in die Augen, fixierten den Blick des anderen und mussten aus vollem Halse lachen. Dann packte Kulu Gustav an einer Hand und zog ihn mit sich. »Komm schon, Bruder!«, rief er.

Gustav mochte es, wenn Kulu ihn so nannte. Er hatte sich immer einen Bruder gewünscht. Kurz musste er an seine Schwester denken, von der er sich nicht einmal verabschiedet hatte. Eigentlich hatte er ihr einst versprochen, dass er immer auf sie aufpassen würde.

Aber dann jauchzte Kulu und Gustav tat es ihm gleich und sie rannten an den Kaimauern der Newa entlang. Der Fluss wurde hier von ein paar Baracken aus Holz gesäumt. Überall um sie herum waren Seeleute unterwegs. Kapitäne tippten zum Gruß an ihre Schirmmütze, wenn ihnen ein vornehm gekleideter Herr mit steifem, hohem Zylinder auf dem Kopf begegnete oder eine Dame mit einem zierlichen Sonnenschirm.

Schon bald erblickten die beiden die erste Brücke über die Newa. In sanft geschwungenen Rundbögen, auf deren Sockeln verschnörkelte Laternen aus Eisen thronten, zog sie sich über den Fluss. Auf dem gegenüberliegenden Ufer säumten mehrgeschossige Steinhäuser, vier und mehr Stockwerke hoch, die gepflasterten Straßen. Pferdegespanne zogen Trambahnen in ihren Gleisen voran, sogar oben auf den Dächern dieser Gefährte befanden sich Sitzplätze. Droschken und Ochsenkarren verstellten den Weg. Vornehme Herrschaften flanierten scheinbar ziellos über den Quai.

Gustav und Kulu folgten einfach ihrer Nasenspitze. Die Stadt erschien ihnen mit ihren prachtvollen Palästen voller Türme und Zinnen, in denen zweifellos sehr reiche Menschen lebten, noch aufregender als Hamburg. Iversen hatte ihnen erzählt, dass die Fürsten des russischen Reiches, die unendlich große Landgüter besaßen, hier in der Stadt mit ihren Stadthäusern prunkten und protzten. Jeder wollte zeigen, dass er mithalten konnte, jeder versuchte hier, seine Nähe zum Hof des Zaren zur Schau zur stellen.

Der Tag schritt voran, ohne dass Gustav und Kulu etwas anderes taten, als zu staunen.

Vor dem Winterpalast des Zaren beobachteten sie eine Weile die Parade der Wachsoldaten. Etwas später setzten sie sich in einem kleinen Park auf eine Bank unter einer ausladenden Kastanie und ruhten sich aus.

Nach ein paar Minuten nahm ein hagerer Mann mit einem dunklen Kinnbart am anderen Ende der Bank Platz. Er lüpfte die Schlägermütze und setzte sich hin. Als er erkannte, dass Gustav und Kulu deutsch miteinander sprachen, stellte er sich in ihrer Muttersprache vor.

»Gestatten, Wladimir Iljitsch mein Name. Ich höre, die jungen Herren sind von weit her angereist.« Obwohl sein Akzent ihn zweifellos als Russe auswies, war sein Deutsch fast fehlerfrei. »Ich war selbst vor nicht langer Zeit in Berlin, um in der Königlichen Bibliothek die Literatur und eure schöne Sprache zu studieren«, sagte er.

»Uns hat die *Hendrike Övelmann* hergebracht, nicht ganz freiwillig«, erwiderte Gustav und erzählte davon, wie der Rote Hans sie übertölpelt hatte, aber dass sie nun ganz froh waren, weil sie sonst diese prächtige Stadt wohl nie gesehen hätten.

Der Mann zündete sich eine Pfeife an und schüttelte verärgert den Kopf. Dann warf er einen vorsichtigen Blick nach rechts und einen nach links und raunte: »Es ist nicht alles Gold, was glänzt. Der Reichtum dieser Bonzen wurde auf dem Buckel von Millionen hungernder Bauern und Arbeiter zusammengescharrt. Leibeigene sind sie nicht mehr, aber Sklaverei ist es doch noch.« Seine Stimme wurde schneidend scharf, während er eine Weile gegen den Zaren und die Großfürsten wetterte und vorhersagte, dass es bald ein Ende damit habe. »Einen Aufstand wird es geben, wartet es nur ab.«

Bevor Gustav oder Kulu etwas erwidern konnten, sprang er plötzlich auf. Die Aktentasche, die er die ganze Zeit mit der einen Hand umklammert hatte, fiel zu Boden. Ein paar eng bedruckte Blätter fielen heraus, hastig raffte er sie zusammen. Kulu machte Gustav auf zwei Männer in langen schwarzen Mänteln aufmerksam, die in einiger Entfernung aufgetaucht waren und auf sie zukamen.

»Überall haben sie ihre Augen und Ohren«, zischte Wladimir Iljitsch den Jungen zu. »Macht euch schnell aus dem Staub. Wenn sie euch mit einem wie mir sehen, stecken sie euch gleich in den Kerker.« Und schon war er über eine Buchsbaumhecke hinweg verschwunden.

Die Männer in den schwarzen Mänteln rannten los.

Kulu zog Gustav am Hemdsärmel. »Schnell!«, rief er und zerrte seinen Freund in die entgegengesetzte Richtung. Die Männer riefen ein paar russische Worte, die nicht besonders nett klangen. Die Jungen rannten so schnell sie konnten, quer durch den Park, bogen in eine Straße links ab, in eine zweite rechts, und erst als sie sich ganz sicher fühlten, verlangsamten sich ihre Schritte.

Beide beugten sich vornüber und stützten die Hände auf die Knie. Sie schnauften ein paarmal durch, dann lachte Kulu und steckte Gustav damit an.

»Ich habe Hunger und Durst auf den Schreck«, brachte Gustav endlich hervor.

Nicht weit entfernt entdeckten sie ein paar Straßenhändler. Eine Frau bot Milch und Käse zum Kauf. Der Lebkuchenhändler neben ihr war von Kindern umringt, die ihn um ein Stück davon anbettelten.

»Warte hier«, sagte Gustav.

Er machte sich auf den Weg hinüber auf die andere Straßenseite. Dabei wich er einer Pferdetram aus, übersah aber die Hinterlassenschaft der Gäule und trat mitten hinein. Ein paar Kinder lachten ihn aus. Ein Mädchen mit einem kreisrunden Strohhut, unter dem sich kastanienfarbene Korkenzieherlocken drillerten, warf die Hände vor den Mund.

Gustav wunderte sich, dass eine so vornehm gekleidete junge Dame ohne Begleitung in diesem Getümmel unterwegs war. Auch wenn es die Hauptstadt der Zaren war, mit einem Palast neben dem anderen, und in all den Kutschen sicher fürstliche Herrschaften saßen, sollte ein zartes Mädchen wie sie nicht ohne einen Beschützer herumlaufen, dachte Gustav.

Er betrachtete das Mädchen genauer und stellte fest, dass

ihr Äußeres vielleicht zart wirkte – das spitze, ein wenig nach oben gebogene Näschen und die hohen Wangenknochen, der geschwungene Mund mit den vollen roten Lippen, die großen, etwas auseinanderstehenden Augen. Aber in diesen Augen blitzte etwas, das einen zur Vorsicht gemahnte. Wahrscheinlich war sie ungefähr in seinem Alter, was allerdings schwer zu sagen war. Im einen Moment war da dieses Blitzen, im nächsten schaute sie wieder ganz unschuldig aus ihren blauen Augen.

Jemand rempelte Gustav an. Er stolperte und stieß nun seinerseits den Lebkuchenhändler zur Seite. Der schimpfte, jedenfalls klang der Wortschwall, den er losließ, nach Verwünschungen.

Gustav entschuldigte sich mit Händen und Füßen gestikulierend und hielt dem Mann ein paar Pfennige hin, die ihm Iversen vorgestreckt hatte. Der schob Gustavs Hand zurück und zeigte ihm schlichtweg einen Vogel. Für ein paar deutsche Pfennige bekam man hier offensichtlich nicht einmal ein Stück Lebkuchen.

»Mist«, knurrte Gustav.

»Macht doch nichts«, sagte Kulu, der seinem Freund gefolgt war.

»Es schmeckt aber lecker. Meine Mutter hat die besten Lebkuchen gebacken. Ich wollte, dass du diese hier probierst.«

Kulu grinste breit. Er fummelte hinter seinem Rücken herum, blitzschnell schoss seine Hand zum Mund und das Grinsen wurde von vollen Backen abgelöst, in denen Kulu etwas genüsslich von links nach rechts schob. Er sah sich nach beiden Seiten um, dann hielt er Gustav schnell ein Stück saftigen, braunen Lebkuchen hin.

»Hast du … hast du …«, stotterte Gustav, der nicht glauben konnte, dass Kulu das Gebäck geklaut hatte. »Da muss der Pastor aber ein paar gute Worte für dich einlegen«, sagte er und lachte.

Doch Kulu war bei Gustavs Worten das Lachen vergangen. Schlagartig verschwand das Grinsen aus seiner Miene. »Ich habe es nicht gestohlen«, sagte er mit großem Ernst. »Außerdem glaube ich nicht an euren Gottvater Jesus Christus Heiliger Geist.«

Gustav spürte, dass er seinen Freund beleidigt hatte. Er entschuldigte sich.

»Es ist ihm hinuntergefallen. Das Mädchen da hätte es bestimmt nicht mehr gegessen.«

Er deutete auf das Mädchen mit den Locken, das nun nicht mehr allein auf dem Gehweg stand. Eine Dame war zu ihr getreten. Sie balancierte einen Stapel Päckchen auf den Unterarmen, jedes einzelne war in Seidenpapier eingeschlagen. Den Turm krönte eine runde Schachtel, in der sich wahrscheinlich ein ähnlich ausladender Hut befand, wie die Dame ihn auf dem Kopf trug.

Das konnte nicht gut gehen, das sah Gustav sofort, da die Päckchen der Dame die Sicht versperrten. Prompt strauchelte sie nach wenigen Schritten und der Turm in ihren Armen kam ins Wanken. Ein Schrei entfuhr ihr.

Das Mädchen versuchte, die Pakete festzuhalten, was ihr auf den ersten Blick auch zu gelingen schien. Dann brachte ein kleines, kläffendes Ding alles restlos durcheinander: Aus dem Täschchen, das die Dame in der Armbeuge trug, befreite sich ein Hündchen.

»Hilfe!«, rief die Frau.

Gustav sah, wie das Mädchen den Mund aufriss, sich aber in letzter Sekunde besann und statt eines Rufes einen sonderbaren Laut von sich gab. Blitzschnell schaute es sich um, fast so, als fühle es sich bei einer verbotenen Tat ertappt. Der Blick des Mädchens verfing sich für den Bruchteil einer Sekunde in Gustavs und wieder konnte er nicht sagen, was diese kleinen Blitze in den Augen bedeuteten.

Der Hund entkam und das Mädchen stampfte auf. Auch wenn sie immer noch keinen Ton von sich gab, konnte Gustav deutlich spüren, wie wütend sie war.

Das Tier war kaum so groß wie eine Ratte und ebenso hässlich, denn nur an der Schnauze, an den Ohren und an der Spitze des Schwanzes wuchsen ein paar flaumige Haare. Ansonsten war der Hund nackt.

»Napoleon … halt … hierher …«, rief die Dame immer wieder, aber der Vierbeiner hatte eigene Pläne.

Kulu reagierte einen Wimpernschlag rascher als Gustav und rannte los. Er war schnell, den Hund hätte er jedoch nicht eingeholt, wenn er ihm nicht den Weg abgeschnitten und Napoleon so in die Arme von Gustav gescheucht hätte. Der griff beherzt zu, was Napoleon mit einem ebenso beherzten Biss in Gustavs Hand quittierte.

»Aua«, schrie Gustav, unterdrückte jedoch den Impuls, das nackte Biest im hohen Bogen von sich zu werfen.

Die Kartons lagen alle verstreut auf dem Straßenpflaster.

Schnell begannen Kulu und das Mädchen sie aufzusammeln. Allerdings war die Hutschachtel nicht mehr zu retten: Die Fuchsstute eines Gardeoffiziers zermalmte sie mit ihren Hufen. Das Pferd scheute, es stieg mit den Vorderläufen in die Höhe.

Das Mädchen stieß einen Schrei aus und Kulu riss die zarte Person zur Seite, nur einen Wimpernschlag, bevor die Hufe dort auf das Straßenpflaster schlugen, wo das Mädchen gerade noch gestanden hatte.

Das Mädchen schmiegte sich in Kulus Arm. Gustav verzog das Gesicht. Was war das denn nun? Sie himmelte Kulu geradezu an, während Gustav mit dem kleinen Köter in den Armen dastand, der sich entschied, nach Gustavs Nase zu schnappen.

Der Reiter bändigte sein Pferd und stieg ab. Schon hatte er die Reitpeitsche erhoben, um auf Kulu einzudreschen. Das Mädchen stellte sich jedoch schützend vor Kulu.

Der Offizier senkte die Reitpeitsche. »Hat das Gesindel Mademoiselle bedrängt?«, fragte er und schlug die Hacken mit einem lauten Krachen zusammen, sodass das Pferd neben ihm nervös tänzelte.

»Aber nein«, beschwichtigte die Dame den Offizier. »Die mutigen Burschen haben nur getan, was Gentlemen tun: uns das Leben gerettet.«

Das Mädchen befreite sich aus Kulus Armen, strich sein Kleid glatt und richtete sein Strohhütchen. Dann machte es einen Knicks vor Kulu und klimperte mit den Augen.

»Ich werde Madame selbstverständlich den Hut ersetzen«, sagte der Reiter. Er deutete auf das zerstörte Kunstwerk eines Hutmachers auf dem Boden. Die üppigen Atlasschleifen und Straußenfedern lagen zertreten im Staub. »Graf Okonski«, stellte er sich mit einer Verbeugung vor. »Hauptmann im Semjonowski-Leibgarderegiment des Zaren.«

Die Dame und das Mädchen warfen sich einen Blick zu, der Gustav nicht entging. Er konnte sich diesen Blick nicht genau erklären, aber er erinnerte ihn an etwas. Mit einer solchen

Miene hatte sein Vater ihn angeschaut, wenn sie auf Hasenjagd gegangen waren. *Den kriegen wir!,* hatte dieser Blick bei Gustavs Vater bedeutet. Als das Mädchen spürte, wie aufmerksam Gustav sie beobachtete, blitzte kurz noch einmal dieser listige Ausdruck in ihrem Gesicht auf, dann senkte sie den Blick ganz mädchenhaft.

»Marcia Hollinghurst«, erwiderte die Dame ohne jedes Zeichen der Bewunderung die Begrüßung des Offiziers. Sie streckte dem Grafen die rechte Hand entgegen und dieser deutete einen Handkuss an. »Weltreisende, ohne Rang und Adel, aber auch ohne Furcht und Scheu.« Sie zeigte auf das Mädchen. »Das ist meine Tochter Mary und wer diese jungen Herren sind, weiß ich noch gar nicht.«

»Gustav Kröger, Schiffsjunge.« Schnell zog Gustav seine Kappe vom Kopf.

Napoleon nutzte den Augenblick, um sich in Sicherheit zu bringen. Er sprang dem Mädchen auf den Arm und leckte aufgeregt sein Gesicht ab.

Nun stellte Kulu sich vor. »Kulu Ndaye Mukambu, Königssohn«, sagte er.

Marcia Hollinghurst warf ihrer Tochter ein verschmitztes Lächeln zu und wie auf Befehl beugten beide die Knie zu einem tiefen Hof-Knicks. »Es ist uns eine Ehre, Majestät«, sagten sie dabei.

Der schneidige Offizier schüttelte verärgert den Kopf. Es war ihm nicht entgangen, dass er gerade ein wenig auf den Arm genommen wurde. Er tippte kurz an seine Uniformkappe.

»Sie müssen den Hufschmied nach den Eisen schauen lassen, hinten links, sonst lahmt Ihr Pferd bald«, rief Gustav ihm nach, als er davonritt.

»Ein Schiffsjunge, der sich mit Pferdehufen auskennt, und ein afrikanischer Prinz!« Marcia Hollinghurst wedelte mit den Fingern vor ihrem Gesicht herum und machte sonderbare Zeichen. Den Jungen fiel erst jetzt auf, dass sie jedes Wort, das sie sagte, besonders betonte. »Das liebe ich an Weltreisen, man lernt die interessantesten Menschen kennen, nicht wahr, Mary?«

Mary antwortete, ohne einen Ton von sich zu geben. Was sie sagte, konnten Gustav und Kulu jedoch nicht verstehen, weil es fast völlig lautlos und nur durch die Bewegungen ihrer Hände geschah. Die Jungen starrten sie überrascht an.

Daraufhin deutete Mary zuerst auf ihren Mund, dann auf die Ohren und schüttelte den Kopf.

»Oh, ich bitte um Verzeihung, das hätte ich längst sagen sollen. Mary ist stumm und taub«, sagte ihre Mutter. »Aber das macht nichts. Sie kann hervorragend Lippen lesen und wir beide schwatzen mit Gebärden schneller als andere sprechen. So, nun haben wir genug Zeit vertändelt, wir verpassen den Fünf-Uhr-Tee.«

Gustav erschrak. Er kannte diese englische Sitte, am Nachmittag Tee zu trinken und dazu kleine Schnittchen und Gebäck zu essen, aus dem Hause von Herrn von Mörbeek. Wenn schon Zeit für den Tee war, würde ihn und Kulu ein Donnerwetter erwarten, das sich gewaschen hatte. Der Landgang für die Besatzung des Schiffes unterlag strengen Regeln, die gerade ein paar Schiffsjungen auf keinen Fall brechen sollten. Dazu gehörte, auf die Minute pünktlich zur vorgegebenen Zeit wieder an Bord zu sein – und diese Zeit hatte der Kapitän ja auf zwei Uhr am Nachmittag festgesetzt.

Die Dame begann, ihre Einkäufe aufzusammeln. »Wer hilft mir denn mit diesen vielen Schachteln? Die ein oder andere würde ich gerne heil nach Hause bringen.« Sie lächelte die Jungen an.

Kulu nahm die ersten Kartons entgegen. Wenn sie schon zu spät waren, konnten sie der Dame auch behilflich sein, dachte Gustav und übernahm den Rest der Last, die sie bis zum vornehmen Grand Hôtel d'Europe hinter Marcia Hollinghurst und ihrer Tochter hertrugen.

Vor dem Eingang stand ein Portier in einer stramm sitzenden Livree, der ein wenig hochnäsig die Augenbraue hob, als er die Jungen erblickte. »Der Dienstboteneingang ist dort drüben«, murrte er.

Marcia Hollinghurst wies ihn zurecht: »Die Herren sind in meiner Begleitung. Darf ich euch auf eine Erfrischung hineinbitten?«, fragte sie und warf dem Portier einen strengen Blick zu. Dieser pfiff zwei Pagen herbei, die ihnen die Einkäufe abnahmen.

Gustav schlug die Einladung der Dame aus. Sie mussten nun wirklich die Beine in die Hand nehmen, um auf dem schnellsten Weg zur *Hendrike Övelmann* zurückzukehren – in der Hoffnung, dass ihre Strafe nicht allzu hart ausfallen würde.

8

Den Weg zurück zum Ankerplatz der *Hendrike Övelmann* legten Kulu und Gustav im Laufschritt zurück. Gustav schaute weder links noch rechts und er trotzte allen Verlockungen, die dieser Weg für zwei wissensdurstige und abenteuerhungrige Jungen aus der plattdeutschen Ebene und dem Urwald des Kongo bereithielt.

Als sie sich dem Quai näherten, an dem die *Hendrike Övelmann* liegen sollte, stellten sie fest, dass sie Schiffsjungen ohne Schiff waren: Der Dreimastschoner hatte sich in Luft aufgelöst.

»Sie ist verschwunden«, sagte Gustav.

»Wir haben uns verlaufen«, sagte Kulu. Allerdings wusste er selbst, dass das nicht stimmte.

Die Holzhäuser und Baracken, die das Ufer der Newa säumten, standen dort, wo sie gestanden hatten, als die Jungen sich auf den Weg gemacht hatten. Die Kontore der Reedereien, das Büro des Lotsenkommandanten und auch die schwarzen Schornsteine des Postdampfers der kaiserlichen Dampfschifffahrtsgesellschaft hatten sich nicht von ihrem Platz gerührt.

»Ein Segelschiff löst sich doch nicht in Luft auf«, überlegte Gustav ratlos. Er stapfte hinunter zur Hafenmauer.

Vor der schmalen Gangway, die in den Rumpf des Postdampfers führte, lungerten ein paar Matrosen herum. Sie hatten mit Kreide einige Felder auf den gepflasterten Weg gezeichnet und zielten mit kleinen Metallkugeln in diese Abschnitte. Jedes

Feld war mit kyrillischen Schriftzeichen gekennzeichnet und je nachdem, welches einer von ihnen traf, jubelten die Männer oder sie lachten einander aus.

»Unser Schiff?«, fragte Gustav einen der Matrosen. »Wo ist die *Hendrike Övelmann*?«

Der Matrose, ein grober Kerl mit struppigen aschblonden Haaren, die unter einer Wollmütze hervorschauten, lachte nur. Er tat einen Schritt auf Gustav zu. Alkohol schwängerte seinen Atem. Gustav wurde mulmig zumute, denn der Mann machte keinen vertrauenerweckenden Eindruck auf ihn.

Statt einer Antwort schnappte sich der Kerl Gustavs Kappe, stieß ein keckerndes Lachen aus und gab ein paar Töne von sich: »Hänne-drrrrikke Öfföllemann!«, äffte er Gustavs Ton nach.

Kulu zupfte an Gustavs Ärmel. »Komm, Bruder, wir fragen lieber jemand anderen.«

Gustav ärgerte sich, dass er ängstlich wie ein kleines Kind nach dem Schiff gefragt hatte. Er war kein kleines Kind mehr! Er hatte die raue Ostsee befahren und zwei Stürmen getrotzt. Die Wanten kletterte er schneller hinauf als mancher Leichtmatrose, der schon Jahre auf den schwankenden Brettern eines Seglers verbracht hatte.

Er griff nach seiner Kappe, aber der betrunkene Matrose war trotz seines Zustands schneller. Mit einer flinken Bewegung aus der Hüfte heraus warf er die Kopfbedeckung einem der Männer zu, mit denen er gespielt hatte.

Sie stellten sich um ihn herum auf. Schon hielt der Nächste die Kappe. Gustav sprang hinüber, aber er gelangte nicht an die Beute der Spaßvögel.

Kulu versuchte, ihm zu Hilfe zu kommen, doch der vierte Matrose, der sich bisher aus der Sache herausgehalten hatte, schlang beide Arme um Kulus Brustkorb. Er hielt ihn fest umklammert, sodass er nichts ausrichten konnte.

Als die Kopfbedeckung zum fünften, sechsten oder siebten Mal im Bogen über Gustav hinwegsegelte und ihm von dem blonden Kerl vor der Nase weggeschnappt wurde, platzte Gustav der Kragen. Er kümmerte sich nicht mehr um die Kappe, sondern stürmte geradeaus auf den Matrosen zu, um ihn mit Schwung vors Schienbein zu treten. Sein Gegner machte jedoch in letzter Sekunde einen Schritt zur Seite.

Gustav konnte seinen Lauf nicht mehr stoppen. Zu allem Überfluss stolperte er über den Fuß des Matrosen. Er strauchelte, taumelte ein paar Meter nach vorne und sah die Kante der Quaimauer auf sich zukommen.

»Vorsicht!«, rief Kulu, der immer noch in den Armen des Seemanns feststeckte. Sein Zappeln und Treten blieben erfolglos, also krümmte er sich und schaffte es, die Zähne in die Hand seines Gegners zu rammen. Der Mann verfluchte Kulu, öffnete jedoch die Umklammerung.

Seinem Freund zu Hilfe kommen konnte Kulu jedoch nicht mehr.

Ein Schrei ertönte, Kulu sah gerade noch die beiden Füße, die an der Mauerkante verschwanden. Zwei Augenblicke später hörte er, wie Gustav ins Wasser platschte. Danach war es still.

Die russischen Seeleute schauten sich an. Dann machten sie sich wie auf Kommando aus dem Staub. Ihre Schritte hallten auf dem eisernen Steg, der hinüber zu dem Postdampfer führte. Gustavs Kappe lag auf den Steinen.

Kulu stürzte zur Mauerkante und warf sich auf das harte Pflaster. Sein Blick suchte die Wasseroberfläche nach Gustav ab, nach irgendeiner Spur von ihm, nach seinen Schultern, seinen Armen, die durchs Wasser pflügten, um ihn an der Oberfläche zu halten, oder einem Schuh, den er vielleicht beim Sturz verloren hatte.

Die Newa floss träge dahin. Aber der Fluss strömte mit einem ordentlichen Sog dem Finnischen Meerbusen entgegen, um dort ein Teil der weiten Ostsee zu werden. Jetzt umspielten die Wellen direkt unter ihm die ölschwarzen Quader der Quaimauer, ein paar Meter weiter rechts plätscherten sie gegen die stählerne Bugwand des Dampfschiffes. Nicht einmal Gustavs struppigen Haarschopf konnte Kulu ausfindig machen. Abfall der großen Stadt zog vorbei, ein Baumstamm, Gestrüpp, Lumpen, ein Blecheimer, den eine Ratte als Fährboot nutzte.

»Gustav!«, schallte Kulus Ruf übers Wasser, aber niemand antwortete.

Plötzlich sah Kulu eine Bewegung. Ein gutes Stück Fluss abwärts entdeckte er etwas Helles. Das konnte Gustavs Hemd sein. Kulu rannte los, legte eine kleine Strecke am Ufer zurück und setzte zum Sprung an.

Er war an einem Fluss mit unendlich vielen Seitenarmen und Verzweigungen groß geworden, kaum konnte er ein paar Schritte auf festem Boden machen, da hatte der Großvater ihm das Schwimmen beigebracht. Er streckte die Arme weit nach vorne und glitt ins Wasser, das ihn eiskalt umschloss, viel kälter, als er es erwartet hatte. Seine Arme ruderten mit aller Kraft, die Beine schlugen. Rasch näherte er sich dem weißen Etwas im Wasser, ein Zug noch, ein zweiter und er konnte danach greifen.

Es war ein Stück Stoff, der Rest von einem Bettlaken vielleicht, aber kein Hemd und kein Gustav. Auf einmal schallte das Tröten eines Horns über das Wasser. Ein Mann schrie.

Kulu begriff nicht sofort, in welcher Gefahr er sich befand. Ein Dampfschlepper bewegte sich mit hohem Tempo auf ihn zu. Der Steuermann fuchtelte mit den Armen, doch es war zu spät. Es gab nur noch eine Richtung, in die Kulu entkommen konnte: nach unten.

Kulu holte tief Luft, schnellte nach vorne und tauchte hinab. Er machte zwei kräftige Züge. Das Wasser war trübe, aber ein Blick nach oben zeigte ihm, dass der Schlepper keinen sehr großen Tiefgang hatte. Noch ein Zug, noch ein Stoß mit den Beinen und er war tief genug, um nicht von dem harten Stahl des Bootes gerammt zu werden.

Gefährlicher als das war die Schiffsschraube. Sie wirbelte das Wasser am Heck des kleinen Dampfers auf und erzeugte einen Sog, der Kulu gefährlich werden konnte. Lebensgefährlich.

Kulu sah fast nichts mehr, nur einen hellen Schein, wo die Oberfläche sein musste. Seine Lungen brannten, der Druck, den er in den Ohren spürte, wurde stärker, aber er widerstand der Versuchung, sich nach oben zu wenden. Noch einen Zug hinab in die Dunkelheit, einen weiteren, einen dritten.

Wenn es Gustav so erwischt hat, will ich ihm folgen, schoss es Kulu durch den Kopf. Der Drang, den Mund zu öffnen, damit der Druck sich löste, wurde groß und größer, aber dann hörte er die Stimme seines Großvaters, die durch das Gebrabbel und Gesäusel der Wasserblasen um ihn herum zu ihm drang. Er rief nach Kulu. Das spornte ihn an, er paddelte mit den Füßen, wie er nur konnte. Die Schuhe hingen schwer an ihm, seine nassen Kleider zogen ihn nach unten, doch er gab nicht auf. Über ihm wurde es heller, das Geräusch des Schiffsmotors hatte sich schon entfernt, aber nun wollten seine Lungen platzen. Dann spürte er einen harten Schlag am Hinterkopf.

9

Der Bootshaken, mit dem die Männer auf dem Schlepper Kulu in letzter Sekunde aus dem Wasser zogen, würde eine ordentliche Beule hinterlassen, aber das spielte keine Rolle. Er plumpste auf das Bootsdeck und spuckte Wasser.

Die Besatzung bestand aus dem Lotsen, einem Steuermann und einem Heizer mit rußverschmiertem Gesicht. Sie versuchten gar nicht erst, sich mit Kulu zu verständigen, sondern erweckten den Eindruck, dass sie schon oft – mal lebendes, mal totes – Treibgut dieser Art aus der Newa gezogen hatten. Einen Schiffsbrüchigen mit so schwarzer Haut schienen sie nie gesehen zu haben, denn der fast genauso schwarze Heizer machte sich mehrmals den Spaß, an der Haut von Kulus Unterarm zu rubbeln, um zu sehen, ob die Farbe sich abwaschen ließ.

Kulu wehrte sich nicht dagegen. Er hatte das oft erlebt. Wenigstens spuckte der Heizer sich nicht vorher in die Hände.

Der Lotsenkapitän setzte ihn am nächsten Landungssteg, der ein gutes Stück von der Stelle des Unglücks entfernt war, ab. Der Steg lag flussabwärts, sodass Kulu auf dem Rückweg jede Gelegenheit nutzte, um das Ufer abzusuchen. Er fragte jeden Angler, der auf einen Fang fürs Abendessen hoffte, aber niemand hatte einen im Fluss treibenden Jungen gesehen. Vielleicht hatte es Gustav ähnlich erwischt wie ihn selbst? Vielleicht hatte ihn eines der vielen Boote auf der Newa herausgefischt? Oder in die Tiefe gedrückt?

Es war schon spät, als Kulu wieder am Quai ankam, wo die *Hendrike Övelmann* gelegen hatte. Sicher wartet er hier irgendwo auf mich, dachte Kulu. Gleich kommt er und fragt, wo ich gewesen bin, schimpft, dass ich ihm nicht einen solchen Schreck einjagen soll. Aber seine Hoffnung erfüllte sich nicht.

Kulu setzte sich ans Ufer und weinte. Seit seine Schwester und seine Eltern an Bord der *Vesuvio* den letzten Atemzug gemacht hatten, war keine einzige Träne mehr über seine Wangen gelaufen. Dabei hatte es genug traurige Momente gegeben in den Jahren, in denen er mit Corelli und den Zirkusleuten durch halb Europa gereist war.

Er hätte in dieser Zeit Tränen aus Einsamkeit vergießen können und aus Wut und Verzweiflung, aber das hatte er sich verboten. Sonst schwemmten sie ihn weg. Stattdessen hatte er gelernt, mit allem umzugehen, was das neue Leben in der Welt der Weißen mit sich brachte.

Es war nichts mehr wert gewesen, dass er schon am Knacken der Äste des Gebüschs unterscheiden konnte, ob sich ein Leopard oder eine Waldantilope näherte, ob er wusste welche Kräuter des Waldes genießbar waren oder einen langsamen und erbärmlichen Tod garantierten, wenn man sie schluckte, oder wie man aus Zweigen und Blättern einen Unterschlupf baute, der einen auch während der wahren Sturzfluten trocken hielt, die zur Regenzeit aus den Wolken fielen. Nur sein zielsicheres Auge und seine ruhige Hand, die niemals zitterte, wenn er den Pfeil seines Bogens auf eine Beute richtete, hatten ihm in seinem neuen Leben geholfen. Sie hatten ihn zur Attraktion im *Circus Corelli* gemacht.

Er hatte gelernt, mit Schnee und Kälte im Winter klarzukommen. Er hatte geduldet, dass Menschen ihn anfassten, um zu prüfen, ob die Farbe seiner Haut echt war oder wie sich sein dichtes krauses Haar anfühlte.

Am schlimmsten war für Kulu gewesen, mit welchen Worten Menschen wie Donny Dagger oder der Direktor über ihn und seinesgleichen sprachen. Je besser er ihre Sprache verstanden hatte, desto unerträglicher war es für ihn geworden. Bald wünschte er sich – so wie viele andere der Schwarzen in seiner Truppe –, nur die wichtigsten Worte gelernt zu haben, die man brauchte, um einigermaßen zurechtzukommen. Dann hätte er nicht gewusst, wie viele abfällige Bezeichnungen sie sich für ihn einfallen ließen: Kaffer, Hottentotte und viele andere.

Als in Wien im Institut eines Professors jeder Zentimeter seines Körpers vermessen worden war und er sich splitterfasernackt den Studenten dieses Mannes zeigen musste, hatte er zum ersten Mal den Plan gefasst, sich aus dem Staub zu machen.

Kulu hatte alles in sich aufgesaugt, was er über diese Welt lernen konnte, bis sie ihm gar nicht mehr so fremd war wie in den ersten Wochen nach der Ankunft der *Vesuvio* in Genua.

Die wichtigste Lektion hatte ihm jedoch der von allen verabscheute Direktor erteilt: Wenn er tat, was die Leute von ihm erwarteten, hatte er am wenigsten Probleme. Dann saßen die Geldstücke locker. Das war das Wichtigste. Solange er sich daran hielt, konnte ihm nicht viel passieren.

Nur eine Sache, die ließ sich auch damit nicht in den Griff bekommen: Das war die Einsamkeit, das schreckliche Gefühl, ganz allein auf der Welt zu sein. Zu Hause in seinem Dorf war er niemals allein gewesen. Nur wer Teil der Dorfgemeinschaft war, hatte den Schutz, den jeder brauchte, um in der Welt voller Gefahren in seiner Heimat zu überleben. Das galt ganz besonders, wenn man noch nicht die Prüfungen durchlebt hatte, die aus einem Jungen einen Mann, einen Krieger, ein vollständiges Mitglied der Gemeinschaft machten.

Nur, wenn man mit dem Großvater zusammensitzen und dessen Geschichten von den Ahnengeistern, den Gefahren des Urwalds, den wilden Tieren, Raubkatzen, Schlangen, Krokodilen, Giftspinnen lauschen durfte, gehörte man zu der großen Familie, die ihre Mitglieder schützte – und tröstete.

Mit Gustav an seiner Seite hatte Kulu in den letzten Wochen das Gefühl der Einsamkeit verloren. Zum ersten Mal, seit er den afrikanischen Kontinent verlassen hatte. Und nun war sein Freund, sein Bruder in den trüben Fluten des Flusses verschwunden.

Vor lauter Erschöpfung schlief Kulu irgendwann ein.

Als er aufwachte, brach der Morgen gerade an. Noch immer klebten seine feuchten Kleider an ihm. Er beachtete es nicht, sondern suchte noch einmal das Ufer ab, weit die Newa hinab, bis er den Hafen und das Stadtgebiet fast hinter sich gelassen hatte. Es war hoffnungslos.

Er fragte jeden Mann und jede Frau, denen er am Ufer begegnete, aber meistens verstanden sie ihn nicht, obwohl Kulu auf seinen Reisen mit dem Zirkus ein paar Brocken in den verschiedensten Sprachen gelernt hatte. Ein paar Fischer luden ihn zu einer Tasse Tee ein. Das heiße Getränk weckte die Lebensgeister in ihm, ein Kanten Brot und ein Stück von einem geräucherten Aal gaben ihm zusätzlich ein bisschen Kraft zurück.

Er musste jemanden auftreiben, der sich hier auskannte. Vielleicht hatte Gustav sich irgendwohin retten können und den Weg zurück nicht gefunden. Nicht weit vom Ufer gab es Niederlassungen und Lagerhäuser von Reedereien und Kaufleuten, auch aus Hamburg und Bremen, aus Danzig und Stettin und Lübeck. Daran erinnerte er sich. Gustav hatte darauf gezeigt, als sie am Vormittag daran vorbeigelaufen waren: »Da, Kulu, schau! Das Hamburger Wappen, uns findest du überall in der Welt«, hatte er stolz gerufen, als habe sein kleines Dörfchen, das immerhin fast eine Tagesreise von Hamburg entfernt lag, hier selbst eine Niederlassung.

Gebr. Salzstroem & Comp. Hamburg – Lübeck – Riga – Sankt Petersburg stand auf einem dieser Schilder. Drei Stufen führten hinauf zu einer hölzernen Plattform, die Kulu gerade erreichte, als auch schon die Tür unter dem Firmenschild aufgerissen wurde.

Ein Bursche mit einer spitz vorstehenden Nase, auf die er goldgerahmte Sehgläser geklemmt hatte, stand vor ihm, kaum älter als er selbst, vielleicht zwei oder drei Jahre. Er wirkte sehr aufgeregt. Rote Flecken bedeckten sein Gesicht. »Endlich, das wurde aber auch höchste Zeit. Wo ist die Depesche?«, platzte es aus ihm heraus.

»Julius, was ist denn nun?«, schallte eine ärgerliche Stimme von drinnen heraus. »Sind es die Nachrichten aus Riga? Ist die *Rosalinde* angekommen?«

»Nein Onkel, keine Depesche aus Riga«, rief der Bürogehilfe, als er erkannte, dass es sich bei Kulu nicht um den Boten des Telegrafenamtes handelte. Er raufte sich die Haare. »Wenn es unsere *Rosalinde* erwischt hat, sind wir bankrott«, erklärte er Kulu. »Sie ist unser einziges Schiff. Wir sind am Ende, wenn der Sturm sie erwischt hat. Die Ladung ist versichert, aber das Schiff nicht. Vater hat das Geld gespart.«

Kulu stand da und es fiel ihm nichts Ordentliches ein, das er zum Trost hätte sagen können. Nur so viel, dass sie mit der *Hendrike Övelmann* auch in schweres Wetter geraten waren. »Dank unseres Kapitäns ist alles gut gegangen. Euer Schiff wird sich in einen Hafen gerettet haben.«

»Eine gute Mannschaft haben wir«, seufzte der andere. »Auf der *Hendrike Övelmann* bist du gefahren? Ein solides Schiff, auch wenn die Zeiten der Segler über kurz oder lang vorüber sein werden. Meine Familie stammt aus Hamburg, dort sind *Salzstroem & Compagnie* ansässig, aber jeder von uns muss seinen Dienst auch in einem der Kontore in der Fremde tun. Ich war ein Jahr in Riga, dann zwei Jahre in Valparaíso und nun bin ich seit zwei Monaten hier. Was treibt dich in unser Büro? Suchst du eine Heuer?«

Kulu erzählte ihm von dem Unglück, das Gustav passiert war, und von dem verschwundenen Schiff.

»Mein Gott, ein Schiffsjunge verschwindet gelegentlich. Das ist leider so. Aber dann auch noch eine ganze Dreimastbark? Das kann nicht sein. Vielleicht haben sie das Schiff auf Reede geschleppt, weil sie den Platz am Quai brauchten. Wenn ihr eure Ladung schon gelöscht habt, könnte das der Grund für das Verschwinden der *Hendrike* sein. Oder der Kapitän hat sich gesputet, weil er die Hafengebühren sparen wollte? Warst du schon beim Hafenmeister?«

Kulu schüttelte den Kopf.

»Da musst du hin. Frag dort nach Koloschenkow. Du gehst immer weiter flussaufwärts bis zu den Ladekränen.« Der andere Junge kramte einen Bleistiftstummel und einen Zettel hervor und kritzelte eine Karte mit ein paar Strichen darauf. »Wenn einer weiß, wo die *Hendrike Övelmann* ist, dann Koloschenkow.«

Kulu nahm den Zettel entgegen und bedankte sich.

Die Hafenmeisterei fand er schnell, aber den Mann namens Koloschenkow nicht und leider auch niemanden, dem er sich verständlich machen konnte, bis jemand ihm mit den Armen fuchtelnd zu verstehen gab, dass dieser Koloschenkow zum Essen gegangen sein musste und Kulu einem Seitenarm der Newa ein Stück weit folgen solle.

Kulu tat, wie ihm geheißen, und landete nach ein paar Minuten vor einer Bretterbude, aus der Stimmen und ein verführerischer Duft drangen. Die Tür stand offen, den Eingang verdeckte ein Vorhang aus bunten Perlenschnüren. Seeleute kamen und gingen. Kulu trat durch den leise klimpernden Perlenvorhang.

Sofort hüllte ihn eine Wolke aus Tabakrauch, Essensdüften, Schweiß und Fürzen ein. Was von außen wie eine windschiefe Baracke ausgesehen hatte, entpuppte sich im Inneren als ein geräumiger Saal, in dem sich Bänke und Tische aneinanderreihten, die bis auf den letzten Platz besetzt waren.

Hier stopften sich die Männer den Magen voll, die auf den Schiffen vor dem Mast ihren Dienst taten. Lauter raue Kerle, die das harte Leben mit wenig Platz und gar keiner Bequemlichkeit im Vorschiff gewöhnt waren. Kräftige Mägde balancierten Tabletts mit Schalen und Schüsseln über die Köpfe der Männer an den Tischen hinweg. Immer, wenn sie eine der Schalen vor den Hungrigen abstellten, wurden sie mit einem freudigen Johlen begrüßt.

»Ich suche den Hafenmeister? Ist er hier?«, fragte Kulu eine der Frauen.

Sie winkte Kulu mit sich und bahnte ihm den Weg bis zum Tresen, über den in einem fort die Teller und Schalen wanderten, auf die die Gäste warteten. Fette Schweinshaxen, Kartoffelklöße mit Sauerkraut und Würsten, Blutwurst und Zwiebeln lagen darauf. Kulu lief das Wasser im Mund zusammen.

Die Kellnerin verschwand in der Küche und kam nach ein paar Augenblicken mit einer Frau zurück, deren fettverschmierte Schürze sie als die Köchin und – wie sich herausstellte – die Wirtin dieser Schenke auswies. Sie stellte sich Kulu zwar mit ihrem Namen vor, befahl ihm aber sogleich, sie Muttchen zu nennen. So täten es alle.

»Wen haben wir denn da?«, fragte Muttchen. »Einen Landsmann, hat Irina gesagt, und jetzt verstehe ich auch, warum sie dabei so gegrinst hat. Und ich vermute, dieser kleine Landsmann hat Hunger und kein Geld?«

Sie war überrascht, dass Kulus dringlichstes Anliegen kein Teller Suppe war, denn es war im ganzen Hafen bekannt: Bei Muttchen ging kein Schiffjunge hungrig auf sein Schiff zurück, egal, ob er noch etwas von seiner Heuer übrig hatte oder nicht.

Als Kulu ihr von Gustavs Unglück und vom Verschwinden der *Hendrike Övelmann* erzählt hatte, schnalzte Muttchen dreimal mit der Zunge, wobei sie ein Geräusch erzeugte, das lauter als ein Peitschenknall durch den Speisesaal hallte. Augenblicklich herrschte Totenstille.

»Koloschenkow!«, rief Muttchen über die Köpfe ihrer Gäste hinweg. Neugierig drehten sich einige der Anwesenden um, als sich ganz hinten am Ende des Gastraums jemand erhob.

Der Mann stand auf einer kleinen Empore mit einigen anderen Herren, die aussahen, als gehörten sie eigentlich nicht hierher. Aber Muttchens gute deutsche Küche schien auch Leib und Seele der Herren beisammenzuhalten, die auf dem Achterdeck oder in den feinen Handelskontoren das Sagen hatten. Muttchen schob Kulu durch die Gänge zwischen den Tischreihen hinüber zu der Empore und wiederholte die Fragen des Jungen nach Gustav und dem Schiff.

Die *Hendrike Övelmann* war tatsächlich ausgelaufen, wie sich nun herausstellte. Warum der Kapitän Sankt Petersburg früher als geplant verlassen hatte und ohne die Schiffsjungen, konnte Koloschenkow nicht sagen.

Kulus Herz sank in die Hose. Was sollte er bloß tun? Er saß in einer Stadt fest, weiter weg von seiner afrikanischen Heimat, als es sich überhaupt jemand vorstellen konnte. Viel schlimmer war jedoch die zweite Nachricht, die der Hafenmeister für ihn hatte: Am Abend zuvor hatten Hafenarbeiter einen Jungen aus der Newa gezogen, dort, wo sie sich bei der Wassiljewski-Insel mit der Smolenka vereinigte.

»Aus dem Wasser gezogen?«, fragte Kulu.

»Mausetot. Soviel ich gehört habe, ist ihm übel mitgespielt worden. Er ist in die Schraube von einem Dampfer geraten. Wenn es dein Freund war, kannst du ihm nur noch einen Grabstein spendieren. Vermutlich ist er aber schon in einem Armengrab auf dem Smolensker Friedhof verscharrt worden. Oder einer hat ihn an die Leichenfledderer von der Universität verkauft. Die Professoren freuen sich, wenn sie ihren Studenten mal das Innenleben von etwas anderem als einem verfallenen alten Kerl zeigen können.«

Die Wirtin des Gasthauses zog einen Kochlöffel aus der

Schürze ihres Kittels und drohte dem Hafenmeister damit. »Koloschenkow, du bist ein fieser Kerl, der in der Hölle schmoren soll. Der arme Junge macht sich Sorgen um seinen Freund und du erzählst ihm solche Sachen.« Fest legte sie Kulu den Arm um die Schultern. »Komm, mein Kleiner. Du kriegst erst einmal eine Stärkung. Mit Muttchens Eintopf im Bauch verträgt man Schicksalsschläge besser.«

Kulu war der Appetit jedoch längst vergangen.

10

Er hatte gekämpft, um sein Leben gekämpft, das er nicht so schnell aufgeben wollte. Ohne viel nachzudenken, zappelte er mit den Beinen, die Arme ruderten wie von selbst. Seine Gliedmaßen führten einen verrückten Tanz auf, der das Wasser aufwühlte, ihn aber auch sehr viel Kraft kostete. Als er es zum ersten Mal schaffte, die Oberfläche zu durchstoßen und zumindest Mund und Nase der Luft entgegenzustrecken, erblickte er trotz aller Panik noch die Menschen an Land.

Beim zweiten Versuch, seine Lungen mit Sauerstoff zu füllen, war er schon ein Stück abgetrieben. Aus dem Augenwinkel nahm er wahr, wie sich der Bug eines Schleppers näherte, dampfgetrieben und deshalb schnell. Wenn der Steuermann ihn im Wasser überhaupt sah, blieb kaum noch Zeit, den Motor zu drosseln oder auszuweichen. Er wird dich zermalmen oder seine Schraube zerfetzt dir die Glieder, als Fischfutter wirst du enden – das waren seine letzten klaren Gedanken.

Schon im nächsten Augenblick füllte das Wasser den Bauch und leider auch die Lunge, es gurgelte und gluckerte, einmal oder zweimal konnte er noch etwas herausdrücken, weil hier und da noch ein paar Luftbläschen waren, die dem Wasser Widerstand leisten wollten, aber schließlich zog es ihn nach unten.

Dann spürte er den Schlag. Zuerst vorne an der Stirn, dann hinten am Schopf. Es knirschte. Wie ein Blitz fuhr der Schmerz durch sein Gehirn. Es wurde dunkel.

Wo auch immer sein Platz für die Ewigkeit sein würde, es war kein schöner Platz. Das ahnte er sehr bald, denn es schlug ihn jemand ins Gesicht. Kein liebevolles Tätscheln, sondern heftige Schläge mit der flachen Hand spürte er und das tat im Reich der Toten genauso weh wie zu Lebzeiten. Nun drückte ihm jemand so fest auf den Bauch, dass er glaubte, man quetsche ihm den Magen durch die Kehle hinaus. Es war jedoch nur ein gewaltiger Schwall Wasser, den er ausspuckte.

»Hurra«, rief eine Stimme. »Er lebt!«

Davon konnte keine Rede sein, jedenfalls fühlte es sich nicht so an. Er riss die Augen auf. Im ersten Moment glaubte er, tatsächlich im Paradies gelandet zu sein, denn die Stimme gehörte – daran konnte kein Zweifel bestehen – einem Engel.

Der Engel hatte blonde Haare, die ein zartweißes Gesicht umrahmten. Meerblaue Engelsaugen und eine Stupsnase mit Sommersprossen, kirschrote Lippen und ein Lächeln, das etwas spitzige Zähne freilegte, von denen ein paar in unterschiedliche Richtungen wachsen wollten.

Auch Engel sind nicht perfekt, dachte er. Er stützte sich auf die Unterarme, aber die waren zu schwach, um ihn zu halten. »Wo bin ich?«, fragte er.

»Er spricht deutsch«, rief jemand.

Er sank zurück.

»Lauf, Amalie. Hol deinen Bruder und den Leiterwagen«, sagte die Stimme. »Und schickt nach dem Doktor.«

Das waren die letzten Worte, die er hörte, bevor ihm die Sinne wieder vollends schwanden.

Als er das nächste Mal aufwachte, fühlte er keine harten und nassen Steine unter sich, und es plätscherte auch kein Wasser gegen seine Füße. Er lag in einem Bett. In seinem Kopf dröhnte es. Er schlug die Augen auf. Der Engel war verschwunden. Stattdessen drang aus dem Dämmerlicht ein leises Schnarchen zu ihm herüber. Vorsichtig sah er sich um.

Er befand sich in einem Zimmer, in dessen Ecke ein Lehnstuhl stand, in dem eine Gestalt in tiefem Schlaf in sich zusammengesunken war. Ein Fenster stand offen, leichter Wind bewegte den zarten Stoff der Gardinen.

Die Kopfschmerzen hämmerten in jeder Windung seines Gehirns. Er stöhnte, als er sich aufsetzte, griff sich zur Stirn. Etwas war um seinen Kopf gewickelt, ein Verband, wie es schien.

»Autsch!«, entfuhr es ihn, als er dagegendrückte.

Die Gestalt auf dem Stuhl in der Ecke bewegte sich und schreckte auf. Es war ein Junge, wenig älter als er selbst. »Er ist aufgewacht!«, rief der Junge. Es klang, als habe er nicht daran geglaubt, dass dieser Fall noch eintreten würde. Nun eilte der Junge zum Bett, um ihn am Aufstehen zu hindern.

»Nicht bewegen, du musst liegen bleiben«, beschwor er ihn und drückte ihn behutsam zurück. Er bettete den Patienten auf das weiche Kopfkissen und nahm ihm das Versprechen ab, dass er sich keinen Millimeter bewegen dürfe, bis er mit seiner Schwester und dem Vater zurückkäme. Vor allem den Kopf solle er stillhalten. Daraufhin verschwand der Junge.

Es dauerte nicht lange, bis er zurückkehrte. Hinter dem Jungen betraten ein Mann, der wohl der Vater sein musste, und der Engel das Zimmer.

»Ich bin Amalie«, stellte sie sich vor. »Peter und ich haben dich unten am Ufer der Newa gefunden. Wenn man die Wunde an deinem Kopf anschaut, müsstest du eigentlich tot sein. Aber du bist wohl ein Dickschädel. Woher kommst du und …«

»Gemach, gemach! Mein Töchterchen ist gelegentlich sehr stürmisch«, unterbrach ihr Vater sie. »Eins nach dem anderen. Ich bin August Johannes Prignitz, Hofbankier seiner Majestät des Zaren, Liebhaber der Künste und Vater dieser wohlgeratenen Zwillingskinder.« Er deutete mit einer ausladenden und etwas theatralischen Bewegung auf Amalie und Peter. »Du hast wirklich großes Glück gehabt, sagt unser Medicus. Fast eine ganze Woche lagst du bewusstlos darnieder, mit neun Stichen musste er die Wunde an deinem Kopf nähen, der Schlag hatte es in sich. Verrätst du uns deinen Namen?«

Er schaute den Mann, dann das Mädchen und ihren Zwillingsbruder mit großen Augen an. Er hätte diesen fürsorglichen Menschen, die ihm offensichtlich das Leben gerettet hatten, gerne seinen Namen gesagt.

Aber er konnte es nicht.

In seinem Kopf war kein Name, der zu ihm gehörte.

»Ich … ich … mein Name …«, brachte er zaghaft hervor. Im selben Moment wurde ihm klar, dass er nicht die geringste Ahnung hatte, wo er sich befand. Was hatte der Mann gesagt? Hofbankier des Zaren war er. »Wo bin ich?«, stammelte er.

»In Sankt Petersburg«, sagte das Mädchen.

»Sankt Petersburg«, wiederholte er. In seinem Kopf herrschte völlige Leere. Er hatte den Namen der Stadt schon einmal gehört, sie lag in einem fernen Land, aber in welchem? In seinem Kopf sauste und brauste es. Hinter seinen Schläfen pulsierte das Blut, es fühlte sich an, als könne er hören, wie es durch die Adern rauschte.

Der Bruder des Mädchens ging zu dem Sessel in der Ecke des Zimmers und holte ein paar Kleidungsstücke, die gefaltet über der Armlehne gelegen hatten.

»Im Hemd, das du getragen hast, steht ein Name«, sagte er und zeigte ihm die Innenseite des Hemdkragens. Mit ungelenken Stichen hatte jemand einen Namen hineingestickt. Auch in der Hose und der Unterhose fand sich der Name, aber er erinnerte sich nicht daran, dass er jemals diese Kleider getragen hatte.

»Du bist Gustav Kröger?«, fragte das Mädchen. »So muss es sein, oder? Wie bist du hierhergekommen?«

Gustav Kröger – der Name kam ihm bekannt vor. Vielleicht war es sein Name, warum sollte es sonst in den Sachen stehen, die er getragen hatte.

»Bist du auf einem Schiff gewesen und über Bord gegangen?«

»Über Bord gegangen?«, flüsterte er kaum hörbar. Er schloss die Augen, es war zu anstrengend, sie offen zu halten. Hinter den Lidern sah er nun eine Hand, die mit größter Mühe einen Faden durch ein Nadelöhr zu bugsieren versuchte. »Gustav Kröger«, flüsterte er wieder und noch einmal: »Gus-tav«, fast, als müsse er sich selbst vergewissern.

Eine zweite Erinnerung kam auf: Er selbst, wie er den Namen in den Kragen eines Hemds stichelte und dann in den Bund einer Hose, und neben ihm saß jemand, der genauso viel Mühe mit dieser Arbeit hatte, und er hörte sich fluchen, dass dies keine Arbeit für einen Seemann sei. Jemand stimmte ihm zu, aber er konnte nicht erkennen, wer es war.

»Ein Schiff«, sagte er. »Ja, ein Schiff.«

»Na siehst du«, rief das Mädchen. Sie klatschte vor Begeisterung in die Hände. »Welches Schiff? Gibt es jemanden, dem wir eine Nachricht schicken sollen? Papa, wir müssen dem Kapitän die Botschaft überbringen, dass …«

Mehr hörte er nicht mehr. Er verlor wieder das Bewusstsein.

III

»Wenn sich das Gift der Schwarzen Mamba im Körper ihres Opfers ausbreitet, hängt zuerst dessen Augenlid herab und seine Sprache klingt plötzlich verwaschen, als hätte es zu viel vom selbst gebrannten Kartoffelschnaps gekostet. Er spuckt sein letztes Essen im hohen Bogen aus, Schweiß überströmt seinen ganzen Körper, der Herzschlag rast, und weil das Gift alle Muskeln lähmt, versagt die Lunge alsbald. Ein jämmerlicher und qualvoller Erstickungstod kann nur noch verhindert werden, wenn das Herz des Opfers ihm zuvorkommt und seinen Dienst versagt. Tot ist der Mensch dann aber auch.«

11

Verhungern würde er nicht, dessen war sich Kulu gewiss, denn Muttchen hatte einen Narren an ihm gefressen. Glücklich machte ihn diese Gewissheit allerdings nicht. Er hatte sich in den letzten Tagen auf der Suche nach Gustav die Sohlen abgelaufen, in einem Hospital nach dem anderen nach seinem Freund geforscht. Er wollte die Hoffnung nicht aufgeben, dass Gustav den Sturz ins Wasser überlebt hatte.

Auch den Schrecken vor den Geistern der Toten hatte er überwunden und die Friedhofswärter mit seinen Fragen nach einem blonden deutschen Schiffsjungen gelöchert. Dreimal war ihm das Herz in die Hose gesunken, weil ihn die Totengräber zu einer Leiche geführt hatten, die ein wenig auf Gustavs Beschreibung passte. In allen drei Fällen hatte Kulu die schaurigen Orte erleichtert wieder verlassen – es war nicht Gustav gewesen.

Gustav Kröger war verschwunden. Und Kulu blieb alleine und verlassen in dieser großen Stadt, in der er niemanden kannte. Außer Muttchen und jenem Julius Salzstroem, der ihm nach Gustavs Verschwinden den Weg zum Hafenmeister gewiesen hatte. Julius half ihm auch, bei allen Büros vorstellig zu werden, wo Seeleute angeheuert wurden – bei den Schiffsausrüstern und den Quartiermeistern, den einschlägigen Pensionen, wo Matrosen für wenig Geld eine Schlafstatt fanden. Ein paar Mal hätte Kulu anmustern können, denn Seeleute waren gesucht, einmal sogar für eine direkte Fahrt nach Hamburg. Aber was sollte Kulu in Hamburg? Am Ende lief er noch Alfonso Corelli, der sicher nicht gut auf ihn zu sprechen war, in die Arme.

Lange würde er sich mit dem abendlichen Eintopf in der Gaststube von Muttchen nicht durchbringen können, das wusste er. Die Obrigkeit war hinter den zerlumpten Gestalten her, wenn man nicht aufpasste, landete man schnell in einem Arbeitshaus oder an schlimmeren Orten.

Ein paar Nächte hatte Kulu in einer Kammer des Kontors der Firma *Salzstroem & Comp.* unter einem Regal mit Putzzeug geschlafen, aber der Bürovorsteher war schnell dahintergekommen.

Das Blatt wendete sich, als Kulu einen Handzettel auf der Straße nahe dem Winterpalast fand. Was die Wörter und Buchstaben darauf bedeuteten, konnte er nicht entziffern. Das war aber auch nicht nötig: Denn Kulu kannte solche Handzettel. Sie sahen denen ähnlich, mit denen Direktor Corelli für die Gastspiele seiner Truppe geworben hatte. Kulu starrte auf den Zettel.

Er hatte Direktor Corelli und Donny Dagger, der ihn und seine Leute immer wieder schikaniert hatte, gehasst. Auch die Vorführungen gemeinsam mit den anderen und die gaffenden Menschen im Publikum hatte er nicht gemocht. Wenn er als Bogenschütze in der Manege aufgetreten war, hatte ihm die Sache hingegen Spaß gemacht. Er hatte den Applaus der Zuschauer genossen.

Vielleicht kann ich wieder Artist werden, dachte Kulu. Ein Zirkus suchte immer Leute zum Mitreisen, meistens für die niederen Tätigkeiten, aber selbst das wäre eine gute Möglichkeit, eigenes Geld zu verdienen. Wenn es nicht gelang und er

Gustav weiterhin nicht fand, konnte er immer noch auf einem Schiff anheuern.

Kulu zeigte Julius Salzstroem den Handzettel. »Julius, wo finde ich diesen Zirkus?«

»Das ist ganz in der Nähe der Michaelsburg«, sagte er. »Du erkennst sie an dem Reiterstandbild von Zar Peter dem Ersten, unterhalb der Simeonovsky-Brücke.«

Auf der Stelle machte Kulu sich auf den Weg. Mit staunenden Augen stand er schließlich vor dem Gebäude. Es handelte sich nicht um einen schäbigen Wanderzirkus, wie der von Corelli, sondern um ein prachtvolles steinernes Gebäude, in dem das ganze Jahr hindurch Vorführungen stattfanden, auch im kältesten Winter. Die Fassade zierten drei überlebensgroße Statuen, dahinter spannte sich die weite Kuppel der Manege. Es war Vormittag und der Haupteingang noch verriegelt. Die erste Vorstellung des Tages fand am Nachmittag statt. Kulu umrundete das Gebäude und fand auf der Rückseite, was er gesucht hatte: eine Tür, unscheinbar und schmucklos, aber offen.

Aufmerksam schaute er sich um. Kein Mensch war zu sehen, also schlüpfte er schnell hindurch und fand sich in einem dunklen Gang wieder, an dessen Ende sich eine weitere Tür befand. Er öffnete sie, prüfte, ob auch hier die Luft rein war, und stand dann erneut in einem Flur.

Ein gedämpftes Lachen drang von irgendwoher zu ihm, jemand stimmte eine Violine und eine Dame sang Tonleitern. Plötzlich wurde eine der Türen auf der linken Seite aufgerissen und ein ganzes Rudel weißer Pudel sauste auf den Flur hinaus. Eine Pudeldame mit einer rosafarbenen Schleife um den Sterz machte kurz halt, zwickte Kulu in die Wade und beeilte sich, dem Rest der Bande hinterherzukommen.

Er folgte dem Flur nach links und schaute sich die Plakate an den Wänden an. Die unterschiedlichsten Attraktionen wurden angepriesen. Kulu las die Überschriften: Parforce-Reiter auf ungesattelten Pferden, indianische Spiele, ein komisches Divertissement zweier Herren und noch vieles mehr wurden dort angepriesen. In einiger Entfernung hörte er die aufgebrachte Stimme eines Mannes: »Nun beeilen Sie sich doch, Mademoiselle Linette. Wenn es bis zum Redaktionsschluss der Gazette nicht auf dem Schreibtisch des Redakteurs liegt, erscheint es nicht mehr in der nächsten Ausgabe. Lesen Sie es mir noch einmal vor!«

»Die Direktion gibt sich die Ehre, einem hohen und verehrungswürdigen Publikum ergebenst anzuzeigen«, las eine wohltönende Stimme vor, »dass sie den in ganz Russland noch nie gesehenen, berühmten Herrn Amodio della Caprese, Akrobat, Equilibrist und Jongleur des Royal-Amphitheaters zu London, welcher soeben aus Amerika zurückgekehrt ist, für nur wenige Vorstellungen gewonnen hat und derselbe zum ersten Male in Russland als Gast aufzutreten die Ehre hat.«

»Wunderbar und jetzt bringen Sie es schnellstens zur Redaktionsstube am Nevsky-Prospekt.«

»Jawohl, Herr Sobol«, sagte die zweite Person.

»Nehmen Sie eine Droschke, husch, husch!«, befahl dieser Sobol.

Kulu konnte kaum so schnell den Weg frei machen, wie jetzt die Tür aufgerissen wurde und eine junge Frau an ihm vorbeieilte, um den Auftrag auszuführen. Sie ließ die Tür offen stehen, also klopfte Kulu an den Rahmen und trat in das Zimmer.

Das fensterlose Büro wurde von Öllampen an den Wänden erhellt. Ein Schreibtisch nahm fast den halben Raum ein. Dahinter saß der Mann, zu dem die aufgeregte Stimme gehört hatte: Sobol hatte ein fülliges Gesicht mit einer bläulich schimmernden dicken Nase. Seine spärlichen Haare standen in zauseligen Fäden in alle Richtungen ab.

Er war so vertieft in das Studium einer Kladde, dass er zunächst keine Notiz von Kulu nahm. Erst als Kulu sich leise räusperte, schreckte er auf.

»Himmel, Herrschaftszeiten noch einmal, was erschreckst du mich so!«, rief er aus. »Wer bist denn du?«

Kulu wusste ganz genau, dass die nächsten Augenblicke darüber entscheiden würden, ob sein Plan aufging – oder nicht. Eigentlich war es gar kein richtiger Plan, sondern nur diese Idee, der Wunsch, sein Glück wieder als Artist zu versuchen.

In der Welt der Artisten galt nur derjenige etwas, der sich herauszuputzen wusste. Allzu bescheiden durfte man hier nicht sein, sonst brachte man es bestenfalls zum Hanswurst, dem untersten der Clowns, dem jeder in den Hintern treten durfte.

Kulu holte tief Luft. Aufrecht und stolz stand er da, schob die Schultern zurück und drückte die Brust heraus. Dann sagte er: »Ich bin Prinz Kulu Ndaye Mukambu, der weltbeste Bogenschütze, von den Ufern des Kongos aufgebrochen und mehrmals rund um die Welt gereist, um das hohe und verehrungswürdige Publikum dieses bewundernswerten Hauses mit seinen Künsten zum Staunen zu bringen.«

Am Ende dieses Satzes musste Kulu nach Luft schnappen. Einerseits, weil er es nicht gewohnt war, Sätze von sich zu geben, die sich so sehr wanden und ringelten wie eine ausgewachsene Würgeschlange. Zudem hatte er die ganze Zeit nicht ein Mal Luft geholt.

Der Mann hinter dem Schreibtisch legte den Federhalter aus

der Hand, erhob sich und ging ein paar Schritte um den Tisch herum.

»Aha, ein Prinz also?« Er schob einen Stapel von Blättern und Briefen auf dem Tisch zur Seite, dann setzte er sich lässig auf die Tischkante. »Das hohe und verehrungswürdige Publikum will er zum Staunen bringen?«, fragte er. Der Spott in seiner Stimme war nicht zu überhören.

Kulu versuchte weiterhin, sehr selbstbewusst auszusehen. »Ja, mein Herr.«

»Mit seinen Künsten?«

Kulu nickte. Er spürte, wie er zu schwitzen begann. Das hier war gar nicht so einfach, wie er es sich ausgemalt hatte. Eine Idee und einen Plan zu haben, war kein Problem, aber nun wurde die Sache kompliziert. Ihm wurde plötzlich bewusst, dass er keineswegs wie ein Prinz aussah, nicht wie ein afrikanischer und schon gar nicht wie einer aus den Königshäusern dieses Kontinents. Auch wenn er noch nie einen von diesen Prinzen oder Prinzessinnen leibhaftig gesehen hatte, war ihm klar, dass ein Schiffsjunge, der seit einiger Zeit in seinen schmuddeligen Kleidern herumlief und nachts auch darin schlief, nicht einmal in einer festlich beleuchteten Zirkusmanege als Prinz von irgendwas durchging. Er ärgerte sich, dass er so überstürzt losgelaufen war und sich nicht besser vorbereitet hatte.

»Ein Bogenschütze bist du? Ich sehe keinen Bogen und auch keine Pfeile. Wo ist er denn, dein Bogen?«

»Es ist so … also, mein Bogen und meine Pfeile …« Was sollte Kulu bloß antworten? Die Gedanken rasten durch seinen Kopf. »Gestohlen«, brachte er schließlich hervor. »Mein Gepäck wurde mir gestohlen, aber wenn Sie einen Bogen haben, zeige ich Ihnen gerne, was ich kann. Ich treffe auf zwanzig Schritt Entfernung einen Apfel, der auf dem Kopf von einem Kind sitzt. Es wird Sie begeistern und das …«

»… hohe und verehrungswürdige Publikum, ich weiß.« Der Mann lachte. »Das haben mir schon viele vor dir versprochen. Hast du eine Ahnung, wer in Kürze sein Kommen angesagt hat? Ganz Petersburg spricht davon!«

Er machte eine theatralische Pause, um dann Haltung anzunehmen und mit hervorgerecktem Kinn seine Frage selbst zu beantworten.

»Der Zarewitsch persönlich.«

Kulu hatte keine Ahnung, warum das von so großer Bedeutung war, und er wusste auch nicht, was an einem Zarewitsch so besonders war. Der Name klang eher ein bisschen lustig.

»Der Zarewitsch. Hast du mich verstanden? Er sitzt eines Tages auf dem Thron und wird Herrscher dieses Landes. Wenn er auch nur mit der Wimper zuckt vor Begeisterung, rennt uns anschließend halb Russland die Bude ein. Komm wieder, wenn du mir deine Kunstfertigkeit vorführen kannst. Aber jetzt machst du dich am besten ganz schnell aus dem Staub und lässt mich mein Kassa-Buch führen. Die Zahlen machen mich traurig genug.«

»Bitte, ich …«, machte Kulu noch einen Versuch.

»Raus mit dir!«, wurde ihm das Wort abgeschnitten. »Oder muss ich Mikado, den stärksten Mann der Welt, rufen? Der bricht dich in der Mitte in zwei Stücke und versenkt dich draußen im Fluss.«

»Soll er nur kommen!«, erwiderte Kulu. Er würde nicht gehen, bevor er seine Fähigkeiten nicht beweisen konnte – oder gescheitert war. Also setzte er sich einfach auf den Stuhl, der vor dem Schreibtisch stand, verschränkte die Arme vor der Brust und sagte: »Ich gehe erst, wenn ich gezeigt habe, was ich kann.«

Langsam stand Direktor Sobol auf. Er stützte die Hände in die Seiten und baute sich drohend vor Kulu auf. Ein Donnerwetter kündigte sich an, das war unübersehbar, aber bevor er nach Mikado, dem stärksten Mann der Welt, oder ein paar Burschen rufen konnte, die Kulu verprügeln und im hohen Bogen hinauswerfen würden, rauschte die junge Frau von vorhin durch die Tür.

»Es gibt ein Problem«, rief sie.

»Bitte? Es gibt ein Problem, Mademoiselle Linette?« Sobol lachte verzweifelt. »Ein entzündeter Huf bei einem der Vollblüter, die Plakate für das neue Programm sind nicht geliefert worden – um alles muss ich mich kümmern. Was also ist denn jetzt wieder passiert? Die Gazette wird unsere Ankündigung nicht in der Wochenendausgabe bringen, stimmt's?«

Die Dame nickte.

Den Jungen vor seinem Tisch schien Sobol ganz vergessen zu haben. Kulu entschied, dass gerade kein guter Augenblick war, um wieder auf sich aufmerksam zu machen. Er überlegte, ob er sich nicht lieber davonschleichen sollte.

Sobol schlug beide Hände vors Gesicht. Bevor er etwas sagen konnte, fügte die junge Frau noch hinzu: »Das ist allerdings der gute Teil der Nachricht … oder der bessere … äh … oder der nicht ganz so schlechte.«

Sobol lugte durch die Finger hindurch. »Was denn noch?«

»Unser neuer Star sollte doch mit dem Nordexpress heute Abend eintreffen …« Mademoiselle Linettes Stimme wurde mit jedem Satz, den sie sprach, leiser.

»Amodio della Caprese hat den Anschluss in Ostende verpasst?«, fragte Sobol.

»Schlimmer«, antwortete Mademoiselle Linette. »Der Zug ist hinter Dwinsk entgleist, ein Waggon ist in eine Schlucht gestürzt.«

»Caprese ist tot?«, fragte Sobol.

»Ganz so schlimm ist es nicht.« Mademoiselle Linette atmete sichtlich erleichtert auf. »Er hat sich nur beide Beine gebrochen.«

»Wir sind ruiniert«, flüsterte Sobol.

Kulu erhob sich und versuchte, unauffällig zu verschwinden.

»Hiergeblieben«, donnerte Sobols Stimme durch den Raum.

Mittlerweile hatten sich draußen im Gang immer mehr Menschen angesammelt, Artisten, wie es schien, viele von ihnen trugen bereits die Trikots und Kostüme für die Nachmittagsvorstellung. Eine junge Frau, die Kulu an das Schlangenmädchen aus dem Circus Corelli erinnerte, schniefte und schluchzte: »Werden wir nun alle nach Sibirien verbannt?«

»Die Ärmste, wo sie doch immer so friert«, sagte die Wahrsagerin. »Ich habe für sie in die Glaskugel geschaut. Eine Reise in die Südsee, Kindchen, das brauchst du jetzt. Sonne und blaue Wogen.«

»Ruhe!« Sobol packte Kulu am Kragen, führte ihn zurück zum Tisch und hob ihn mit einem schnellen Schwung auf den Stuhl davor.

Er schritt einmal um den Stuhl herum. »Doch, ja, vielleicht«, sprach er dabei. »Er könnte einen Lendenschurz tragen und wir malen ihn mit Goldbronze an, dann …«

»Auf keinen Fall. Keine Goldbronze!«, rief Kulu.

»Schon gut, schon gut« erwiderte Sobol, dann breitete er die

Arme aus und rief, als stünde er in der Manege: »Hohes und verehrungswürdiges Publikum. Seine Wenigkeit, Alexej Sobol, gibt sich untertänigst die Ehre, seine Durchlaucht von und zu, den Prinz … äh …« Er schaute Kulu Hilfe suchend an.

»Kulu Ndaye Mukambu«, flüsterte Kulu.

Sobol zwinkerte ihm zu.

»Prinz Kulu Ndaye Mukambu vorzustellen, den besten Bogenschützen zwischen Sankt Petersburg und … äh … überall. Zum ersten Mal im Reich unseres glorreichen und gnadenvollen Zaren …«

Es folgten noch einige Lobpreisungen, bei denen Kulu immer heißer wurde. Eigentlich hatte er ja jetzt völlig überraschend sein Ziel erreicht, aber er war sich auf einmal nicht mehr sicher, ob das, was nun geschah, wirklich das war, was er wollte.

»Der Prinz trifft auf dreißig Schritt …«

»Zwanzig«, unterbrach Kulu ihn.

»Nun gut, auf zwanzig Schritt. Ja, was triffst du nun?« Sobol schaute Kulu auffordernd an.

»Einen Apfel?«, flüsterte Kulu.

»Ein gekochtes Ei! Eine Erbse wäre mir lieber, aber man kann nicht alles haben.« Sobol war nun richtig in Fahrt gekommen. »Auf dem Kopf einer zarten Jungfrau. Aber das ist noch nicht alles!«

Aus dem Flur schallte begeisterter Applaus in den Raum.

Kulu war sich nun ziemlich sicher, dass er einen Fehler gemacht hatte. Davon brachte ihn auch die Tatsache nicht ab, dass er in dem langen Gang eine sehr geräumige Garderobe zugewiesen bekam, mit einem Stern auf der Tür. Allerdings auch mit Mikado davor, denn Sobol wollte kein Risiko eingehen, dass sein neuer Star verloren ging. Das passierte schließlich in Sankt Petersburg schneller, als man sichs versah.

Gustavs Gedächtnis war wie leer gefegt. Er ging davon aus, dass Gustav Kröger sein Name war, aber ganz sicher war er sich dessen nicht. Der Name stand in seinen Kleidern, doch das musste nicht viel bedeuten. Vielleicht hatte er die Sachen beim Altkleiderhändler für ein paar Münzen erstanden. Oder hatte er sie von einer Wäscheleine gestohlen? Alles war möglich.

Die Schwielen an seinen Händen sprachen dafür, dass er nicht aus einem vornehmen Haus stammte. Seine Arme und sein Nacken waren sonnenverbrannt, seine Haare struppig, und man sah ihnen an, dass ungelenke Finger die Schere geführt hatten, als sie geschnitten worden waren.

Alle paar Tage sah der Doktor der vornehmen Bankiersfamilie, die ihn bei sich aufgenommen hatte, nach seiner Verletzung. Die Kinder des Hauses brachten ihm jeden Morgen ein reichhaltiges Frühstück auf einem Tablett und zwangen ihn, es im Bett mit zwei weichen Kissen im Rücken zu verspeisen. Sie achteten darauf, dass die wichtigste Anweisung des Arztes strengstens eingehalten wurde: »Ruhe! Absolute Ruhe!« Dazu gab es gutes Essen und abwechselnd lasen Amalie und Peter ihm aus Büchern vor, von denen es in diesem Haus eine ganze Menge zu geben schien.

»Papa hat die schönste Bibliothek in ganz Sankt Petersburg«, betonte Amalie. »Er hat alle Bücher mitgenommen, als wir von Augsburg hierhergezogen sind, aber das ist lange her, da waren Peter und ich noch gar nicht geboren.«

Wenn die Zwillinge sich nicht um das Wohl ihres Gastes kümmerten, mussten sie in eben dieser Bibliothek sitzen und mit ihrem Hauslehrer, einem jungen Mann mit sieben feuerroten Pickeln auf der Stirn, französische Vokabeln und Algebra pauken oder am Piano im Salon Klaviersonaten üben.

Nach ein paar Tagen beruhigte sich das Grollen und Drücken in Gustavs Schädel. Als an einem Nachmittag über dem ganzen Haus eine tiefe Ruhe lag, nutzte er die Gelegenheit. Vorsichtig erhob er sich.

Ein leichter Schwindel ergriff ihn, seine Hand suchte an dem hohen, blank polierten Bettpfosten aus Ebenholz Halt. So verharrte er einen Augenblick.

Es ging besser, als er erwartet hatte. Eigentlich hatte er nur ein paar Schritte durch das Zimmer machen wollen, als er aber ohne Mühe die Tür erreichte, öffnete er sie und trat hinaus auf den Flur, der zu einem Treppenhaus führte. Von hier aus konnte man in die weiträumige Halle hinunterblicken. Schritt für Schritt wagte Gustav sich weiter, traute sich sogar, die Treppe hinunterzusteigen. Auf dem ersten Absatz musste er eine kleine Pause machen.

So tastete er sich bis ins Erdgeschoss voran. Dort lag rechts ein Salon mit Palmen, die bis zur Decke reichten, und links jene von Amalie gelobte Bibliothek. Gustav wusste, dass dies der richtige Ort für ihn war. Er konnte nicht sagen, warum, aber er fühlte sich von dem Raum angezogen, also lief er weiter. Die deckenhohen Schränke mit gläsernen Türen, alle randvoll mit Büchern und Mappen, Landkarten und Folianten, beeindruckten ihn. In der Mitte stand ein großer, mit grünem Filz überzogener Tisch.

Gustav stutzte. Ein zarter Stich fuhr ihm durch die Stirn. Eine Erinnerung.

Er musste sich in einen der schweren Sessel setzen, um kurz auszuruhen. Die Erinnerung erschien wieder, wie ein flimmerndes Bild sah er sie vor seinem inneren Auge. Er war schon einmal in einem solchen Raum gewesen. Eine Person tauchte auf, die sich durch den Raum bewegte. Sie ähnelte dem Hofbankier des Zaren, das glaubte Gustav jedenfalls, aber dic Bilder in seinem Kopf verschwammen immer wieder. Da war ein Name, aber Gustav bekam auch ihn nicht zu fassen. War es der Name einer Person? Oder der Titel eines Buches? Eine Stadt oder ein Fluss …

»Mississippi«, hörte Gustav sich selbst flüstern und im selben Moment wurde eines der Bilder in seinem Kopf scharf: Er befand sich in einer einfachen Kammer, da war noch eine Person, die aus einem Buch vorlas. Er hörte die Stimme in seinem Kopf: »*Flusspiraten des Mississippi. Von Friedrich Gerstäcker … Schon in früheren Zeiten, als die westlichen Staaten … Dampfboote die Wasser jener mächtigen Ströme noch nicht aufwühlten … Kiel- und Flatboote … Archen …*«

Weg war sie. Er versuchte, die Erinnerung zurückzuholen, aber es gelang ihm nicht. Sein Kopf dröhnte, und als er wenig später erschöpft von seinem Ausflug ins Bett sank, war der kurze Blitz der Erinnerung vollständig erloschen.

12

Kulu versuchte, Sobol davon zu überzeugen, dass ein Schuss auf ein hart gekochtes Hühnerei zu riskant sei, aber Sobol blieb dabei. Auf einen Apfel könne jeder schießen, das sei doch fast wie ein offenes Scheunentor, behauptete er. Entweder sei Kulu der weltbeste Bogenschütze oder nicht und wahrscheinlich könne ein wirklich weltbester Bogenschütze sogar eine Haselnuss, ach was, eine Erbse oder vielleicht sogar einen Floh, der auf dem Kopf sitze, treffen.

Bevor Sobol auf weitere dumme Ideen kommen konnte, gab Kulu sich geschlagen. Vielleicht hatte er ein klein wenig zu stark aufgetrumpft bei seinem Versuch, ein Engagement in diesem Zirkus zu bekommen.

Zunächst brauchte er einen Bogen und die richtigen Pfeile. Sein angeblich verloren gegangenes Gepäck war schließlich eine reine Erfindung, es würde niemals ankommen, nicht in Sankt Petersburg und auch sonst nirgendwo, weil es nun einmal gar nicht existierte.

In dieser Sache wusste Mademoiselle Linette Rat.

»In der letzten Saison hatten wir echte Indianer hier, eine spektakuläre Truppe aus den Steppen des Westens der Vereinigten Staaten von Amerika«, berichtete sie. »Wilde Verfolgungsjagden mit den Cowboys haben sie sich geliefert. Die Cowboys waren allerdings nicht echt und meistens betrunken. Hast du schon einmal von Buffalo Bill gehört?«, fragte sie.

Kulu schüttelte den Kopf.

»Ein Häuptling mit Federschmuck, wie du ihn noch nie gesehen hast, war dabei. Und ein Bursche, der im vollen Galopp vom Rücken eines Ponys mit dem Bogen geschossen hat. Rate einmal, was er bei seiner Abreise vergessen hat?«

Linette wartete eine Antwort gar nicht erst ab, sondern zog Kulu mit sich. Sie führte ihn in einen Lagerraum neben den Ställen der Vollblüter.

Das Lager war vollgestopft mit Requisiten, Kostüme quollen aus Schränken, in einem Regal stapelten sich Kopfbedeckungen jeglicher Art. Ritterhelme, Federhüte, Narrenkappen, Jonglierkeulen, allerlei Zauberkram. So ging es immer weiter, bis sie zu einem Schrank voller Waffen in den unterschiedlichsten Ausführungen kamen.

Linette zog eine Trittleiter heran und zeigte hinauf ins oberste Fach. »Ich glaube, dort oben liegt, was du brauchst.«

Kulu stieg hinauf. Er wusste sofort, was Linette meinte: einen Köcher mit Pfeilen und einen Bogen, der zwar anders aussah als der, den er kannte, sich aber bei näherer Betrachtung als absolut brauchbar erwies.

»Jetzt fehlen nur noch die Eier«, stellte Kulu zufrieden fest.

Die nächsten Tage verbrachte Kulu damit, die Pfeile wieder und wieder in eine Zielscheibe zu jagen, die er sich aus einer Strohmatte gebaut hatte. Er spürte, dass seine Muskeln und Sehnen sich auf dem Segelschiff an andere Bewegungen gewöhnt hatten, aber es dauerte nicht lange, bis er wieder zu seiner alten Form gefunden hatte. Wer als kleiner Junge Tag für Tag mit seiner Waffe in den Dschungel gezogen war und Tausende Pfeile abgeschossen hatte, verlernte diese Kunstfertigkeit nicht.

Das Training lenkte ihn davon ab, dass er Gustav verloren hatte, vergessen konnte er den Freund jedoch nicht so schnell. Er musste aufpassen, dass seine Gedanken nicht abschweiften, wenn er gerade den festen Stand für einen treffsicheren Schuss suchte, die Sehne spannte, das Ziel ins Auge fasste. Jedes Mal, wenn es doch passierte, wenn auch nur eine Faser seines Körpers, eine Windung seines Gehirns nicht bei der Sache waren, suchte sich der Pfeil unweigerlich sein eigenes Ziel – eine Stelle knapp unterhalb oder neben dem kleinen Kreis, den er auf die Strohmatte gemalt hatte.

In seiner Vorstellung befand sich das Ziel jedoch auf dem Kopf eines Menschen. Ein Zentimeter zu tief geschossen, bedeutete dessen Tod oder doch mindestens eine sehr hässliche Wunde.

Schon nach kurzer Zeit forderte Kulu einen Kürbis und einen Eierbecher sowie eine Stiege hart gekochter Eier. Er stellte den Eierbecher auf den Kürbis und den Kürbis auf einen Balken im Stall, ungefähr in der Höhe einer mittelgroßen Person. Nicht ein Schuss ging daneben, solange Kulu sich konzentrierte, nur um die Eier tat es ihm leid. Die Pfeilspitze zermatschte eins nach dem anderen. Er hätte sie lieber gegessen.

Kulu begann, sich zu langweilen. Auf ein Ei aus dreißig Schritt Entfernung zu schießen, war schon bald keine Herausforderung mehr, selbst wenn es auf dem Kopf des Zaren persönlich in einem Eierbecher aus purem Gold gestanden hätte.

Dann rückte der Abend seiner ersten Vorstellung näher. Sobol setzte alles auf eine Karte. Wenn er die Gunst des Zarenhofs erringen wollte, musste er eine würdige Darbietung präsentieren, hatte der Zirkusdirektor Kulu eingeschärft.

»Mein Junge, darauf kommt es nämlich an: Einladungen in die Paläste des Hochadels zu bekommen«, raunte er ihm zu. »Dort führen wir gegen ein ganz und gar fürstliches Salär unsere Künste im privaten Rahmen vor.«

»Meine«, sagte Kulu. »Meine Künste.«

»Wie auch immer«, Sobol winkte mit einem selbstgefälligen Grinsen im Gesicht ab. »Ich sehe es schon vor mir. Ich und der schwarze Bogenschütze aus dem Dschungel, wie wir von Gartenfest zu Gartenfest in den Sommerresidenzen der Hofschranzen ziehen. Von den Einkünften solcher Einladungen kann ich … äh … können wir den Rest des Jahres in Saus und Braus leben.«

Zwei Tage später stand Sobol in Kulus Garderobe und teilte ihm mit hochrotem Kopf mit: »Es ist so weit. Der Zarewitsch kommt. Bald, baldiger, am baldigsten. Du musst heute Abend in die Manege. Ich habe ein bisschen was vorbereitet, damit es gut, ach, was sage ich, damit es fantastisch aussieht.«

Sobol hatte alles aufgeboten, was die Requisitenkammer und der Kostümfundus des Zirkus hergaben. Nach der letzten Trapeznummer verwandelte eine kleine Heerschar von Helfern die Manege in Windeseile in einen Urwald – oder das, was Sobol sich darunter vorstellte. Kulu erkannte zwar nicht seine Heimat wieder, aber es gab eine Menge Grünpflanzen und zudem – wie bei Corelli – einen Elefanten, den einer der Tierwärter hereinführte. Grob zusammengehämmerte Hütten, ein Feuerplatz ohne Feuer, ein paar Lanzen und Schilde vervollständigten die Dekoration. Der Boden, den sonst Sand und Sägespäne bedeckten, war mit Kuhhäuten ausgelegt.

»Das ist noch nicht alles«, frohlockte Sobol und klatschte in die Hände, woraufhin eine der Damen, die für alle Artisten die Kostüme nähte, eine Schneiderpuppe hereintrug.

Das Gewand auf dieser Puppe sah fantastisch aus, das musste Kulu zugeben. Es bestand aus einer schneeweißen eng anliegenden Hose, wie er sie bei den vornehmen Offizieren in den Straßen der Stadt gesehen hatte. Auch die Jacke hatte Ähnlichkeit mit den Uniformen der Husarenregimenter, war jedoch überladen mit goldenen Stickereien und glitzernden Steinen, Litzen und Epauletten, die Kulus Schultern gleich doppelt so breit erscheinen ließen.

Noch pompöser sollte der Kopfputz sein, den Sobol eigens hatte anfertigen lassen. Er bestand zwar aus billigem mit Goldbronze bemaltem Blech und Juwelen aus buntem Glas, aber auf ein paar Schritt Entfernung konnte die Krone mit denen der gesalbten Häupter des Zarenhauses mithalten.

Sobol setzte sie Kulu auf den Kopf und rief: »Prinz Kulu Ndaye Mukambu! Der weltbeste Bogenschütze!«

Dann erklärte er Kulu, wie die Nummer ablaufen sollte. Kulu bekam weiche Knie. Es gab noch eine Menge zu tun und die Zeit war knapp.

Kronleuchter erhellten den prachtvollen Innenraum des Zirkus, nicht einer, sondern zwei, drei, vier – mehr als ein Dutzend hingen von der Kuppel hinab, die sich über fast fünfzig Meter spannte, ohne dass ein Stützpfeiler sie vor dem Einsturz schützte. Um die kreisrunde Manege zogen sich die Plätze der Zuschauer, es waren keine harten Holzbänke, wie im Circus Corelli, sondern gepolsterte Stühle. Kulu strich mit einer Hand über den Sitz. Der Stoff war weich und schmeichelte der Hand.

Die kaiserliche Loge thronte über dem Hauptportal, durch das die Artisten das Zirkusrund betraten. In der Mitte über ihren Köpfen bezeugte das Wappen der Romanows, der Doppeladler, die uneingeschränkte Macht der Zaren, so hatte Mademoiselle Linette es ihm erklärt.

Zwei Stunden vor der Vorstellung geriet Sobol in Unruhe, denn einige düstere Herren in ebenso düsteren Anzügen betraten den Zirkus. Sie trugen hohe Zylinder, schwarze lederne Handschuhe und hatten schwarze Capes über die Schultern geworfen. Selbst Mikado, dem stärksten Mann der Welt, stand die Angst ins Gesicht geschrieben, als er diese Männer erblickte. Hastig entfernte er sich und wurde nicht mehr gesehen, obwohl er eigentlich die ankommenden Gäste mit seinen Muskeln beeindrucken und unterhalten sollte.

Wenn die Herren in den schwarzen Mänteln sich ein bisschen zu hastig bewegten, erinnerten sie an übergroße Krähen, fand Kulu, vor allem, wenn ihre Umhänge dabei wehten und sich weiteten. Dann sah man auch, dass jeder der Männer einen Revolver in einem Halfter bei sich trug.

»Das sind Herren der Ochrana, der kaiserlichen Geheimpolizei«, flüsterte Mademoiselle Linette Kulu zu. Ihre Stimme bebte, offensichtlich flößte diese geheime Polizei allen im Zirkus Respekt, wenn nicht gar Angst ein. Sehr geheim schienen die Männer allerdings nicht zu sein, ihr düsteres Auftreten zog die Aufmerksamkeit geradezu auf sie.

»Was machen sie hier?«, flüsterte Kulu zurück.

»Sie suchen …«, nun senkte Linette die Stimme noch mehr, fast so, dass man sie kaum noch verstehen konnte, »… Bomben.«

»Bomben?«, fragte Kulu, leider allzu laut und deutlich.

Jeder hatte es gehört und prompt erschienen wie aus dem Nichts drei der schwarzen Krähen. Sie umzingelten Kulu, aber bevor sie irgendein Unheil anrichten konnten, klimperte Linette mit ihren langen und tiefschwarz getuschten Wimpern.

Sie umschwirrte die Krähen, bezirzte sie mit Worten und Blicken und konnte sie schließlich davon überzeugen, dass Kulu, der Prinz aus dem Lande der Kongolesen, der Grund sei, warum die kaiserlichen Hoheiten überhaupt den Wunsch verspürten, die heutige Vorstellung mit ihrer Anwesenheit zu beehren. Mit gestelzten Worten vermochte sie das Unheil abzuwenden und eine Verhaftung Kulus zu verhindern.

Kulu war erleichtert, als nicht allzu lange nach dem Besuch dieser Herren das geschäftige Treiben begann, das einer Zirkusvorstellung voranging. Im Foyer des Hauses zogen sich die Pagen die weißen Handschuhe über, mit denen sie die Garderobe der Herrschaften in Empfang nahmen. Hinter den Tresen der Verkaufsstände heizten die Mädchen in gestärkten Schürzen die Kessel für die gebrannten Mandeln an. Der Duft von Karamellbonbons zog durch die Gänge und bald schallten auch schon die Melodien des Orchesters bis in die Garderoben.

Die Vorstellung verzögerte sich jedoch, weil der Zarewitsch samt seiner Gattin, der Mutter des Zaren und einer Schar großfürstlicher Nichten, Neffen, Cousinen und Vettern sowie ihren Hofdamen und Adjutanten noch nicht in der kaiserlichen Loge eingetroffen war.

»Es wird nicht begonnen, bevor er da ist«, wiederholte Sobol immer wieder und man merkte ihm an, dass er sich Sorgen machte, ob der hohe Besuch überhaupt noch eintreffen würde.

13

Die Zwillinge hatten bis zum letzten Augenblick gewartet. Erst kurz bevor sie sich auf den Weg machen mussten, hatten sie Gustav die Überraschung präsentiert – die Billets für den Besuch des berühmten Sankt Petersburger Zirkus.

Sie steckten Gustav in einen von Peters besten Anzügen. Das Kleidungsstück passte recht gut, es saß nur ein wenig stramm, weil Gustav kräftiger gebaut war, und irgendwie fühlte es sich auch fremd an, so, als hätte er noch nicht oft ein solches Kleidungsstück getragen. Gustav trug Hemd und Kragen, eine elegante Krawatte aus grüner Seide, sogar feine silberne Manschettenknöpfe hatte Peter ihm überlassen. Sie hatten die Form einer gewundenen Schlange, deren Augen aus zwei winzigen Smaragden bestanden. Er schlüpfte in ein Paar schwarzer Lackschuhe. Sie drückten arg. Seine Füße waren an solch elegantes Schuhwerk nicht gewöhnt. Gustav blickte in den Spiegel und erkannte sich kaum wieder.

Die Familie erwartete ihn bereits im Erdgeschoss der Villa. Amalies Kleid aus Seide in zartem Rosa puschten mehrere Lagen von Unterröcken auf, an ihrem Handgelenk baumelte ein Täschchen, in dem kaum mehr als ein Taschentuch aus Spitze Platz fand.

»Uff«, entfuhr es Gustav bei ihrem Anblick und er lächelte ihr zu.

Sogar ihr eigener Vater hob eine Augenbraue und sagte

scherzend: »Kennt jemand diese junge Dame? Ach was, das ist das Fräulein Prignitz, dem neuerdings alle jungen Offiziere nachpfeifen.«

Amalie überhörte das alles, ließ sich aber wie eine Comtesse in die Kutsche helfen, als es endlich losging.

Ein milder Wind von der Ostsee verdrängte die schwere Luft, er wehte ihnen den Weg durch die aufgeheizten Straßen der großen Stadt frei. Dunkel wurde es auch am Abend und in der Nacht nicht mehr. Jetzt begann die Zeit der Weißen Nächte in Sankt Petersburg, denn die Stadt lag auf dem sechzigsten Breitengrad, wo die Sonne es im Juni und im Juli nicht mehr schaffte, hinter dem Horizont zu versinken.

Nur gelegentliche Anfälle von Schwindel und die Narbe mit dem Pflaster erinnerten Gustav noch daran, dass sein Kopf ordentlich mitgenommen worden war. Aufmerksam schaute er sich um, versuchte, die Bilder jeder Straße, jedes Winkels in sich aufzunehmen.

Ein einziges Mal, als der Kutscher dem Wagen einer Brauerei mit hoch aufgetürmten Fässern auf der Ladefläche den Vortritt lassen musste, stellte sich bei Gustav eine Erinnerung ein. Gerade pries ein fliegender Händler an der Straßenecke Gebäck in seinem Bauchladen an: Lebkuchen in Form von Herzen und Sternen und dickbauchigen Männlein.

Gustav zog der Duft des Gebäcks in die Nase. Seit dem Unfall nahm er Gerüche viel stärker wahr, als habe die Erschütterung des Kopfs seine Sinnesorgane geschärft. Er schloss die Augen und schnupperte.

In der Dunkelheit hinter seinen Augenlidern blitzte ein Bild auf: eine Dame und ein Mädchen, das nicht sprechen konnte, eine Hutschachtel und eine Fuchsstute. Ein paar Worte gesellten sich zu den Bildern: »… Weltreisende, ohne Rang und Adel …«, sagte die Dame, »… zum Hufschmied …«, das war seine eigene Stimme und jemand sagte voller Stolz und mit ein wenig Spott: »Kulu Ndaye Mukambu, Königssohn …«

»Kulu Ndaye Mukambu«, murmelte Gustav. Er fand jedoch kein Gesicht dazu.

Gustavs Erinnerung verschwamm. Der Doktor hatte prophezeit, dass es ein beschwerlicher Weg werden konnte, bis er wieder wusste, wer er war. »Oder es geht ganz plötzlich«, hatte er gesagt. »Wir müssen abwarten.«

Als die Kutsche vor dem Gebäude des Zirkus hielt und der Kutscher die drei Trittstufen an der Tür herabließ, reichte Gustav Amalie die Hand, um ihr beim Aussteigen zu helfen. Er selbst hatte nur noch Augen für das prachtvolle Gebäude mit der großen Kuppel. Von allen Seiten strömten Menschen herbei. Ein paar Schritte weiter entstiegen eine Dame und ein Mädchen einer Kutsche. Wieder schoss die Erinnerung durch Gustavs Kopf. »… Weltreisende, ohne Rang und Adel …« War es diese Dame, die das gesagt hatte? Die Dame gestikulierte, das Mädchen an ihrer Seite tat es ihr gleich.

»Stumm und taub«, murmelte Gustav.

»Was sagst du?«, fragte Amalie.

»Ich … ich …«, stotterte er, aber die Erinnerung war weg.

»Kennst du die Lady?«, fragte Amalie. »Das ist eine Engländerin, die sich den jungen Graf Okonski geangelt hat. Er ist Hauptmann im Semjonowski-Leibgarderegiment des Zaren und sagenhaft reich. Die ganze Stadt spricht darüber.«

»Er bewacht den Zaren?«, fragte Gustav.

»Das könnte man denken, aber nein. Er bewacht die Juwelen

der Zarin. Papa weiß, was das für ein Vermögen ist, das in der Schatzkammer glitzert. Er muss schließlich immer das Geld dafür beschaffen. Die Lady heißt ...«

»Marcia Hollinghurst«, sagte Gustav.

Amalie schaute ihn überrascht an. »Woher weißt du das?«

»Ich weiß es nicht. Aber wenn alle darüber reden ...« Gustav zuckte die Achseln und wunderte sich über sich selbst. Woher war dieser Name in seinem Kopf so plötzlich gekommen?

Die Lady, das Mädchen und der Offizier waren aus ihrem Blickfeld verschwunden. Gustav suchte sie vergeblich zwischen den anderen Besuchern des Zirkus. Alle waren festlich gekleidet, denn längst wusste halb Petersburg, welch hoher Besuch an diesem Abend erwartet wurde.

»Der Zarewitsch kommt. Vielleicht. Man weiß es nie ganz genau«, sagte Amalie beim Betreten des Gebäudes. »Wenn die Geheimpolizei Angst hat, dass ein Attentäter es auf ihn abgesehen hat, kommt er vielleicht auch nicht. Oder ihm ist plötzlich mehr nach einer Runde Kartenspiel.«

Der Hofbankier begrüßte einige der bereits anwesenden Gäste, die einerseits der Vorstellung entgegenfieberten und andererseits die Gelegenheit nutzten, sich den neuesten Klatsch und Tratsch zu erzählen. Eine Nichte des Grafen Bolkónski war mit dem Stallburschen durchgebrannt. Der alte Kuragin hatte in einer Nacht sein Vermögen verspielt und sich am Morgen erschossen und ein gewisser Wladimir Iljitsch Lenin war verhaftet und nach Sibirien geschickt worden, weil er in Flugblättern die sofortige Absetzung des Zaren und seine Verbannung ins Ausland gefordert hatte.

Gustav konnte ihrem Geplauder kaum folgen. Zu viele verschiedene Eindrücke wie die riesige Kuppel und der von Stimmen und Blasmusik erfüllte Raum lenkten ihn ab. Er war schon einmal in einem Zirkus gewesen, dessen war er sich plötzlich ganz sicher, aber es musste anders gewesen sein als hier. Wenn er kurz die Augen schloss und sich auf diese Mischung aus Gerüchen nach gebrannten Mandeln, Pferdeäpfeln, Parfum und Sägemehl konzentrierte, dann waberten Bilder aus einer vergangenen Zeit durch seinen Kopf. Ein Elefant kam ihm in den Sinn, ein Mädchen, das seine Glieder in alle Richtungen verbiegen konnte, und ein wütender Mann, der Zirkusdirektor, der mit seiner Peitsche um sich schlug.

»Gustav? Geht es dir gut?« Jemand zupfte an seinem Ärmel.

Amalie deutete auf die Stühle gleich in der ersten Reihe. »Hier sind unsere Plätze.«

»Das sind doch wohl die besten Plätze«, sagte ihr Vater. »Ihr könnt mit einem Satz in die Manege springen.«

»Eine gute Idee!«, rief Amalie aus.

Vor ihnen tobten gerade ein paar ausgelassene Harlekine und Kolumbinen. Sie verfolgten einander, stellten sich Beinchen und kullerten herum. Ein paar Kinder in den Reihen hinter ihnen kreischten beim Anblick der Spaßmacher.

Amalie durchblätterte eine schmale Druckschrift, die ein Page an die gehobenen Gäste auf den guten Plätzen verteilte. Sie las vor, welche Attraktionen das Publikum erwartete.

»Es gibt auch eine Überraschung«, teilte sie Gustav mit, doch der war in Gedanken noch immer bei seiner letzten Erinnerung. Besorgt sah Amalie ihn an. »Du bist so still. Geht es deinem Kopf nicht gut?«

Gustav beruhigte sie, indem er sein Schweigen auf die ungewohnte Umgebung und die vielen Eindrücke schob. Er nahm sich vor, sich nicht mehr ablenken zu lassen und die Vorstellung zu genießen.

Diese ließ jedoch auf sich warten, da der Ehrengast noch nicht eingetroffen war. Gustav nutzte die Zeit, um mit den Augen die Reihen der Zuschauer im Parkett und in den Logen abzusuchen. Und tatsächlich: Nach einer Weile entdeckte er die Dame mit ihrem Grafen und das Mädchen.

Inzwischen war fast eine Stunde vergangen – und noch immer lachte das Publikum über die Clowns, die allen die Zeit vertreiben sollten. Es wurde getuschelt, hier und da fiel eine Dame in Ohnmacht, weil die Luft immer stickiger wurde. Auch Gustav liefen Schweißtropfen über die Stirn, als sein Blick erneut an der Loge der Lady und des Grafen hängen blieb. Gerade erhob sich dort das Mädchen und wandte sich dem Ausgang der Loge zu. Die Dame schickte ihr ein paar Worte hinterher.

»Ist alles in Ordnung?«, fragte Amalie erneut.

Gustav schreckte auf. »Eine Erfrischung wäre nicht schlecht. Vielleicht eine Limonade?«, sagte er.

Er hatte in der Jackentasche seines Anzugs ein paar Münzen gefunden. Ziemlich sicher hatte Peter sie heimlich hineingesteckt, weil er wusste, dass Gustav ein Geschenk dieser Art sonst als Almosen angesehen und es nicht angenommen hätte. Er wartete Amalies Antwort nicht ab, sondern erhob sich und eilte hinaus.

Statt außerhalb der Manege nach links zu den Ständen mit gebrannten Mandeln, Zuckerwatte und Limonade zu gehen, wandte er sich nach rechts zu einer mit roten Teppichen belegten Treppe, die zu den Logen führen musste. Gerade hatte er den obersten Absatz erreicht, als das Rascheln eines Seidenkleids an ihm vorbeizog. Es war das Mädchen, das es sehr eilig zu haben schien.

Gustav folgte ihm unauffällig. Es ging nicht zu den Verkaufsständen, sondern bewegte sich mit zielstrebigen Schritten hinunter zu dem Ausgang, der in die Bereiche hinter der Manege führte. Zuschauer hatten hier sicher keinen Zugang, aber daran störte sich das Mädchen nicht. Vor einer unscheinbaren Tür blieb es stehen und schaute sich um. Gustav duckte sich schnell hinter einen Stand, an dem bunt bemalte Fächer und Schnupftabaksdosen verkauft wurden. Das Mädchen verschwand durch die Tür.

Eigentlich hatte Gustav sie nur abpassen wollen, um herauszufinden, ob sie sich schon einmal getroffen hatten. Vielleicht konnte sie ihm dabei helfen zu erfahren, wer er war und woher er kam. Aber jetzt war seine Neugier geweckt. Irgendetwas führte dieses Mädchen im Schilde, etwas stimmte mit ihr nicht.

So lautlos wie möglich huschte er ebenfalls durch den Eingang und stand gleich darauf in einem Flur, von dem etliche Türen abgingen. Auf jeder prangte ein goldener Stern. Einige standen offen. In den schmalen Kammern standen Schminktische, hier puderte sich eine Ballerina die Nase, dort übte ein Bursche in einem schillernden Kostüm einen Kartentrick und in der nächsten Garderobe fütterte ein Mann im schwarzen Anzug ein paar weiße Pudel, die bunte Schleifen im Haar trugen. Der Flur selbst war leer. Im letzten Raum auf der linken Seite verschwand in diesem Moment die kleine Schleppe des rosafarbenen Seidenkleids, das das Mädchen trug.

Gustav verlangsamte seine Schritte und näherte sich der Tür. Dort angekommen linste er um die Ecke, zog aber schnell den Kopf wieder zurück. Es war die Garderobe von Mikado, dem stärksten Mann der Welt. Im Entree hatten Plakate von ihm gehangen. Der wuchtige Kerl stand mitten im Zimmer, er trug nur einen Lendenschurz und Sandalen mit Lederriemen, die bis zum Knie hinauf geschnürt waren.

Seine Stimme war dünn und hoch und passte überhaupt nicht zu den vielen Muskeln. »Stell keine dummen Fragen«, schnauzte er das Mädchen gerade an. »Ihr werdet gut bezahlt, da muss man nicht alles wissen. Ihr bekommt ein kleines Vermögen, wenn ihr das Päckchen sicher nach Casablanca bringt. Wenn nicht, gibt es keine einzige Kopeke.«

»Marcia hat gesagt, dass wir die Hälfte im Voraus haben wollen. Der ganze Zirkus wimmelt von Geheimpolizei, das Risiko erwischt zu werden, ist viel zu groß.«

»Deshalb solltest du nicht so viel schwatzen«, sagte Mikado. »Kein Mensch vermutet, dass wir es wagen, die Papiere hier zu übergeben. Unter den Augen des Zarewitschs und der Mutter des Zaren! Vor der versammelten Mannschaft der Ochrana! Und an eine Dame am Arm des untadeligen Grafen Okonski! Solche Dinge kann sich nur Wladimir Iljitsch ausdenken.« Der stärkste Mann der Welt schlug sich begeistert auf die Schenkel. »Wenn er einmal an der Macht ist, wird im guten alten Russland ein anderer Wind wehen. Die Revolution wird stattfinden! Aber ohne die Reisepässe und Passierscheine kommen wir nicht vorwärts.«

»Aha«, sagte das Mädchen. »Passierscheine?«

Mikado schlug sich die Hand vor den Mund. Er hatte sich wohl verplappert. »Genug jetzt. Ihr übergebt das Päckchen in Casablanca im Café de Paris an einen Mann namens Rosenberg. Wenn er euch anspricht, fragt ihn nach dem Befinden seiner Großmutter, und nur wenn er antwortet, dass die Gicht ihr zu schaffen macht, aber das Herz kraftvoll schlägt wie eh und je, gebt ihr ihm, was er haben will.«

Gustav zuckte zusammen. Jemand hatte ihm auf die Schulter getippt. Ein Artist aus einer der Garderoben stand hinter ihm. Er redete in einer fremden Sprache auf Gustav ein. Der verstand zwar kein Wort, aber es war eindeutig, dass der andere über seine Anwesenheit nicht erfreut war. Schnell machte Gustav sich aus dem Staub.

Geheimpolizei, Reisepässe, Revolution? Die Worte purzelten durch seinen Kopf. Im Hause des Hofbankiers war gelegentlich die Rede davon gewesen, wenn Herr Prignitz morgens die Zeitungen des Tages gelesen hatte: von Aufständen und den Forderungen einer Gruppe von Leuten, die sich Sozialisten nannten. Amalies Vater hatte keine hohe Meinung von ihnen gehabt, daran erinnerte sich Gustav.

Er durchquerte das Entree, kaufe zwei Gläser Zitronenlimonade und beeilte sich, auf seinen Platz im Parkett zurückzukommen. Als er den Aufgang zu den Logen erreichte, zögerte er.

Dort stand die englische Dame. Sie winkte das Mädchen heran, das sich von der anderen Seite näherte. Seine Wangen leuchteten rot, eine der Schleifen in seinem Haar hatte sich gelöst.

Die Lady redete auf das Mädchen ein. Sie schien verärgert zu sein, aber das Mädchen lächelte triumphierend. Es setzte den linken Fuß auf eine Treppenstufe, schob die Seide des Oberkleides und der Unterröcke nach oben und deutete auf etwas, das es mit einem Riemen am Oberschenkel befestigt hatte: ein flaches, nicht allzu großes Päckchen, das in rotes Leder oder Wachstuch eingewickelt war.

Die Gesichtszüge der Lady entspannten sich. Sie lachte auf und zog das Mädchen mit sich hinauf zu den Logen. Bevor sie dort verschwanden, drehte sich das Mädchen plötzlich noch einmal um. Es starrte Gustav an. Seine Augen weiteten sich.

Gustav war verwirrt. Was war das für ein seltsamer Moment gewesen? Warum hatte sie ihn so eindringlich angestarrt? Er kam nicht dazu, weiter darüber nachzudenken, denn ein paar schneidige Soldaten, deren Sporen bei jedem Schritt durch den Gang klirrten, näherten sich. Sie schienen jemanden zu eskortieren. »Platz da für den Zarewitsch«, zischte eine Stimme neben ihm. Ein düsterer Mann im langen schwarzen Mantel schob Gustav beiseite.

Gustav hastete zu seinem Platz neben Amalie zurück. Gerade als er dort eintraf, ertönte ein Tusch. Der Dirigent in der Manege riss die Arme in die Höhe, Trompeten und Posaunen spielten einen Fanfarenstoß und augenblicklich verstummte das Publikum. Alle Augen richteten sich nach oben, zur kaiserlichen Loge, wo nun tatsächlich die hinteren Vorhänge zur Seite geschoben wurden. Eine Gestalt trat vor. Ein leises Raunen ging durch das Zirkusrund, die Fanfare erscholl ein zweites Mal und alle um Gustav herum erhoben sich von ihren Plätzen.

Amalie stupste Gustav an. »Der Zarewitsch und sein Hofstaat«, raunte sie und beugte das Knie. Gustav tat es den anderen Männern im Saal gleich und verneigte sich. Erst als die kaiserlichen Herrschaften sich gesetzt hatten, ließ sich auch der Rest des Publikums wieder auf den Plätzen nieder. Augenblicklich öffnete sich der Vorhang unter der Loge und sechs schwarze Vollblüter mit wehenden Mähnen und goldglänzenden Halftern galoppierten in die Manege. Auf jedem der Pferde balancierte eine Ballerina in wehenden Kleidern aus zartem, schneeweißem Tüll. Endlich begann die Vorstellung.

14

Aus der Manege schallte das Spiel des Orchesters in jeden Winkel des Zirkusgebäudes. Immer wieder brandete Applaus auf, manchmal war ein Raunen zu hören, wenn die Zuschauer bei einem waghalsigen Kunststück der Akrobaten erschraken.

Zu Beginn von Kulus Nummer erstarb der Schein der Kronleuchter. Nur ein paar Fackeln in der Manege tauchten den künstlich geschaffenen Urwald in der Mitte in ein gespenstisches Wogen aus Schatten und Licht. Mit rhythmischen Schlägen auf einer Kesseltrommel, die immer schneller und heftiger wurden, kündigte sich die Attraktion des Abends an.

Das Licht erlosch. Als es wieder aufleuchtete, stand Kulu auf einem Podest inmitten des Urwalds, in seiner goldenen Uniform und mit der glitzernden Krone auf dem Kopf. Eine mit bunten Federn und Perlen bestickte Maske verbarg sein Gesicht.

Auf dem Rücken trug er den Köcher mit den Pfeilen, in der Hand hielt er den Bogen. Blitzschnell zog er einen Pfeil nach dem anderen aus dem Köcher und schoss ins Publikum.

Damit hatte niemand gerechnet. Schreie gellten durch den Raum.

In den ersten Reihen duckten sich die Zuschauer, einige Herrn beugten sich schützend über ihre Damen, Offiziere sprangen auf. In der Loge des Zaren stürzten die Männer der Leibwache vor. Alles ging so schnell, dass kaum ein Auge erfassen konnte, was wirklich geschah.

Mitten im Publikum standen jedoch ein paar Zirkusleute auf kleinen Podesten und hatten Zielscheiben hochgerissen, über ihre Köpfe, genau in die Flugbahn der Pfeile. Auf den Scheiben waren Bälle aus Pappmaschee befestigt, die nun von den Pfeilspitzen zerfetzt wurden. Konfetti und Bonbons sprangen heraus und rieselten auf das Publikum hinab. Erleichterte Rufe waren zu hören, ein paar Lacher lockerten die angespannte Stimmung, Kinder versuchten, die Bonbons zu erhaschen. Die Leibwache atmete auf.

Nun trat Sobol hinaus in die Manege. Über seine spärlichen, zauseligen Haare hatte er eine stattliche schwarze Perücke gestülpt. »Durchlauchtigste Gnaden«, rief der Zirkusdirektor und verbeugte sich so tief vor der kaiserlichen Loge, dass er fast nach vorne kippte. Er drehte sich um. »Euer ergebenster Untertan, Alexej Michailowitsch Sobol, erlaubt sich, Eurer gnadenvollsten Hochwohlgeborenheit und zukünftigem Zaren von Großrussland den besten Bogenschützen auf dem Erdenrund vorzustellen.«

Der Zarewitsch erhob sich und trat an die Brüstung, die seinen Platz über den Köpfen seiner Untertanen schützte. Sofort erhob sich die Menge, wieder senkten sich die Köpfe, die Knie beugten sich, bis der Thronfolger alle mit einer beschwichtigenden Geste beruhigte.

Im Publikum beobachtete auch Gustav gebannt, was in der Loge passierte. Amalie neben ihm kicherte, als der Blick des zukünftigen Zaren sie streifte. In Gustav rührte sich nichts. Der Mann bedeutete ihm nichts, das spürte er ganz deutlich.

Peter hatte ihm erzählt, dass es nicht viele Gelegenheiten für das russische Volk gab, die von Gott auserwählten Mitglieder des Hauses Romanow mit eigenen Augen zu erblicken. Seit dreihundert Jahren herrsche diese Dynastie über das Reich.

Mit einem Fingerzeig bedeutete der Zarewitsch, dass er nun bereit war für die Vorführung der Künste des Schützen unten in der Arena.

Mit stolzen Schritten umrundete der Bogenschütze einmal die Manege. Wenn sein Blick den einer jungen Dame einfing, streckte er die Hand aus und wartete, dass sie ergriffen wurde. Eine nach der anderen führte er sie zu kleinen Podesten, die rundherum am Rand der Manege aufgebaut waren. Der Schütze half ihnen, auf die Podeste zu steigen, und bat die Damen, ihre Hand zu öffnen. Er legte jeder einen Apfel in die Hand.

Dann ging er zurück zu seinem Podest in der Mitte, sprang hinauf und betätigte einen Hebel. Augenblick begann das Podest sich im Kreis zu drehen. Die Damen hielten die Äpfel auf der flachen Hand in die Höhe und schon zischten die Pfeile durch die Luft. Die Scheibe wurde schneller und schneller, kaum hatte ein Pfeil sein Ziel erreicht, schwirrte der nächste auch schon hinterher: Ein Apfel nach dem anderen brach genau in der Mitte auseinander, eine Hälfte verblieb in der Hand der Damen, die andere fiel hinab.

Schließlich hielt die Drehscheibe an und der Beifall toste. Doch der Schütze winkte ab, denn die Scheibe setzte sich in der entgegengesetzten Richtung wieder in Gang und mit sechs weiteren treffsicheren Schüssen teilte er die Äpfel noch einmal, und dann ein weiteres Mal, bis die Damen nur noch den Stiel ihrer Äpfel in der Hand hielten.

Das Publikum belohnte den Artisten mit ohrenbetäubendem Applaus. Ein Blick in die Loge zeigte, dass auch die kaiserlichen Zuschauer aufs Beste unterhalten worden waren.

Der Schütze zog die Maske vom Gesicht. Wieder reagierte das Publikum mit einem erstaunten Raunen, denn niemand hatte erwartet, dass ein schwarzer Junge unter der Vermummung steckte. Er verbeugte sich bis hinab zum Boden.

Er drehte sich herum, um die Huldigungen des Publikums entgegenzunehmen. Als Gustavs Blick den des Schützen traf, fuhr es wie ein Blitz durch Gustav. Der Knoten in seinem Gehirn löste sich mit einem Schlag. Sein Gedächtnis spulte in schneller Folge die Bilder jenes Tages ab, als er ins Wasser gestürzt und sein Kopf kurz darauf von einem Kahn gerammt worden war. Ihm wurde schwindelig, denn die Erinnerungen bewegten sich rückwärts bis zu dem Zeitpunkt, an dem er Kulu das letzte Mal gesehen hatte, und darüber hinaus: Er sah den Streit mit den russischen Seeleuten vor sich, die Suche nach ihrem Schiff, die Begegnung mit der englischen Lady und dem Gardeoffizier auf der Straße.

»Kulu!«, rief er.

»Gustav!«, kam es als Antwort aus dem Rund der Manege und Gustav sah, wie augenblicklich Tränen über das Gesicht seines Freundes strömten.

Kulu hielt nichts mehr, er rannte los und Gustav überwand mit einem Sprung die Absperrung zur Manege, um zu seinem Freund zu gelangen. Sie fielen einander in die Arme, aus beiden sprudelten die Worte nur so heraus.

»Wo hast du dich herumgetrieben?«, fragte Kulu, aber Gustav konnte ihm nicht antworten, denn jemand tippte Kulu auf die Schulter. Der Zirkusdirektor Sobol stand vor ihm.

»Er möchte dich kennenlernen«, sagte er mit bebender Stimme, wobei Sobol besonders das ›er‹ kaum über die Lippen gehen wollte. In der kurzen Silbe vermengten sich Stolz, Ehrfurcht, Angst, Eifersucht und ein Höchstmaß an Ergebenheit. »Du musst mitkommen, auf der Stelle.«

Er drehte auf dem Absatz um. Weil er sich mit strengem Griff bei Kulu untergehakt hatte, blieb diesem nichts anderes übrig, als Folge zu leisten. Sofort setzte sich eine kleine Kolonne in Gang. Gustav wollte seinem wiedergefundenen Freund auf keinen Fall von der Seite weichen. Ihm wiederum folgten Amalie, Peter und ihr Vater. Mademoiselle Linette ließ sich das Ereignis ebenfalls nicht entgehen, denn mit ›er‹ war niemand anderer als der Zarewitsch gemeint.

Der zukünftige Herrscher über alle Russen hatte seinen Hofstaat aus der Loge verbannt, nur ein persönlicher Adjutant war an seiner Seite verblieben. »Ich gestehe es ungern, denn ich bin selbst ein guter Bogenschütze«, sagte der Zarewitsch, »aber ich habe noch nie jemanden erlebt, der so geschickt mit Pfeil und Bogen umgeht.«

Sobol schnappte nach Luft. Unter seiner Perücke quollen dicke Schweißtropfen hervor und bildeten Rinnsale durch die große Menge Puder auf seinen Wangen. Schon holte er Luft – wahrscheinlich, um an Kulus Stelle zu antworten. Doch ein Blick des jungen Thronfolgers genügte, um ihn zum Schweigen zu bringen.

»Ich biete dir an, in meine Dienste zu treten«, sagte der Zarewitsch. »Wir werden im kaiserlichen Haushalt einen Platz für dich finden. Ein Königssohn aus der Tiefe des afrikanischen Kontinents wird mir diesen Wunsch sicher erfüllen und mich in die Finessen seiner Kunst, mit dem Bogen zu schießen, einführen?«

Kulu warf Gustav einen raschen Blick zu. Dann bedankte er

sich und lehnte das Angebot ab – natürlich nicht, ohne die unendliche Güte und Großzügigkeit des Zarewitschs zu preisen. »Mein Freund Gustav Kröger aus Bokkelsen bei Hamburg und ich sind nur auf der Durchreise. Unser weiterer Weg soll uns in meine Heimat an die Ufer des Kongo führen«, erklärte er am Schluss.

»Oh, das ist tatsächlich noch eine weite Reise«, bestätigte der Zarewitsch.

Dann gab er seinem Adjutanten ein Zeichen, worauf dieser Kulu eine Münze zusteckte. Der Zarewitsch runzelte die Stirn, als er sah, dass es sich nicht einmal um einen ganzen Rubel handelte, jetzt kam Bewegung in den Adjutanten und schließlich glänzten fünf Silbermünzen in Kulus Hand.

Amalie an Gustavs Seite atmete schwer. Linette lächelte stolz. Und Sobol rechnete wahrscheinlich im Stillen aus, was einem alles entging, wenn man ein Angebot wie dieses ausschlug. Er tupfte sich den Schweiß mit einem Taschentuch aus dem Gesicht. »Du willst mir doch nicht sagen, dass du dein Engagement beenden willst?«, fragte er entsetzt, nachdem der großfürstliche Besuch den Zirkus verlassen und sich alle ein wenig beruhigt hatten. Aber Sobol kannte die Antwort. Wenn der Sohn des Zaren diesen Jungen mit den flinken Händen und dem zielsicheren Auge nicht in Sankt Petersburg halten konnte, würde es auch ihm nicht gelingen.

So kam es, dass Kulu sich ein paar Tage später am Hafen von Muttchen und von Julius Salzstroem verabschiedete. Er und Gustav hatten auf der *Rosalinde* angeheuert, dem Segelschiff, um das die Salzstroems gebangt hatten, das aber sicher durch alle Unwetter gekommen war. Amalie und Peter Prignitz brachten Gustav zum Quai. Tränen flossen bei Amalie, während Peter ihn verfluchte, weil er selbst nur zu gern mit auf die Reise gegangen wäre.

Kulu sah, dass es auch Gustav nicht ganz leichtfiel, seine neuen Freunde zu verlassen. Er legte beide Hände auf Gustavs Schultern und schaute ihm tief in die Augen.

»Bist du ganz sicher, dass du mit mir bis zum Kongo reisen willst?«, fragte er.

Gustav zögerte keinen Augenblick. »Ganz sicher«, sagte er mit ernster Stimme. Dann lachte er. »Meinst du, ich lasse dich das alles allein futtern?« Er zeigte auf das üppige Fresspaket, das Muttchen ihnen in die frisch erstandene Seemannskiste gepackt hatte.

15

Die *Rosalinde* brachte sie in einer reibungslosen Fahrt nach Riga, wo sie die Ladung löschten und den Schiffsbauch gleich wieder mit Roggen und Gerste füllten. Das nächste Ziel war Southampton im Süden des Vereinten Königreichs. Dort gingen Gustav und Kulu an Land. Sie erkundigten sich nach einer Passage ins westliche Afrika. Es blieb den beiden nichts anderes übrig, als sich die Überfahrt zu erarbeiten. Mehrere Tage lang versuchten sie ihr Glück, doch sie fanden keinen Kapitän, der sie anheuern wollte.

Schlafen konnten sie für wenig Geld in einem der Seemannsheime, aber wenn sie ihr Essen nicht stehlen wollten, mussten sie bald eine Heuer finden. Lange würden die Silbermünzen des Zarewitschs und der Lohn, den Kulu von Sobol bekommen hatte, sie nicht mehr durchbringen.

Gustav saß auf dem unteren Stockbett, das sie sich teilten. Er zählte die Münzen, die er noch in seinem Geldbeutel fand. Über ihm schnarchte ein Seemann, der am Abend zuvor angekommen war und, wie es schien, den größten Teil seiner Heuer versoffen hatte. Missmutig schüttelte Gustav den Kopf. In seiner Hand lagen die letzten vier Münzen, die sie besaßen.

Der Großteil ihres Geldes war schon in Sankt Petersburg für ihre Ausrüstung draufgegangen. So viel Zeug hatte Gustav noch nie sein Eigen genannt und Kulu ging es genauso: Sie besaßen nun Essgeschirr samt einem eigenen Kaffeebecher,

Bürste, Seife, Kamm und Zahnpulver, Ölzeug und Südwester, Seestiefel, Wollmützen und Flanellunterzeug, Decken und Kopfkissen und sogar einen Satz Kojen-Gardinen, um Ruhe zu haben zwischen ihren Dienstzeiten. Ihre größten Schätze waren jedoch ein kleiner, handlicher Taschenkompass, den Gustav erstanden hatte, und ein Fernrohr aus schimmerndem Messing für Kulu.

»Das reicht nicht mehr allzu lange«, knurrte Gustav.

»Wir finden schon was.« Kulu neben ihm streckte und reckte sich und stieß Gustav mit dem Fuß unters Kinn.

»Hey, nimm deine Käsemauken aus meinem Gesicht«, schimpfte Gustav.

»Ruhe da unten«, knurrte der Matrose über ihnen.

Insgeheim ärgerte Gustav sich mittlerweile ein wenig, dass er das Angebot von Amalies und Peters Vater abgelehnt hatte, ihnen mit einem kleinen Kredit auszuhelfen. Wer wusste denn schon, ob sie jemals wieder russischen Boden betreten würden? Nein, der Hofbankier hatte mehr als genug für ihn getan, das Leben hatte er ihm gerettet und ihn wie einen vornehmen Gast bewirtet und durchgefüttert, bis er wieder auf den Beinen gestanden hatte.

Also mussten sie von Kulus Geld leben.

»Vielleicht hätte ich dem Zarewitsch doch ein paar Stunden Nachhilfeunterricht geben sollen«, flüsterte Kulu. »Dann säßen wir nun in einem Salon mit Seidentapeten und würden von goldenen Tellern essen.«

»Oder wir hätten eine Kammer über dem Pferdestall bei seinen anderen Bediensteten«, gab Gustav zu bedenken.

»Mademoiselle Linette hat gesagt, dass er unsagbar reich ist. Er hat nicht nur einen Palast, sondern …« Kulu zuckte mit den Schultern. »Na ja, viele. Wie lange können wir noch hierbleiben?«

»Für zwei Tage reicht es noch«, sagte Gustav.

»Ist denn jetzt mal Ruhe da unten?«, beschwerte sich der Seemann über ihnen noch einmal, streckte aber die Beine aus dem Bett und ließ die Füße vor ihren Gesichtern baumeln. »Da muss man von New York übern ganzen Atlantik segeln, um von zwei Grünschnäbeln wie euch geweckt zu werden! Wie zum Teufel heißt ihr, wo kommt ihr her und wo wollt ihr hin?« Er sprang vom Bett und landete unsanft auf dem Hintern. »Oh, mein Kopp tut weh«, fluchte er. »Und jetzt auch noch der Hintern. Ich bin übrigens der Ernst aus Bremerhaven gebürtig.«

»Ich bin Gustav und das ist Kulu und Grünschnäbel sind wir schon lange nicht mehr. Wir sind quer durch die Ostsee und zurück gesegelt, zwischendrin fast ertrunken und haben mit dem Zarewitsch geplaudert«, fasste Gustav ihre bisherige Reise zusammen.

»Und jetzt wollen wir nach Afrika, zum Kongo, um es ganz genau zu sagen«, fügte Kulu hinzu.

Unten im Haus ertönte eine Schiffsglocke – das Signal für die Logiergäste, dass sie die Betten räumen mussten. Die Glocke wurde jeden Morgen um sieben Uhr geschlagen.

Schnell stiegen die Jungen und der Seemann in ihre Stiefel, rafften die Kleider und Seesäcke zusammen und standen ein paar Minuten später ungewaschen auf der Straße vor dem Seemannsheim. Ein paar Häuser weiter quietschte ein Schild an einer eisernen Kette über dem Eingang zu einer Schenke, darauf lockte die Abbildung einer Teekanne und einer Teetasse, aus der Dampf aufstieg. Eine Schiefertafel im Schaufenster versprach das beste Frühstück im ganzen britischen Empire für einen Schilling.

»Ihr sucht also eine Heuer?«, fragte der Seemann. »Ist im Moment gar nicht so einfach für zwei Hemdchen im Wind, wie ihr es seid.«

»Wir sind …«

Der Seemann ließ ihn gar nicht zu Wort kommen. »Ich weiß, ich weiß! Die sieben Weltmeere habt ihr befahren und mit dem Kaiser von China Tee getrunken. Oder Mokka mit dem Schah von Persien?«

Kulus und Gustavs Miene verfinsterte sich. Der Kerl ging ihnen langsam auf die Nerven.

»Nun zieht nicht so ein Gesicht. Ich heiße zwar Ernst, aber ich mach gerne Spaß. Und einen Vorschlag habe ich für euch.« Er zeigte auf die Tafel im Fenster der Schenke. »Ihr gebt mir das beste Frühstück im ganzen Empire für 'nen Schilling aus und dafür bekommt ihr einen Tipp, der mindestens ein volles englisches Pfund wert ist. Oder mehr.«

Gustav zeigte ihm einen Vogel.

»Na gut, dann behalte ich eben für mich, wie ihr an Bord der *Prinzessin Auguste* kommt, die gestern hier angelegt hat und dann geradewegs nach Boma dampft«, sagte der Seemann und erklomm die fünf Stufen, die in die Schenke führten. Er schien sich ziemlich sicher zu sein, dass die Jungen ihm folgen würden – und er hatte sich nicht getäuscht. Kulu zögerte zwar einen kurzen Augenblick, aber Gustav beeilte sich, dem Fremden hinterherzukommen.

Das Ziel der *Prinzessin Auguste* hatte Gustav aufhorchen lassen, mehr noch, sein Herz schlug augenblicklich schneller: »Hast du das gehört, Kulu? Boma!«

Von dort war schließlich die Postkarte seines Vaters gekommen: von der Faktorei Rudolf Trautmann in Boma.

Drinnen saß der Seemann schon an einem Tisch. Erwartungsvoll schnupperte er in die Luft, in der der Duft von gebratenem Speck lag. Der Wirt ließ nicht lange auf sich warten. Mit einer Kanne Tee und einem Becher aus grobem Steingut trat er an den Tisch. Beides stellte er ab, wischte einmal mit einem Lappen über die Platte und kratzte sich am Hintern.

»Nachfüllen gibt's umsonst, wenn du was bestellst, Matrose«, sagte er. Beim Anblick von Gustav und Kulu verfinsterte sich seine Miene. »Sind kein Kinderheim hier, könnt ihr Gräten überhaupt zahlen?«

Seemann Ernst lachte. »Und ob sie das können!«, rief er und bestellte dreimal das Frühstücksangebot.

Gustav allerdings korrigierte ihn: »Zweimal, nur zweimal.« Er wollte sparsam sein. Kulu und er mussten sich ein Frühstück teilen.

»Gib ordentlich Brot dazu«, forderte der Seemann und zwinkerte den Jungen zu. »Der Bauch ist bei 'nem Schiffsjungen immer der größte Körperteil.«

Kulu musste an Muttchen und die übervollen Teller denken, von denen auch drei Jungs satt geworden wären – und zwar für einen ganzen Tag. Es wurde höchste Zeit, dass sie beide wieder in Lohn und Brot kamen.

»Jetzt rücken Sie endlich damit raus«, sagte Gustav. »Wie kommen wir an Bord der *Prinzessin Auguste*?«

Die *Prinzessin Auguste* sollte noch an diesem Tag auslaufen. Die planmäßige Weiterfahrt war für den nächsten Morgen vorgesehen. Danach würde sie in Casablanca und auf der Insel Madeira, auf den Kapverden und in einigen anderen Häfen haltmachen. Das Dampfschiff nahm in dem englischen Hafen nicht nur neue Passagiere und Post, sondern auch Waren und Güter auf, die für die Kolonialverwaltung und die Missionen zur Verbreitung des christlichen Glaubens unverzichtbar waren, wie zum Beispiel einige Fässer mit Gin. Das hochprozentige Getränk war dazu gedacht, englischen Herrschaften in den Besitzungen der Goldküste zu guter Laune und weniger Malaria zu verhelfen.

Für Gustav und Kulu waren hingegen zwei Kisten von Bedeutung, die ebenfalls zu dieser Fracht gehörten. Der Inhalt bestand aus einer beträchtlichen Zahl von druckfrischen Exemplaren des neuen Gesangbuchs der anglikanischen Kirche sowie weiteren Schriften, die das Wort Gottes auch in die letzte Buschhütte tragen sollten, ob deren Bewohner es wollten oder nicht.

»Zwei Hänflinge wie ihr beiden finden in den Kisten locker Platz. Ihr müsst nur die frommen Bücher herausholen und selbst hineinschlüpfen«, sagte der Seemann, der sie nach dem besten Frühstück im englischen Empire zu einem Haus nicht unweit der Anlegestelle führte, wo die *Prinzessin Auguste* bereits vertäut lag. »Ihr findet sie in der Hafenmission. Wenn ihr da in die kleine Gasse geht und dann zweimal nach links, steht ihr vor dem Hinterhof. Die Tür zu den Lagerräumen ist morsch, ein Tritt und ihr seid drinnen.«

Gustav zog Kulu zur Seite. »Ich glaube dem Kerl kein Wort. Da stimmt was nicht, wer weiß, in welche Falle er uns lockt.« Eines war ihm seit dem Erlebnis mit dem Roten Hans in Hamburg klar geworden: Im Hafen einer großen Stadt vertraute man besser niemandem!

Kulu schien abenteuerlustiger zu sein. »Wir können doch wenigstens einmal nachschauen.«

»Woher wissen Sie von den Kisten?«, fragte Gustav.

»Ich habe sie selbst hineingetragen«, sagte der Seemann. »Bis ich auf dem nächsten Pott anmustere, verdiene ich mein Geld als Hafenarbeiter. Das Zeug ist gestern mit der Eisenbahn aus London gekommen, da habe ich es hier hereingeschleppt. Und ich schleppe die Dinger heute noch aufs Schiff. Da könnt ihr sicher sein, dass sie nicht ganz unten landen und ihr am Ende nicht wieder herauskommt und verdurstet. Tja, würde nicht zum ersten Mal passieren, dass es einen blinden Passagier so trifft.«

Das beruhigte Gustav nicht gerade. »Verflucht, es muss doch einen anderen Weg geben, um auf dieses Schiff zu kommen.«

»Das versuchen viele, aber die Reeder lassen ihre Schiffe rund um die Uhr bewachen. Am strengsten sind sie, wenn es über den Atlantik rüber nach Amerika geht, da will sich manch einer das Geld für die Passage sparen. Ihr könnt es euch überlegen. Ich gehe jetzt zum Frachtmeister. Und wenn ihr ein bisschen Mumm in der Hose habt, wackelt ihr in einer Stunde in einer Kiste auf meinem Rücken in den Frachtraum von der *Prinzessin Auguste*. Oder ihr verpasst die Gelegenheit und kommt nie nach Afrika.«

Er machte sich davon und die Jungen blieben ratlos zurück. Sie hockten sich auf den Rinnstein und beobachteten eine Weile das Treiben am Quai.

Die *Prinzessin Auguste* war ein stattliches Schiff mit drei mächtigen Schornsteinen. Mehrere Kutschen fuhren vor und brachten neue Passagiere, die über eine breite Gangway an Bord gingen: Gerade stieg eine Gruppe von Priestern aus, zu denen sicher jene Kisten gehörten, mit denen Gustav und Kulu in den Frachtraum geschmuggelt werden sollten.

Ein paar Meter weiter reihten sich Menschen in einfachen, schon ein wenig zerschlissenen Kleidern auf. Es waren die Reisenden der Dritten Klasse, die tief unten im Rumpf des Dampfschiffs verschwanden und in den nächsten Tagen das Tageslicht nicht mehr erblicken würden. In eng belegten Kajüten würden sie sich drängen und sich bei Seegang die Seele aus dem Leib würgen.

Gustav seufzte. Es war unmöglich, sich unter diese Gestalten zu mischen. Jeder Einzelne von ihnen wurde kontrolliert, einfach so durchzuschlüpfen und ohne zu zahlen aufs Schiff zu gelangen, würde nicht gelingen.

Eine geschlossene Kutsche hielt an der vorderen Gangway. Zwei Herren stiegen aus und halfen ihren Damen, einer jüngeren und einer älteren, hinaus. Aus einer zweiten Kutsche sprangen vier Kinder, die aufgeregt auf dem Kopfsteinpflaster herumhüpften, bis eine Gouvernante sie eingesammelt und mit französischen Befehlen der Größe nach geordnet aufgestellt hatte. Ein Gepäckwagen drohte, unter all den Überseekoffern der Gesellschaft zusammenzubrechen.

Jetzt sah Gustav, wie ein Arbeiter die Seile zur Sicherung der Gepäckstücke löste. Es war der Seemann Ernst. Er winkte ihnen zu und schüttelte den Kopf. Nun macht schon!, bedeutete er ihnen mit einer Armbewegung, aber Gustav und Kulu blieben sitzen.

»Vielleicht brauchen sie noch Schiffsjungen«, überlegte Kulu.

Gustav sprang auf. An Deck eilten Matrosen hin und her. Gustav wedelte mit seiner Kappe und machte so einen der Männer hoch über seinem Kopf auf sich aufmerksam. Der beugte sich über die Reling.

»Hey, hey!«, rief Gustav. »Wo ist euer Bootsmann?«

»Wer fragt das?«, rief der Matrose.

»Gustav Kröger aus … aus Hamburg.«

»Ein Hamburger Jung!« Der Matrose lachte. »Was willst du, Gustav Kröger?«

»Anheuern«, rief Gustav. »Braucht dieses prachtvolle Schiff noch einen Moses oder einen Kohlenschipper oder …«

»Was ist das hier fürn Kaffeekränzchen?«, blaffte eine andere Stimme von oben herunter. »An die Arbeit, verdammich!«

»Da hast du deinen Bootsmann!« Der Matrose tippte sich an die Stirn und machte sich schnell davon.

»Wer hält da meine Männer von der Arbeit ab?« Der Bootsmann erschien an der Reling. »Na, sieh mal einer an. Eine weiße und eine schwarze Landratte. Macht euch vom Acker, aber schnell.«

»Wir suchen Arbeit«, rief Kulu. »Wir können alles, was man an Bord von einem prachtvollen …«

»Bleibt mir weg mit euren sülzigen Reden. Geht mal schön zurück zu Muttern, die soll euch frisch wickeln und an den Busen legen.« Der Bootsmann lachte verächtlich.

Kulu ließ nicht locker. »Wir wollen als Schiffsjungen anmustern.«

»Dann sucht euch einen Heuerbaas, der euch auf irgendeinem Seelenverkäufer unterbringt. Auf ein Schiff wie die *Prinzessin Auguste* kommt doch nich' jeder drauf.« Der Bootsmann spuckte über die Reling und verschwand.

»Wir müssen uns entscheiden«, sagte Gustav. »In die Kisten oder hierbleiben.«

Kulu hörte ihm jedoch gar nicht zu. »Guck mal, die kennen wir doch.« Er zupfte Gustav am Ärmel.

Gustav drehte sich um.

Er erkannte die englische Dame ebenfalls sofort. Zwar trug sie nun ein dezentes Reisekostüm aus einem festen wolligen Stoff mit einem pelzbesetzten Jäckchen. Aber es waren ganz eindeutig die Dame mit dem Hündchen und ihre Tochter. Von dem Hündchen war allerdings nichts zu sehen.

»Mrs Hollinghurst«, sagte Gustav.

»Und Mary«, sagte Kulu.

Ein vornehm wirkender Herr küsste der Lady gerade die Hand. Er sah sehr verliebt dabei aus und sehr traurig, denn es schien sich um einen Abschied zu handeln. Mary, die Tochter, trippelte unten an der Gangway der *Prinzessin Auguste* ungeduldig von einem Fuß auf den anderen. »Der Mann hier verlangt unsere Reisepapiere«, rief sie.

»Ich komme«, antwortete Mrs Hollinghurst. »Meine Nichte ist so ungeduldig.«

Kulu hatte einen Schritt auf das Mädchen zugemacht, blieb nun aber zögernd stehen, als wüsste er nicht recht, ob er sich einem so vornehmen weißen Mädchen einfach so nähern durfte. Das Mädchen sah zu ihm herüber, sie starrte ihn einen kurzen Moment zu lange an und in diesem Starren lagen nicht nur Überraschung, sondern auch ein kurzes Erschrecken.

Kulu schaute Gustav fragend an. Der hob ratlos die Schultern.

Der Mann an der Gangway verglich die Dokumente, die er von der Lady entgegengenommen hatte, mit der Auflistung in seiner ledernen Mappe. »Ah, da haben wir Sie, Frau Gräfin. Gräfin Natalia Lemonskaja und ihre Nichte Tatjana«, sagte er zufrieden. »Im Namen der Reederei und des Kapitäns heiße ich Sie an Bord willkommen. Der Steward wird die Damen zu Ihrer Kabine geleiten.« Er schnipste mit den Fingern, aber niemand rührte sich. »Steward«, brüllte er hinauf aufs Deck, doch noch immer geschah nichts.

Gustav und Kulu verfolgten staunend das Spektakel, das sich ihnen hier bot.

Die Gräfin beachtete den Mann nicht weiter. Stattdessen turtelte sie weiter mit dem Gentleman, der immer wieder ihre Hand küsste und lautstark bedauerte, dass sie abreisen musste.

»Ich werde Sie selbst hinaufbringen«, bot der Mann der Reederei nun an. »Wie es scheint, ist ein Stewart verschwunden.«

Die Gräfin winkte dem Gentleman ein letztes Mal zu. Dabei blitzte ein üppiger Diamantring an ihrem Finger auf. Als sie oben ankam, tauchte das Mädchen neben ihr auf. Es flüsterte der Gräfin etwas zu, diese drehte sich noch einmal um und ihre Miene gefror für den Bruchteil einer Sekunde. Auch sie schien die beiden Jungen, die unten auf dem Quai standen und zu ihr hochblickten, wiederzuerkennen. Schnell drehte sie sich um und verschwand mit dem Mädchen im Inneren des Schiffs.

Ratlos schauten Gustav und Kulu ihnen nach. Sie waren sich beide ganz sicher, wen sie dort gerade gesehen hatten.

»Sie hat uns erkannt«, murmelte Kulu.

»Genau wie wir sie«, sagte Gustav. Erst jetzt kam ihm wieder die seltsame zweite Begegnung mit den beiden in den Sinn, im Zirkus, als das Mädchen so freizügig sein Bein entblößt hatte. In der ganzen Aufregung des damaligen Geschehens hatte er diese Beobachtung ganz vergessen.

Es blieb ihnen jedoch nicht viel Zeit, um weiter über diese Begegnung zu rätseln, darüber, dass aus der englischen Lady eine russische Gräfin und aus der taubstummen Tochter Mary die Nichte Tatjana geworden war, die zudem sowohl sprechen als auch hören konnte.

Ein junger Mann stolperte in einer dunkelblauen Uniform mit goldglänzenden Messingknöpfen die Gangway hinunter. Er fluchte leise vor sich hin, und als er Gustav und Kulu erblickte, blaffte er sie an: »Nun haltet keine Maulaffen feil, wird's bald was mit dem Gepäck der Damen!« Er deutete auf die Koffer und Kisten, die von der Kutsche der Gräfin abgeladen worden waren und am Quai standen.

Gustav und Kulu starrten einander an. Das war ihre Gelegenheit. Sie zögerten nicht lange. Kulu stapelte Gustav zwei Koffer und eine Reisetasche in die Arme, er selbst lud sich einen Schrankkoffer auf den Rücken und beugte sich tief nach vorne. Er konnte das schwere Gepäckstück kaum halten, aber er schwankte hinter Gustav her die Gangway hinauf.

»Seid bloß vorsichtig, ihr Holzköpfe«, meckerte der Steward in ihrem Rücken. Er selbst trug nur ein paar kleine Gepäckstücke, eine Hutschachtel und eine Handtasche, die kaum etwas wogen. Am liebsten hätte Gustav ihm einen Tritt verpasst, aber er riss sich zusammen. »Das kommt alles in Kabine Nummer vierzehn, links hoch in der Ersten Klasse«, wies der Stewart sie an, als sie auf dem Schiff ankamen, und lief voraus.

Eine Treppe führte hinauf auf das Promenadendeck, das mit edlen Hölzern ausgelegt war. An den Seiten standen bequeme Liegestühle und kleine Tische. Der Stewart dirigierte die Jungen durch eine Tür mit einem Bullauge, hinter der ein Gang lag, von dem die Kabinen der Ersten Klasse links und rechts abgingen.

»Da ist die vierzehn!« Der Steward blieb vor einer Tür stehen und klopfte an. Als keine Antwort kam, öffnete er sie, trat ein und legte seine Gepäckstücke ab. Dann rauschte er hinaus. »Wo bleibst du denn?«, schnauzte er Kulu an. »Ihr verstaut alles und dann ab mit euch. Und wehe ihr rührt etwas an.«

Kulu und Gustav blieben verdattert zurück. Der Steward hatte gedacht, sie gehörten zu den Trägern, die an den Landungsstellen herumlungerten, um sich ein paar Münzen zu verdienen. Sie konnten es noch nicht richtig fassen, aber: Sie waren an Bord der *Prinzessin Auguste*!

»Was machen wir jetzt?«, fragte Gustav.

Kulu grinste. »Genau das, was er uns befohlen hat. Aber zuerst gucken wir uns das hier mal genauer an.«

16

Die Kabine bestand aus einem Salon, einem Schlafzimmer und der kleinen Abstellkammer. Alles war luxuriös eingerichtet, die Wände mit Holz getäfelt, dicke Teppiche dämpften jeden Schritt. In einem Schrank schimmerten feine Kristallgläser, daneben befanden sich weitere Vitrinen, die mit Büchern gefüllt waren, damit den Herrschaften bei der Überfahrt nicht langweilig wurde. In der Mitte des Salons standen ein paar Palmen und eine Chaiselongue. Vor dem Sofa hatte jemand auf einem Tischchen eine Schale mit Erdbeeren und eine silberne Platte mit Gebäck vorbereitet.

Kulu lief die Spucke im Mund zusammen. Gustav streckte schon die Hand aus, aber ein Rumoren und Poltern vor der Tür erschreckte sie. Im selben Moment ertönte die Schiffssirene einmal tief und lang gezogen. Jemand läutete eine Glocke und rief: »Meine Damen und Herren, wir legen in wenigen Minuten ab. Alle Gäste ohne eine gültige Fahrkarte bitten wir höflichst, das Schiff nun zu verlassen.«

»Was sollen wir tun?«, fragte Gustav, aber eigentlich wusste er genau wie Kulu, was sie tun würden: sich ein Versteck suchen.

Im hinteren Teil des Salons gab es eine weitere Tür. Gustav zog seinen Freund mit sich und öffnete die Tür. Die beiden staunten nicht schlecht: Vor ihnen lag ein Badezimmer mit einem weiß schimmernden Waschbecken aus Porzellan und goldenen Armaturen auf der einen Seite und einer Badewanne auf ebenso goldenen Füßen und einem Vorhang, mit dem man sie vor Blicken schützen konnte, auf der anderen Seite. Gustav drehte an dem goldenen Knauf am Waschbecken und schreckte zurück, als ein Wasserstrahl aus dem Kran schoss. Fließendes Wasser in einem Badezimmer, so etwas hatte er noch nie gesehen, nicht einmal im vornehmen Haushalt des Hofbankiers Prignitz hatte es das gegeben.

»Es kommt jemand«, warnte Kulu ihn in diesem Moment.

Und richtig: Jetzt näherten sich Stimmen vor der Kabine. Im nächsten Augenblick senkte sich auch schon die Türklinke.

»Du hast nicht abgeschlossen«, sagte eine Stimme vorwurfsvoll.

Hastig und so leise, wie er konnte, schob Gustav die Badezimmertür zu – bis auf einen schmalen Spalt, durch den sie in den Salon und das Schlafzimmer blicken konnten.

Zwei Frauen standen im Raum. Mary und Marcia Hollinghurst. Oder die Gräfin und ihre Nichte. Oder wer auch immer die beiden wirklich waren.

»Es ging so schnell vorhin und der Steward musste …«

»Nein, keine Ausreden. In unserem Geschäft ist die erste Regel: Vorsicht ist besser als Nachsicht, sonst hast du – eins, zwei, drei – die Gendarmen vor der Tür stehen.«

»Ach Marianne, du musst nicht immer so streng mit mir sein. Ohne mich wäre es in Sankt Petersburg nicht so gut für uns gelaufen.«

»Oh nein, nein, nein! Nicht Marianne. Solange wir hier an Bord sind, bin ich Gräfin Natalia Lemonskaja! Und du? Wer bist du?«

»Deine Nichte Tatjana, die ihre Eltern bei einem schrecklichen Unglück in Nowosibirsk verloren hat.«

»Sehr schön. Immerhin musst du nicht mehr diese taubstumme Mary Hollinghurst spielen. Und nun machen wir uns ein wenig frisch und vor allem verstauen wir unsere Beu…«, nun unterbrach sich die Ältere von beiden selbst, »unser Hab und Gut, wollte ich natürlich sagen. Die Kabinen der Ersten Klasse haben jeweils einen eigenen Tresor, das wurde mir jedenfalls zugesagt.«

»Ach, ich will, dass wir endlich wieder Marianne und Margot und Schwestern sind, so wie es früher war«, sagte das Mädchen und plötzlich klang sie traurig.

»Liebes, nun hör doch auf damit«, erwiderte die Dame. »Du weißt, dass die Wiener Gesellschaft uns fallen ließ, nachdem der werte Papa bankrott gegangen ist. Wir säßen im Armenhaus, wenn wir nicht aus unserer guten Erziehung etwas gemacht hätten.«

»Das nennst du ›etwas gemacht‹?« Das Mädchen stieß ein bitteres Lachen aus. »Ständig auf der Flucht – das sind wir!«

»Kindchen, solange man in einer Kabine der Ersten Klasse auf der Flucht ist, kann es nicht so schlimm sein.« Die Dame kicherte.

Ihr seidenes Kleid raschelte, als sie die Kabine absuchte. Die angebliche Gräfin schob Bilder zur Seite, drehte sich einmal um die eigene Achse und untersuchte alle Stellen, an denen sich ein versteckter Geldschrank befinden konnte. »Nichts, es gibt keinen Tresor.«

»Vielleicht im Badezimmer?«, überlegte das Mädchen.

Gustav erschrak. Dadurch brachte er Kulu ins Wanken, der gegen das Waschbecken stieß. Es schepperte.

»Was war das?«, hörten sie aus dem Salon die Stimme der Dame, die – so vermutete Gustav – gar nicht so damenhaft war.

Schnell gab er Kulu ein Zeichen: die Badewanne. Leise stiegen sie hinein, für zwei Personen reichte der Platz gerade aus. Sie schmiegten sich eng aneinander und zogen den Vorhang zu.

Die Dame öffnete die Tür, lugte herein und stellte zufrieden fest: »Die Luft ist rein. Hier ist niemand.« Sie verschwand wieder, ließ die Tür allerdings offen stehen.

Mit einer Fingerspitze schob Gustav den Vorhang ein wenig auseinander. Durch den schmalen Spalt konnten sie einen kleinen Ausschnitt der Kabine überblicken. Die Dame und das Mädchen liefen in der Kabine herum, räumten ihre Koffer aus und unterhielten sich dabei.

»Der junge Lord hat wirklich an nichts gespart«, sagte die Dame. »Ich wusste nicht, dass man so vornehm reisen kann. Das machen wir demnächst immer so. Auch wenn ich nach wie vor einfach keinen Tresor finden kann.«

»Klar, wenn wir wieder verliebte Esel wie den Lord oder den Grafen Okonski finden, die du um den Finger wickeln und denen du das Geld bündelweise aus der Tasche ziehen kannst«, sagte das Mädchen. »Versteck das Päckchen zwischen deinen Unterröcken, daran traut sich niemand«, schlug es dann vor. »Wenn es wertvoller als die Juwelen ist, solltest du es vielleicht auch lieber immer bei dir tragen.«

Die Dame legte etwas auf den kleinen Salontisch, auf den Gustav und Kulu freien Blick hatten. Gustav erkannte es sofort: Es war das kleine, von rotem Leder oder Wachstuch umhüllte Päckchen, das er bereits im Logengang des Zirkus gesehen hatte. »Das hat sie in Sankt Petersburg im Zirkus in Empfang genommen«, flüsterte Gustav Kulu sehr leise ins Ohr. »Von Mikado, dem stärksten Mann der Welt.«

Das Mädchen drängelte sich an der Dame vorbei. »Ich werde gleich ein Bad nehmen«, sagte es und trat ins Badezimmer.

Kulu und Gustav hielten den Atem an.

»Zuerst packen wir fertig aus«, ertönte die strenge Stimme der Dame. »Und du hilfst mir dabei. Ich bin schließlich keine Kammerzofe.«

Das Mädchen lachte. »Bis vor nicht allzu langer Zeit warst du noch viel weniger als das.«

»Schweig still«, ermahnte die Dame sie.

Gustav ging langsam ein Licht auf, dass dieses Duo weder aus zwei englischen Ladies noch aus zwei russischen Gräfinnen bestand. Zwei Betrügerinnen waren sie, nichts anderes.

Murrend folgte das Mädchen den Anweisungen ihrer Komplizin.

Die Jungen atmeten aus, allerdings schmerzten ihnen beiden inzwischen die Beine, die eingeschlafen waren. Ein kaum wahrnehmbares Ruckeln ging durch den Rumpf des Schiffes. Von der Anlegestelle drangen Rufe herüber. Wieder dröhnte die Schiffssirene, dieses Mal gab sie drei lange und satte Töne von sich. Die *Prinzessin Auguste* legte ab. Und Gustav saß mit seinem Freund Kulu in einer Badewanne in der Luxuskabine des Dampfers fest. Jetzt stand es fest: Sie waren blinde Passagiere.

Im Salon nebenan rumpelte und raschelte es.

»Die Hutschachteln kannst du unter das Bett schieben«, sagte die Dame.

»Und falls wir uns verstecken müssen?«, fragte das Mädchen.

»Ach Liebes, deine Nerven sind ein wenig angespannt. Warum sollten wir uns verstecken müssen? Wir sind jetzt in Sicherheit. In Warschau sind Marcia und Mary Hollinghurst aus der russischen Bahn ausgestiegen und auf Nimmerwiedersehen verschwunden. Niemand wird jemals dahinterkommen, wer wir waren, und niemand wird herausfinden, wer wir noch alles sein werden.«

»Ich bin mir sicher, dass ich die Jungen aus Sankt Petersburg an der Gangway gesehen habe«, erwiderte das Mädchen.

»Wie sollen diese armen Schlucker nach Southampton gekommen sein? Du wirst sie verwechselt haben.«

»Wie wir. Mit der Eisenbahn. Und ich habe sie nicht verwechselt. Der eine von ihnen war schwarz, das trifft man doch so oft nicht an … Gib es zu, du hast sie doch auch erkannt.«

»Ja, vielleicht … aber vielleicht ist es auch ein Zufall.« Die Dame besann sich einen Augenblick. »Also gut! Wenn wir das Geld für die Überbringung des Päckchens kassiert haben, legen wir eine Pause ein. Vielleicht lassen wir uns als Gesellschafterinnen am Hofe eines ägyptischen Paschas engagieren und es wächst erst einmal ein wenig Gras über alles«, schlug sie vor.

»Still, da war etwas!«, unterbrach das Mädchen sie.

Sie schwiegen ein paar Augenblicke.

Auch Gustav hielt den Atem an. Kulu kniff zusätzlich die Augen zu, denn er erwartete genau wie Gustav, dass sie nun aufflogen.

»Nichts«, hörten sie die erleichterte Stimme des Mädchens.

»Du bist doch sonst nicht so schreckhaft«, sagte die Dame. »Mein liebes Kind, wer so abgebrüht ist, sich mit diesen dunklen Gestalten zu treffen, während ganz Sankt Petersburg im Zirkus hockt, sollte eigentlich etwas bessere Nerven haben. So, und nun brauche ich einen stärkenden Tee und eine kleine Leckerei, wie wäre es?«

Sie läutete nach dem Steward.

Gustav verdrehte die Augen. Er spürte seine Füße kaum noch. Kulu seufzte sehr leise. Wie es aussah, mussten sie noch ein wenig aushalten und hoffen, dass sie irgendwann und irgendwie unbemerkt aus der Badewanne entkommen konnten.

Kurz darauf klopfte es an der Kabinentür.

»Herein«, rief die Dame, aber es schien nicht der erwartete Bedienstete in der Livree der Reederei vor der Tür zu stehen, sondern jemand anderes.

»Ich soll ein Päckchen in Empfang nehmen, das Ihnen in Sankt Petersburg überreicht wurde«, sagte eine tiefe Stimme.

»Es war vereinbart, dass wir uns in Casablanca treffen.« Die Antwort der Dame klang ungehalten und misstrauisch.

Eine Männerstimme antwortete: »Jedem Taschenspieler in einer Hafenkneipe würde ich mehr vertrauen als dir, liebe Gräfin.« An seinem Tonfall erkannte Gustav deutlich, dass dieser Mann wusste, dass diese Gräfin keine war.

»Sprechen Sie nicht so vor dem Kind mit mir«, gab die Frau zurück.

»Ich bin kein Kind mehr«, widersprach das Mädchen. »Wer ist der Mann, liebste Tante?«

»Aha, hast du dir nun eine Nichte zur Tarnung zugelegt?« Der Mann lachte. »Gar nicht schlecht, die Idee. Du bist wirklich eine ausgebuffte Hochstaplerin. Aber reden wir nicht lange drum herum. Hast du in Sankt Petersburg das Päckchen bekommen?«

»Das geht Sie gar nichts an!«, gab die Dame zurück.

»Das tut es sehr wohl, denn ich bin hier, um es zu holen.«

Gustav fiel das Gespräch zwischen dem Mädchen und Mikado, dem stärksten Mann der Welt, wieder ein, das er belauscht hatte. Etwas stimmte hier nicht. Mikado hatte von einem Rosenberg, den sie in einem Café treffen sollten, gesprochen.

»Das hier ist nicht das Café de Paris in Casablanca, dort sollten wir uns treffen, so war der Plan«, sagte das Mädchen. »Und wie geht es eigentlich Ihrer Großmutter?«

Kulu schaute Gustav erstaunt an. Gustav grinste. Sein Freund wusste ja nichts von dem Erkennungszeichen.

»Lass meine Großmutter aus dem Spiel. Gott sei ihrer Seele gnädig und sie ruhe sanft.« Die Stimme des Fremden nahm einen drohenden Unterton an. »Die Pläne haben sich geändert. Und wenn du das nicht verstehen willst, kann ich auch anders.«

Ein spitzer Schrei drang hinüber ins Badezimmer. Gustav und Kulu schauten sich fragend an. Was sollten sie tun? Die sonderbare Dame und das Mädchen schienen in Bedrängnis zu sein, so viel stand fest.

»Wollen Sie mich etwa erschießen?«, kreischte die Dame nun. »Dann haben Sie die halbe Mannschaft am Hals. Außerdem wissen wir, wie zwei unschuldige Fräulein sich verteidigen können.«

Jetzt erschien das Mädchen in Gustavs und Kulus Blickfeld. Es hielt eine Blumenvase aus weißem Porzellan mit blauen Verzierungen in der Hand, holte blitzschnell aus und ließ die Vase allem Anschein nach auf den Kopf des Mannes krachen.

Der Angreifer schrie, er schien zu torkeln, etwas polterte zu Boden.

»Du kleines Miststück«, presste der Fremde hervor. Dann krachte es, als fielen ein Stuhl oder Tisch um.

Gustav und Kulu brauchten kein Wort, um sich zu verständigen. Wenn eine Dame in Gefahr war, mussten sie einschreiten. Gustav kletterte aus der Wanne. Er hatte keinerlei Gefühl mehr in den Beinen. Auch Kulu neben ihm stampfte ein paar Mal kräftig auf, dann stürmten sie hinaus in den Salon der Kabine.

Hier bot sich ihnen ein Bild der Verwüstung. Die Dame lag auf dem Sofa, über ihr der fremde Mann, seine Hände umschlossen ihren Hals. Auf seinem Rücken zerrte das Mädchen mit aller Kraft an ihm. Zweifellos konnten die Damen sich ziemlich gut selbst helfen.

Als das Mädchen die beiden Jungen sah, schrie es auf. Der Mann nutzte die Gelegenheit, um Margot oder Tatjana oder Mary oder wie auch immer sie heißen mochte, abzuschütteln. Das Mädchen stolperte rückwärts. Die Dame auf dem Sofa rang nach Luft.

Auf dem Boden lag der Revolver des Eindringlings. Gustav machte einen weiten Satz, um ihn sich zu schnappen, während Kulu den Mann zur Seite stieß. Seine Hiebe prasselten auf den Kerl ein.

Der jedoch war zäh und wehrte sich. Er stieß Kulu zurück und griff nach Gustavs Hand mit der Waffe darin. Mit einer schnellen Bewegung drehte er ihm den Arm auf den Rücken. Gustavs Schulter knackte, er schrie auf. Und ließ den Revolver fallen.

Diese Chance nutzte das Mädchen. Es hechtete über einen der umgekippten Stühle und bekam das Schießeisen zu fassen. Ohne lange zu zögern, hob es den Arm, streckte sich und gab einen Schuss in die Decke ab. Mit einem Schlag herrschte Stille in der Kabine. Nur noch der schwere Atem aller Beteiligten war zu hören.

Das Mädchen richtete die Waffe auf den Mann. Gustavs Augen weiteten sich. Er stand direkt neben dem Kerl. Wenn das Mädchen ihn verfehlte, pustete sie vielleicht ihm das Lebenslicht aus.

Kulu hob beschwichtigend die Hände. »Vorsicht!«, warnte er.

Der Mann verzog die Lippen zu einem spöttischen Grinsen und machte einen Schritt auf das Mädchen zu. Wieder knallte ein Schuss. Jemand schrie. Es roch nach Pulver.

»Na warte!«, zischte der Mann. Er hielt sich die Schulter, zwischen seinen Fingern quoll Blut hervor. »Euch bekomme ich noch dran!«, stieß er hervor. Dann verdrehte er die Augen und kippte vornüber.

»Hoppla«, sagte die Dame.

Das Mädchen ließ den Revolver fallen.

Gustav wurde schlecht, weil er kein Blut sehen konnte.

Kulu kniete sich neben den Mann und fühlte seinen Puls. »Er lebt«, stellte er erleichtert fest.

Die Dame rappelte sich auf. Ihre so sorgsam in Wellen gelegte Frisur hatte sich aufgelöst, das mit Blumen besetzte Hütchen hing über dem rechten Ohr. Sie richtete ihr zerzaustes Kleid, dann beugte sie sich über den bewusstlosen Fremden und begutachtete die Wunde in seiner Schulter. »Kein schönes Loch, aber auch nicht lebensgefährlich«, sagte sie ohne das geringste Mitgefühl in der Stimme. Mit flinken Fingern durchsuchte sie die Jackentaschen des Verletzten, zog eine Brieftasche hervor und fischte einige Papiere heraus. »Russische Geheimpolizei«, sagte sie. »Rosinykilow ist sein Name.«

»Und nicht Rosenberg«, murmelte Gustav.

»Woher kennst du diesen Namen?«, fragte die Dame.

Gustav hob die Augenbrauen und versuchte, eine geheimnisvolle Miene aufzusetzen, als er sagte: »Die Großmutter plagt die Gicht, aber das Herz ist stark wie …«

»Wer hat dir das verraten? Wie kommt ihr überhaupt hier herein?«, wollte jetzt auch das Mädchen wissen. Es klang keineswegs erfreut.

»Ich kenne euch«, sagte die Dame. »Tatjana, sei nett zu den jungen Herren, auch wenn es dir schwerfällt. Ihr müsst wissen, meine Nichte ist gelegentlich etwas kratzbürstig«, wandte sie sich an Gustav und Kulu. »Ihr hingegen scheint unsere Schutzengel zu sein. Hatten wir nicht schon in Sankt Petersburg das Vergnügen?«

Kulu lächelte. Er verbeugte sich tief, so wie er es nach einer Zirkusnummer tat. »Stets zu Ihren Diensten, werteste Gräfin …« Er stockte, als suche er in seinem Gedächtnis nach dem Namen der Dame.

»Wir freuen uns, dass Ihre Schwester oder Nichte oder Tochter oder was auch immer sie ist, wieder sprechen kann«, ergänzte Gustav.

Das Mädchen schnaubte und hob zu einer giftigen Bemerkung an, aber die Dame gab ihm ein Zeichen. »Ja, die Welt ist voller Wunder. Wie sonst sollten zwei Straßenjungen in die Erste Klasse eines Dampfschiffes wie diesem gelangen?« Sie zwinkerte den Jungen zu. »Oder seid ihr am Ende blinde Passagiere?«

Das Grinsen verging Gustav und Kulu mit einem Schlag.

»Tja, jeder trägt seine Geheimnisse mit sich herum«, die Dame nickte. »Meistens ist allen damit gedient, wenn Geheimnisse auch solche bleiben, oder? Wohin wollen die Herren eigentlich reisen?«

»Nach Boma am Kongo«, sagte Gustav.

»Na, das sollten wir doch hinkriegen, meine Liebste?«, fragte die Dame das Mädchen.

»Wir haben schon ganz andere Dinge hingekriegt«, gab das Mädchen zurück.

»Wir machen uns ein wenig frisch und dann stelle ich euch dem Quartiermeister als meine beiden ... äh ... Neffen vor. Für eine Passage bis Boma und ein ordentliches Bestechungsgeld sollte unser Barvermögen reichen.« Plötzlich wurde ihre vorher so säuselnde Stimme hart. »Und ihr vergesst alles, was ihr gesehen und gehört habt. Ist das klar?«

»Äh, klar wie Kloßbrühe«, sagte Gustav. Er stupste Kulu an. Der nickte eifrig.

»Aber erst einmal müsst ihr uns helfen, den Kerl hier über Bord zu werfen!«

Gustav und Kulu schauten die Dame mit dem puren Entsetzen im Blick an.

Das Mädchen lachte. »Ihr seid mir zwei Mimosen! Das war natürlich ein Scherz. Allerdings müssen wir ihn fesseln und irgendwo unterbringen.«

»Vielleicht in der Badewanne?«, schlug Kulu vor, der als Erster die Fassung wiedergefunden hatte.

»Gute Idee.« Die Dame nickte entschieden.

»Oh nein«, das Mädchen seufzte. »Ich wollte doch ein Bad nehmen.«

»Das muss warten, Liebes. Bei unserem nächsten Halt werden wir ihn schon irgendwie loswerden. Los jetzt, nehmt eines der Bettlaken und reißt es in Streifen. Damit verbinden wir seine Wunde und fesseln ihn an Händen und Füßen. Danach brauche ich aber nun wirklich einen Tee.«

»Ihr müsst euch keine Sorgen machen«, sagte das Mädchen, nachdem die Dame zuerst einen Tee im Restaurant der Ersten Klasse getrunken und dann nach dem Quartiermeister der *Prinzessin Auguste* geklingelt hatte. »Es gibt keinen Mann auf der ganzen Welt, den sie nicht um den Finger wickeln könnte. Und am Ende hilft das hier immer.«

Gustav betrachtete den braunen Umschlag in ihrer Hand. Er wölbte sich leicht. Das Mädchen öffnete ihn und zum Vorschein kam ein kleiner Stapel Geldscheine. Gustav hatte solche Banknoten noch nie in der Hand gehalten, aber er wusste, dass sie aus den Vereinigten Staaten von Amerika stammten. »Das sind Dollar«, sagte er.

»Stimmt«, erwiderte das Mädchen.

»Wie viel sind es?«, fragte Kulu.

»Genug«, antwortete das Mädchen und legte den Umschlag auf den kleinen Beistelltisch neben dem Sofa.

Es klopfte an der Kabinentür.

Die Dame kam aus dem Schlafzimmer der Luxuskabine herbeigeeilt und schob das Mädchen mitsamt Gustav und Kulu dort hinein. »Derlei Dinge bespricht man besser im kleinsten Kreis. Verhaltet euch ruhig.« Sie schloss die Tür zum Salon und rief: »Herein!«

Danach hörten Gustav und Kulu nur noch Gemurmel, bis sich die Tür des Schlafzimmers öffnete. »Das sind die jungen Herren«, säuselte die Dame.

Neben dem Sofa im Salon stand ein kleiner Mann, der aussah, als habe jemand ein paar zu groß geratene Kürbisse übereinandergestapelt. Alles an ihm war rund und speckig. In den wurstigen Fingern hielt er den braunen Umschlag. Seine Schweinsäuglein blitzten nicht freundlich, aber er quittierte die folgenden Worte der Dame mit einem Nicken.

»Das ist der außerordentlich reizende Herr Sonntag«, stellte die Dame ihn vor. »Er hat vollstes Verständnis für eure missliche Situation, nicht wahr, Herr Sonntag?«

Herr Sonntag nickte.

»Ich habe ihm gesagt, dass wir bereits telegrafiert haben. Sorgt euch nicht, ihr werdet in Boma wieder zu eurer Herrschaft stoßen, nicht wahr, Herr Sonntag?«

Herr Sonntag nickte.

»Zu unserer Herrschaft?«, fragte Gustav.

Das Mädchen ergriff seine Hand. Unauffällig kniff sie hinein, dass es schmerzte.

»Jawohl, zu unserer Herrschaft«, sagte Gustav.

»Das ist nicht das erste Mal, dass die Burschen eines Offiziers sich in der Stadt herumtreiben und die Abfahrt des Schiffes verpassen«, sagte Herr Sonntag. »Ihr könnt von Glück reden, dass ihr eine so freundliche Dame wie die Gräfin getroffen habt.«

»Und eine so großzügige«, sagte das Mädchen.

Die Hände des Quartiermeisters klammerten sich um den Umschlag in seinen Händen.

Kulu grinste. Das Mädchen stupste ihn an und sein Grinsen erstarb.

»Kommt mit«, befahl der Quartiermeister. Er deutete eine Verbeugung an und trat hinaus auf den Flur.

»Der liebenswürdige Herr Sonntag wird euch eure Kabinen zeigen«, säuselte die Dame und ließ ihre Finger zum Abschiedsgruß flattern. »Arrivederci.«

»Au revoir«, tat es ihr das Mädchen gleich.

Gustav und Kulu zögerten. Eines wussten sie beide: Je süßlicher dieses Gespann daherkam, desto größere Vorsicht war geboten. Aber es blieb ihnen keine Zeit mehr, zu fragen, was mit dem verletzten Mann in der Badewanne geschehen würde und ob sie sich tatsächlich wiedersehen würden. Die Tür der Kabine hatte sich schon vor ihnen geschlossen.

Der Quartiermeister wartete bereits ungeduldig auf den Fersen wippend am Ende des Flurs, wo eine schmale Stiege zum nächsten Deck führte.

Gustav und Kulu fanden sich wenig später in den Mannschaftsräumen wieder. Von Kabinen konnte keine Rede sein. Sie hatten Glück, dass nicht gerade bei den Heizern oder in der Küche ein paar Schiffsjungen fehlten.

»Ihr verdient euch die Fahrt als Pagen. Ihr helft aus, wo eine Hand gebraucht wird«, sagte der Quartiermeister. »Dahinten in den Schränken findet ihr die Livreen, es wird schon etwas passen. Meldet euch beim Steward für die Erste Klasse, nun macht schon. Und eines sage ich euch: Wenn ihr zwei faule Halunken seid, schmeiße ich euch im nächsten Hafen von Bord. Und wenn ihr zwei Langfinger seid oder irgendeinen anderen Unsinn anstellt, passiert es auch schon früher.«

IV

»In den meisten Fällen überlebt jemand den Angriff einer Schwarzen Mamba nur mit der Hilfe eines Gegengifts, was jedoch oft nicht schnell genug zur Hand ist. Oder er hat Glück und sein Freund ist ein zielsicherer Bogenschütze, der es schafft, den Hals der Schlange direkt unterhalb des Kiefers mit seinem Pfeil zu durchbohren – beim ersten Versuch.«

17

Auch wenn sie nicht in einer Luxuskabine der Ersten Klasse untergebracht waren, bot die *Prinzessin Auguste* mehr Bequemlichkeiten, als Gustav und Kulu auf ihren bisherigen Fahrten erlebt hatten. Die meiste Zeit standen sie auf dem Deck der Ersten Klasse herum, fegten die herabgefallene Asche von den Zigarren der Herren weg, holten den Damen eine warme Decke, wenn eine frische Brise aufkam, oder sie erledigten Botengänge. Die Dame und das Mädchen, die ihnen zu der Überfahrt verholfen hatten, erblickten sie nicht mehr. Die beiden schienen sich entschlossen zu haben, unter Deck zu bleiben.

Auf der Höhe der französischen Insel Ouessant verließ die *Prinzessin Auguste* den Ärmelkanal und lief den Hafen von Brest an. Wie in Southampton begann ein reges Treiben: Kisten und Säcke wurden an Bord getragen, Koffer wanderten auf dem Rücken von Trägern hinab auf den Quai, um dort auf Kutschen verladen zu werden. Einige französische Passagiere gingen an Bord.

Gustav nutzte die Gelegenheit, um sich zur Kabine der angeblichen Gräfin und ihrer Nichte zu schleichen. Die Kabinentür stand offen. Als Gustav eintreten wollte, stieß er mit einem Stapel zerknüllter Bettwäsche zusammen. Den Stapel hielt eine junge Frau im einfachen Kleid der Dienstmädchen im Arm. Sie waren für die Reinigung der Kabinen zuständig.

»Hoppla«, rief sie aus. »Was hast du hier zu suchen?«

Gustav stotterte: »Äh … die Damen … haben nach einem Pagen geläutet …«

»Hier gibt's keine Damen«, sagte die Frau. »Die sind gerade von Bord gegangen. Ein Betttuch haben sie zerrissen, diese vornehmen Herrschaften, also wirklich …«, entrüstete sie sich. Sie hielt das Laken hoch, das sie benutzt hatten, um den verletzten Mann zu verbinden – und zu knebeln.

»Das Badezimmer … ich …«

»Nun steh nicht herum und halte Maulaffen feil. Das Badezimmer muss ich auch noch putzen. Eine der Damen hat sich wohl verletzt. Die Wanne war voller Blutflecken.« Sie drückte Gustav das Bettzeug in die Hand. »Wenn du schon da bist, mach dich nützlich und bring das in die Wäscherei. Weißt du, wo die ist? Auf dem zweiten Unterdeck.«

Sie waren also ausgeflogen. Daran bestand kein Zweifel. Und irgendwie mussten die beiden es vorher geschafft haben, den Mann aus ihrer Badewanne loszuwerden.

Als Gustav später in die Mannschaftsräume kam, wartete Kulu bereits auf ihn. Auch er hatte Neuigkeiten: »Sie sind weg!«

Gustav stutzte. »Woher weißt du das?«

»Woher weißt du das?«, gab Kulu zurück.

»Ich war in ihrer Kabine«, sagte Gustav.

Kulu zückte einen Umschlag ähnlich dem, in dem das Bestechungsgeld für den Quartiermeister gesteckt hatte, und zog ein Blatt Papier heraus, dessen Kopf das Wappen und der Schriftzug der Reederei zierten. *Wir gehen auf Nummer sicher und machen einen kleinen Umweg über Land*, stand dort mit schwungvollen Buchstaben geschrieben. *Seereisen bekommen uns nicht so gut. Die Scheine sind für den kleinen dicken Kerl gedacht, falls er euch Ärger machen will.* Statt einer Unterschrift standen nur drei X unter den wenigen Zeilen.

»Sie haben sich aus dem Staub gemacht«, sagte Kulu.

»Und der Mann aus der Badewanne?«, fragte Gustav. »Ob der Quartiermeister ihnen dabei geholfen hat?«

Kulu zuckte die Achseln. »Danach fragen wir ihn lieber nicht. Die Scheine hat er sowieso schon kassiert.« Er hielt Gustav den Umschlag hin. Er war leer.

In diesem Moment tutete das Signalhorn drei Mal. Es war das Zeichen für die Abfahrt.

»Hauptsache, wir werden nicht von Bord geworfen«, sagte Gustav.

Nach dem Verlassen des Ärmelkanals ging die See im offenen Atlantik höher. Gestandenen Seeleuten wie Gustav und Kulu konnte der Wellengang längst nichts mehr anhaben, einige der Passagiere blieben nun jedoch in ihren Kabinen, um sich in der Nähe einer Toilette zu befinden, falls das üppige Frühstück oder die gesottenen Ochsenbäckchen vom Mittag den Rückweg nach draußen antraten.

Zwei Tage später behinderte der Nebel den Blick auf das Kap Finisterre. Die Fahrt entlang der portugiesischen Küste verlangsamte sich auf die halbe Geschwindigkeit und die Signalpfeifen des Dampfers kamen zum Einsatz, um anderen Seefahrern nicht gefährlich nahe zu kommen, sodass sie mit einiger Verspätung in Lissabon eintrafen. Beim Halt in Casablanca saugte Gustav zum ersten Mal die Luft des afrikanischen Kontinents in seine Lungen. Eine heiße und trockene Luft, ganz anders als er sie sich vorgestellt hatte. »Warte ab, wie es südlich der Sahara wird«, sagte ein Pastor der anglikanischen Kirche, der samt seiner blassen Gattin auf dem Rückweg von den englischen Seebädern zu seiner Missionsstelle war. Neben einigen weiteren Kaufleuten reiste der Hauptagent für die Geschäfte der Firma Trautmann mit ihnen, ein Herr Müller, und er bestätigte, was der Pastor sagte. Er bekleidete gleichzeitig das Amt eines deutschen Konsuls in Monrovia. »Die feuchte Luft des Urwalds im westlichen Afrika bringt uns Europäer um«, sagte Müller. »In Monrovia halten wir immer zwei ausgeschaufelte Gräber bereit und selten sind sie abends nicht belegt.« Danach lud er den Pastor zu einem Glas Gin ein und handelte sich damit Ärger mit der Gattin des Geistlichen ein.

Obwohl es für die Pagen eigentlich verboten war, die Passagiere zu behelligen, nutzte Gustav die Gelegenheit, um diesen Herrn Müller ausgiebig nach anderen Vertretern, Arbeitern und Entdeckungsreisenden aus deutschen Landen zu befragen. Aber Konsul Müller sagte der Name von Gustavs Vater, Hinnerk Kröger, nichts – dafür lägen zu große Entfernungen zwischen den Faktoreien der Handelshäuser und den Missionen in dieser Gegend.

»Vergesst nicht, Burschen, selbst wenn die gerade Strecke durch die Luft zwischen zwei Orten in den westlichen Regionen nur ein paar Tagesreisen ausmachen würde, ist der beschwerliche Weg über Land oft kaum zu überwinden«, erklärte der Konsul den Jungen. Kulu nickte zustimmend, denn er kannte die Beschwernisse eines Marsches durch den Urwald seiner Heimat.

Ihre Vorfreude auf einen Zwischenhalt auf der Insel Madeira wurde enttäuscht. Zwar lagen die malerischen weißen Häuser inmitten von Palmen und blühenden Obstbäumen bereits in Sichtweite, aber ein Regierungsboot näherte sich und verkündete, dass eine große Quarantäne ausgerufen worden sei: Die Cholera wütete auf der Insel. Also drehte die *Prinzessin Auguste* ab.

Beim Blick zurück auf das kleine Paradies inmitten des Atlantiks verfinsterte sich Kulus Miene, denn er musste unweigerlich an die Reise denken, die er vor Jahren in umgekehrter Richtung gemacht hatte, als er seine Schwester und die Eltern verloren hatte.

»Denkst du oft an deine Familie?«, fragte Gustav.

»Jeden Tag«, sagte Kulu. Er wandte sich ab und schaute hinaus aufs Meer.

Sie standen auf dem zweiten Deck im Heck des Schiffes, wo ein paar Möglichkeiten geschaffen worden waren, um sich die Zeit an Bord zu vertreiben. Fünf oder sechs Passagiere hatten sich um ein Shuffleboard-Feld versammelt. Gustav hatte schon ein paar Mal zugeschaut. Um seinen Freund auf andere Gedanken zu bringen, zog er Kulu mit sich zu dem Spielfeld.

Eigentlich war es kein Feld, sondern eine ungefähr vier Meter lange Bahn aus Holz, die man bei schlechtem Wetter oder wenn der Platz für etwas anderes benötigt wurde, wegräumen konnte. Man musste mit einem Schieber runde Spielsteine anstoßen und sie möglichst in die Felder am anderen Ende der Spielbahn befördern. Einige lagen bereits in den mit Zahlen beschrifteten Dreiecken, die höchste Punktzahl, die zehn, hatte allerdings noch niemand getroffen. Die Spieler plauderten. Sie waren unterschiedlicher Meinung, wie man den Stab, mit dem die Steine geschoben werden mussten, am besten hielt. Das Ganze sah nicht allzu schwierig aus, fand Gustav.

Ein geschniegelter Typ in karierten Flanellhosen, einem knallroten Pullunder und einer Schiebermütze auf dem Kopf hielt ihm einen der Stäbe hin. »Komm, mach mit«, sagte er mit einem sächsischen Akzent.

»Das ist uns leider verboten«, sagte Gustav.

»Papperlapapp«, antwortete der Sachse. »Wir sind zu wenige und ich dachte, die Passagiere sind Könige auf dieser Prinzessin. Wir spielen um eine Mark. Pro Punkt, versteht sich.«

»Wie kann sich ein Pressefritze das leisten?«, fragte ein Mitspieler, worauf eine der anwesenden Damen sagte: »Wenn dem Vater die Zeitung gehört, wird er davon wohl nicht arm werden.«

»Hast du Lust?«, fragte Gustav seinen Freund.

»Ja, aber keinen Vater mit einer Zeitung«, sagte Kulu.

»Hey, ich habe dich gefragt und nicht den Neger«, sagte der Typ im roten Pullunder. Er spuckte über die Reling. »Der soll hier lieber das Deck ordentlich schrubben.«

Gustav spürte, wie der Ärger in ihm aufstieg, aber Kulu legte eine Hand auf seinen Arm.

»Lass gut sein«, murmelte er. »Ich habe sowieso keine Lust.«

Bevor Gustav ihm widersprechen konnte, drehte er sich um und ging Richtung Bug davon. »Wir gucken nach, ob Sunny und Plum da sind.«

Gustav stieß die angehaltene Luft aus und nickte. »Die sind 'ne bessere Gesellschaft!«

Sunny und Plum waren die beiden Irischen Wolfshunde des deutschen Konsuls, die in einem eigens für sie reservierten Bereich des unteren Decks untergebracht worden waren. Kulu hatte die grauen Riesen bereits einmal ausgeführt. Heute erledigte die Gattin des Konsuls das selbst. Als zuerst Plum und dann Sunny ihr Geschäft verrichteten, blitzte eine Idee in Gustavs Kopf auf. Schnell sprang er hinzu und bot seine Hilfe an.

»Keine Sorge, Frau Konsulin«, säuselte er. »Das machen wir schon.« Er trug den Eimer davon und fand hinter einem der Rettungsboote einen sicheren Platz dafür.

Kulu beobachtete ihn erstaunt.

»Warte ab«, sagte Gustav. »Die Herren stellen doch abends ihre Schuhe zum Putzen vor die Kabinentür. Der sächsische Pressefritze wird morgen eine stinkende Überraschung erleben.«

Als nach einer knappen Woche die Kapverdischen Inseln und bald darauf der Hafen von Dakar in Sicht kamen, hellte sich Kulus Miene auf. Nun überwog die Freude, dass seine Heimat fast in greifbarer Nähe war.

Es setzte erneut trübes Wetter ein, was dazu führte, dass auch die erfahrene Mannschaft der *Prinzessin Auguste* keine Ortsbestimmungen durchführen konnte und einige Dutzend englische Meilen über das nächste Ziel hinausfuhr: Monrovia, für Konsul Müller das Ziel und Ende seiner Reise. Es war nicht zu ändern, der Kapitän musste die Meilen zurückfahren, zumal er auch Post und viele heiß erwartete Güter für die Niederlassungen dort an Bord hatte.

So ging es weiter an den Küsten des westlichen Afrikas entlang. Tagsüber begleiteten Delfine und Tümmler das Schiff und nicht selten durchschnitten die dunklen Dreiecke von Haifisch-Flossen die Wasseroberfläche, nachts glitzerte die spiegelglatte See geheimnisvoll im Mondlicht. Immer häufiger steuerte die *Prinzessin Auguste* nun auch kleinere Ort an. Jedes Mal, wenn der Dampfer seine Ankunft mit dem Signalhorn ankündigte, sprang Kulu auf. Egal, was er gerade tat, Kulu stand als Erster im Bug und hielt Ausschau nach dem nächsten Hafen.

In Lomé war der Landgang wieder wegen einer Epidemie verboten. Es folgten Little Popo und Grand Popo. Hier zogen sich weitläufige Lagunenflüsse parallel zur Küste nach Süden. Da die *Prinzessin Auguste* ein paar Tage vor Anker ging, um die Lager der Handelsstationen zu füllen, entschlossen sich einige der Passagiere, die malerischen Lagunen in kleineren Booten zu erkunden.

»Was wollt ihr denn da? Mücken und Hitze und schlechtes Essen und danach wieder Mücken«, knurrte der Bootsmann der *Prinzessin Auguste*, als Kulu ihn fragte, ob Gustav und er sich dieser Gruppe anschließen konnten. Doch Kulu ließ sich nicht abwimmeln. Es war der erste Landgang, bei dem sie nicht nur den Hafen sahen. Auch Gustav war Feuer und Flamme. Sie packten ihr Bündel.

»Hoffentlich kommen wir wieder an Bord«, sagte Gustav.

»Hoffentlich überleben wir diesen Ausflug«, scherzte einer der anderen Passagiere.

Ein Segeldach schützte die Mitreisenden an Deck des Lagunenbootes. Vom Komfort, den die *Prinzessin Auguste* bot, blieb hier kaum etwas.

Die Fließe wurden breiter und verengten sich wieder, Mangroven und dichte Büsche säumten den Weg und Gustav sah zum ersten Mal in seinem Leben jene Bestien, von denen Kulu ihm bereits erzählt hatte: Krokodile.

»Sind die groß!«, flüsterte Gustav ehrfürchtig.

Kulu lachte. »Die sind nichts gegen unsere am Orowango.«

Die Tiere glitten leise von ihren Sonnenplätzen ans Ufer, als das Boot an ihnen vorbeifuhr. Von der Schnauze bis zur Schwanzspitze maßen sie mindestens zwei Meter. In Gustavs Träumen in der nächsten Nacht wurden daraus fünf Meter und mehr. Sie erreichten einen Ort, der von sehr besonderen Schutzheiligen bewacht wurde, nämlich einem Gewimmel von Schlangen, denen die Einwohner eigens ein Haus gebaut hatten, in das sie wieder zurückgebracht wurden, wenn sie sich auf den Weg zu den Schlafstätten der Menschen machten.

Als mindestens genauso beunruhigend wie die Echsen und die Reptilien empfand Gustav die nackthalsigen Geier, die auf den Dächern der Hütten und Häuser saßen und geduldig warteten, bis irgendetwas Essbares in den Gassen liegen blieb.

»Sie halten alles sauber«, erklärte Kulu und grinste immer noch über Gustavs Ahnungslosigkeit, als sie wohlbehalten auf die *Prinzessin Auguste* zurückgekehrt waren.

Kulu verlor mit jedem Atemzug, den er auf diesen nun endlich wieder vertrauteren Wegen machte, das Gefühl der Beklemmung. Es hatte ihn nie ganz verlassen, seit er damals an Bord der *Vesuvio* gegangen war.

»Was würde ich hier nur ohne dich machen?«, fragte Gustav.

Sein Freund legte den Arm um Gustavs Schulter und drückte ihn einmal an sich, um ihn gleich darauf in den Schwitzkasten zu nehmen. Sie balgten herum. Kulu spürte in jedem Muskel, wie hier die Kraft in ihm wuchs. Er wusste, dass er noch nicht am Ziel seiner Reise angekommen war, einen großen Teil des Weges hatten sie jedoch inzwischen hinter sich gebracht. Er merkte es auch daran, dass sie nach einiger Zeit immer wieder auf Leute trafen, deren Sprache vertrauter klang.

»Verstehst du, was sie sagen?«, fragte Gustav ein paarmal und Kulu lachte ihn aus. »So wenig, wie du einen sibirischen Bauern im Reich des Zarewitschs verstehen würdest. Wir haben noch einen Weg vor uns und überall sprechen sie andere Sprachen.«

Schon bald nach der Ankunft in Europa hatte er begonnen, in einem wilden Gemisch aus Sprachen zu denken und schließlich auch zu träumen. Jetzt kehrte sich dies um.

Immer häufiger fielen ihm die Worte zuerst in der Sprache seiner Väter ein. Und wenn er mit Gustav sprach, musste er die Sätze oft im Kopf übersetzen.

Es konnte noch viel dazwischenkommen, bis sie sein Dorf, bis sie Malouku erreichten, aber allein das Gefühl, nicht mehr der einzige schwarze Junge unter lauter weißen Menschen zu sein, erfüllte ihn mit Glück.

»Du musst unsere Sprache lernen«, sagte Kulu eines Abends zu Gustav, als sie sich zum Schlafen legten.

Gustav nickte, merkte aber schon bald, wie unendlich schwer es war, wenn man kein einziges Wort in einer Sprache kannte, keine Silbe, nichts. Alles, was Kulu sagte, hörte sich für ihn wie ein Gesang an, in dem die Töne wie ein Ruderboot in den Wellen des Ozeans hinauf- und hinabschlingerten. Die Bedeutung der Wörter zu wissen, war eine Sache, aber verständlich machen konnte man sich in diesem Kikongo, wie Kulus Sprache hieß, nur, wenn man wusste, ob man eine Silbe mit hohem Ton oder mit tiefem sprechen musste.

Kulu erwies sich als ein geduldiger Lehrer. Immer wieder sprach er Gustav die Sätze vor: »Zína namúnu Gustav.«

Das verstand Gustav schnell. »Ich heiße Gustav!«, rief er erfreut aus und ergänzte noch stolzer den zweiten Satz, den er gelernt hatte: »Insì namúnu Alemania.«

»Kwísa ya mbóte«, erwiderte Kulu.

»Herzlich willkommen!«, jubelte Gustav geradezu.

Oftmals war Kulus Stimmung aber auch getrübt. Sie schwankte von einem Tag zum anderen von hoffnungsvoller zu banger Erwartung, denn sie näherten sich mit jedem Stoß der Dampfmaschinen, die die schweren Schrauben des Schiffs antrieben, Boma, dem Ort, von dem aus Gustav das letzte Lebenszeichen seines Vaters erreicht hatte: Jene Postkarte, die er in den Wirren ihrer Reise längst verloren hatte. Was seinen besten Freund wohl an diesem Ort erwarten würde?

Als der Hafen von Boma in den ersten Stunden des heranbrechenden Tags in Sichtweite war, stand Kulu bereits an der Reling im Bug der *Prinzessin Auguste.* Nach einer fast vollständig durchwachten Nacht wollte er der Erste sein, der das Land erblickte. So schnell er konnte, rannte er hinunter in die Mannschaftsräume, wo Gustav gerade aufgewacht war. »Wir sind da«, rief er.

Gustav sprang auf und Kulu fiel ihm um den Hals. Freudentränen rannen über seine Wangen.

Nur knappe drei Stunden später standen die Jungen mit ihren Seesäcken über der Schulter und einem Empfehlungsschreiben des Konsuls, das dieser ihnen freundlicherweise ausgestellt hatte, am Quai im Hafen von Boma.

18

Die Hitze war an Land noch größer als an Bord der *Prinzessin Auguste*, wo wenigstens eine leichte Brise oder der Fahrtwind für Abkühlung gesorgt hatten. »Wir brauchen einen Hut für dich«, sagte Kulu. »Einen mpú, sonst trifft dich in Nullkommanichts der Hitzschlag. Ihr bleichen Männer seid nicht für unsere Breiten geschaffen.« Er knuffte Gustav in die Seite.

»Werde nicht frech«, gab Gustav zurück, aber er kaufte beim ersten Händler, der ihnen begegnete, einen Strohhut mit breiter Krempe.

»Mpú«, murmelte Gustav und wandte sich dem Verkäufer zu: »Danke … äh … matóndo«, sagte er und der Mann lachte.

»Jetzt siehst du aus wie ein feiner Herr auf einer Plantage«, feixte Kulu.

»Was ist eine Plantage?«, fragte Gustav.

Kulus Miene wurde plötzlich ernst. »Das ist wie der Bauernhof von deinem Onkel, nur viel, viel größer. Und so gut wie seinen Knechten geht es den Arbeitern dort nicht. Wenn du nicht schnell genug arbeitest, spürst du schnell die Peitsche, und wenn du ungehorsam bist, kann es dich auch das Leben kosten.«

Gustav spürte, dass Kulu nicht gerne darüber redete. »Hast du auch auf so einer Plantage gearbeitet?«

Kulu schüttelte den Kopf. Es schien, als wollte er schnell auf ein anderes Thema kommen. Entschlossen sagte er: »Jetzt brauchen wir einen Plan.«

»Ist doch klar«, sagte Gustav. »Wir gehen zu deinem Großvater und dann suchen wir nach meinem Vater. Vielleicht weiß dein Großvater –«

Kulu ließ ihn nicht ausreden. Er lachte bloß.

»Was habe ich denn jetzt schon wieder falsch gemacht?«

»Nichts, gar nichts«, sagte Kulu, grinste aber weiterhin. »Du dummer weißer Bursche hast noch immer nicht verstanden, wo wir hier sind.« Er machte den Tonfall nach, in dem die Weißen oft mit jemandem sprachen, der nicht ihre Hautfarbe hatte: »Du Kaffer, du nix verstehen, was? – Weißt du, wie weit es noch bis zu meinem Dorf ist? Wir erkundigen uns erst einmal nach deinem Vater und dann sehen wir weiter. Eins nach dem anderen. Und hör auf, so beleidigt aus der Wäsche zu schauen. Jetzt weißt du, wie es mir ergangen ist.«

Gustav machte weiter einen Schmollmund. Aber ganz für sich gab er Kulu recht.

In einer Schenke fragte Gustav einen rotwangigen Kerl, der nach Schnaps roch, nach der Niederlassung der Firma Trautmann, der Adresse, an die er ein ganzes Jahr lang geschrieben, aber bis auf die eine Karte nie eine Antwort erhalten hatte. Der Weg war nicht weit – aber die Türen der Faktorei waren verschlossen.

Gustav zog an der Kette einer Glocke, die neben der Tür hing. Er tat es ein zweites und ein drittes Mal, erst dann fluchte drinnen jemand, es polterte, aber gleich darauf knirschte ein Riegel, die Tür öffnete sich einen Spaltbreit und ein Herr mit zerzausten Haaren streckte den Kopf hinaus. »Lausebengel!«, brachte er beim Anblick von Gustav und Kulu hervor und schob die Tür wieder zu.

Schnell stellte Kulu den Fuß in die Lücke, obwohl er sich schon nach den ersten Schritten an Land seiner Schuhe entledigt, sie an den Schnürsenkeln zusammengebunden und über die Schulter gelegt hatte. »Autsch«, stöhnte er, aber die Tür blieb offen und der Mann fluchte.

»Was zum Teufel fällt dir ein? Soll ich meine Schrotflinte holen und euch ein paar schöne Löcher in den Wanst schießen?«

»Ich bitte um Verzeihung, der Herr«, rief Gustav aus. »Ich bin Gustav Kröger aus Bokkelsen bei Hamburg und ich suche meinen Vater …«

»Hat das nicht Zeit bis nach meinem Mittagsschlaf?«, schimpfte der Mann, aber zumindest öffnete er die Tür. »Was habe ich mit deinem Vater zu schaffen?«

»Er sollte vor zwei Jahren in den Kupferbergwerken als Vorarbeiter arbeiten. Ich habe leider seitdem nichts mehr von ihm gehört.«

Der Mann schleppte sich mit schlurfenden Schritten durch eine breite Diele zu einer Tür, hinter der sich sein Büro verbarg. Die Jungen folgten ihm. »Vor zwei Jahren? Gott ja, da waren die Zeiten noch besser. Die Malaria und die Hitze holen sich hier jetzt einen nach dem anderen.«

Während er sprach, hatte er einen Schlüsselbund aus einer Schublade seines Schreibtischs genommen und die Tür eines der Wandschränke aus tiefbraunem Holz geöffnet. Er zog ein Register hervor und lüpfte verschiedene Aktenmappen. Dabei sprach er leise zu sich selbst, nannte Namen und Daten und fragte schließlich: »Wie war der Name?«

»Hinnerk Kröger«, sagte Gustav.

»Aus Bokkelsen bei Hamburg«, fügte Kulu hinzu und legte die Hand auf Gustavs Schulter.

Endlich wurde der Mann fündig. Er zog ein in marmoriertes Papier gebundenes Buch hervor, das Journal der Station, wie er den Jungen erklärte. Tag für Tag verzeichnete der Stationsvorsteher darin alle Ereignisse, seien es die Ankunft von Schiffen oder die Lieferung von Waren wie Kokos- oder Palmöl, Früchte, Kaffeebohnen und das Elfenbein der Stoßzähne von Elefanten. Die Ankunft von Reisenden aus der Heimat wurde ebenfalls darin festgehalten.

»Damit man Auskunft geben kann, wenn ein Bursche einen aus dem Mittagsschlaf weckt und nach seinem Vater fragt«, murmelte er und begann, in dem Buch zu blättern.

Gustav trippelte von einem Bein auf das andere. Nach ein paar Minuten, die sich wie eine Ewigkeit anfühlten, schnalzte der Stationsvorsteher mit der Zunge und stieß mit dem ausgestreckten Zeigefinger auf eine Zeile.

»Da haben wir ihn doch. In einem gut geführten Kontor geht eben nichts verloren.«

Gustav reckte den Hals. Auch Kulu trat einen Schritt näher.

»Da ist er: H Punkt Kröger, na, wenn das mal nicht Hinnerk heißen soll, dieses H. Geblieben ist er eine Woche und hat in dieser Zeit bei der Witwe Brotschneider Quartier genommen. Abreise dann mit der Karawane von Oberstleutnant Schultze zu den Bergwerken im Osten. Na, das wird kein Spaß gewesen sein. Es ist eine schrecklich unwirtliche Gegend und sie haben dort kein Gramm Kupfererz abgebaut.« Er stoppte seinen Redeschwall, als er Gustavs enttäuschte Miene sah. »Nun ja, das heißt alles noch nichts. In den unendlichen Weiten dieses Kontinents geht öfter mal jemand verloren und taucht an völlig unerwarteten Orten wieder auf. Du kennst doch sicher die Geschichte von Livingstone, mein Junge? Hat in Tansania zwei

Jahre als verschollen gegolten, bis ihn Henry Morton Stanley nach einer legendären Suchaktion am Tanganjika-See gefunden hatte, krank und entkräftet, aber lebend.«

Gustavs Schultern sanken bei diesen entmutigenden Worten noch ein Stück weiter herab. Seinen Vater suchte niemand, außer ihm selbst, und er war keineswegs in der Lage, eine ganze Expedition auszurüsten. Nicht einmal einen einheimischen Führer würde er bezahlen können.

»Aber du hast doch einen einheimischen Führer«, sagte Kulu da selbstbewusst. »Wir gehen zu dieser Witwe Brotschneider, vielleicht hat sie etwas gehört und kann uns weiterhelfen.« Damit zog er Gustav mit sich fort.

Das Gästehaus der Witwe lag auf einer kleinen Anhöhe. Es stand inmitten eines Palmengartens und machte im Vergleich zu den vielen sehr schlichten Häusern ringsherum einen stattlichen Eindruck.

»Herzlich willkommen!«, begrüßte die Dame Gustav und Kulu. »Herrn Kröger sucht ihr? Selbstverständlich erinnere ich mich an ihn. Ein charmanter Mann, das muss man sagen. Immer zur Stelle, wenn eine giftige Spinne zu entfernen war oder die Warzenschweine den Kräutergarten umpflügen wollten.« Sie musterte Gustav von oben bis unten. »Du musst Gustav sein? Mein Gott, du bist dem Herrn Kröger wie aus dem Gesicht geschnitten.«

Das hatte Gustavs Mutter auch immer gesagt. Der Gedanke an sie versetzte ihm einen Stich ins Herz, aber die Aufregung war noch größer. »Sie kennen meinen Namen?«, fragte Gustav voller Erstaunen.

»Selbstverständlich. Dein Vater hat mir von dir erzählt.« Sie tippte sich an die Stirn. »Oh, da fällt mir ein: In meinem Besitz befinden sich auch noch einige Briefe, auf denen dein Name steht.«

Die Witwe Brotschneider entschuldigte sich und verließ den Salon, in dem sie die Jungen empfangen hatte. Gustav sah sich in dem Raum um und fuhr zusammen: Überall an den Wänden hingen Masken, in jeder Ecke standen geschnitzte Statuen, die ihn anzustarren schienen. Kulu stand entspannt neben ihm und schien die schaurigen Gesichter gar nicht wahrzunehmen.

Kurz darauf kam die Witwe mit einem kleinen Bündel von Briefumschlägen zurück. Ein Gummiband hielt sie zusammen und Gustav erkannte sie sofort. Er wurde blass.

»Es ist die Post, die an ihn adressiert wurde. Alles, was nach seiner Weiterreise hier angekommen ist. Ich habe die Briefe für ihn aufbewahrt.«

Auf der Rückseite der ersten Umschläge standen der Name von Gustavs Mutter und ihre Adresse in Bokkelsen. Auf den späteren Briefen, die Gustav nach dem Tod der Mutter selbst geschrieben hatte, befand sich sein eigener Name.

»Bisher konnte ich sie ihm nicht übergeben.« Die Witwe Brotschneider runzelte besorgt die Stirn. »Aus dem geplanten Kupferbergwerk ist nichts geworden, aber eine Möglichkeit, etwas in Erfahrung zu bringen, gibt es noch«, sagte die Witwe zuletzt.

»Wo? Wie?«, fragte Gustav.

»Ihr könntet euch dem Holländer anschließen. Er führt eine Jagdgesellschaft an, die auf Safari geht: hinauf zum Inkesi bis zu den Wasserfällen von Zongo. Nicht weit davon liegen die Bergwerke. Die Herren wollen morgen losziehen, wenn endlich genug Träger gefunden wurden. Sie sammeln sich oberhalb des großen Affenbrotbaums auf dem Platz des Königs. Ihr müsst nach Cornelius van Rijn fragen.«

Gustav und Kulu dankten der Witwe und machten sich sofort auf den Weg. Den Platz des Königs zu finden, war nicht besonders schwierig: Sie mussten nur nach einer großen Menschenansammlung Ausschau halten.

Einige standen plaudernd herum, Hühner gackerten, jemand schlug eine kleine Trommel, die er zwischen die Knie geklemmt hatte, ein paar Frauen flochten Matten und Körbe aus langen, getrockneten Grashalmen. An einem Holzgestänge hing eine geschlachtete Ziege, der zwei Männer gerade das Fell abzogen. Andere boten Früchte feil, die Gustav noch nie gesehen hatte. Eine runzlige Alte präsentierte ihm das aufgeschnittene Obst. Das saftige orangefarbene Fruchtfleisch sah einladend aus, aber Kulu riet Gustav davon ab, weil er am Ende nur Durchfall bekommen würde.

In der Mitte des Platzes hatte jemand einen Tisch aufgestellt. Daran saß ein weißer Mann in einer khakifarbenen Kluft und mit einem Tropenhelm auf dem Kopf. Die Hemdsärmel hatte er aufgekrempelt, Hosenträger baumelten an den Seiten hinab und das linke Auge des Mannes wurde von einer schwarzen Klappe bedeckt.

Vor dem Tisch hatte sich eine Schlange von Männern gebildet. Es waren meist jugendliche, kräftig wirkende Burschen. Einige hatten sich das Kopfhaar abgeschoren, andere trugen geflochtene und gewundene Haare in abstehenden Zöpfchen, deren Ende eine farbige Glasperle schmückte. Statt Hemd und Hose hatten sich die meisten von ihnen Tücher um die Hüften geschlungen. Darin steckten Messer und Pfeifen. An Schnüren hängende Kalebassen oder Flaschen baumelten an ihren Schultern.

Ein jeder wechselte ein paar Worte mit dem Einäugigen am Tisch, dann griff dieser in eine Kiste, gab den Männern jeweils ein Taschentuch aus buntem Stoff und die Männer drückten ihrerseits einen Abdruck ihres Zeigefingers auf ein Papier. Danach setzten sie sich unter den Affenbrotbaum, holten Maniokbrot und Erdnüsse aus ihren Beuteln und aßen.

»Warum bekommt jeder ein Taschentuch?«, wollte Gustav wissen.

»Damit werden sie bezahlt«, sagte Kulu.

»Sie arbeiten für ein Taschentuch?«, fragte Gustav ungläubig.

»Das ist hier viel wert. Den Rest ihres Lohns bekommen sie erst, wenn sie das Ziel erreichen und nicht vorher davonlaufen.«

Plötzlich wurde es still auf dem Platz.

Ein hochgewachsener Mann, der in bunte Tücher gehüllt war, schritt heran. In einer Hand hielt er eine bauchige Kalebasse, in der anderen einen Holzstock. Der Mann ging bis zur Mitte des Platzes und stieß den Stecken in den Boden. Er sprach ein paar Worte.

»Was sagt er?«, fragte Gustav.

Kulu legte den Zeigefinger auf die Lippen. »Leise, wir müssen uns verbeugen.«

Die schwarzen Menschen senkten das Haupt tief hinab, der weiße Mann hinter dem Schreibtisch erhob sich und deutete die Verbeugung zumindest an.

»Warum verbeugen sich alle?«, flüsterte Gustav. »Ist der Mann wichtig?«

»Nicht der Mann«, raunte Kulu. »Der Stock. Er vertritt den König dieser Gegend. Der ist so mächtig, dass er nur ein Stück

Holz berühren muss, um es mit seinem Geist und seiner Kraft zu füllen.«

Der Mann nahm einen Schluck aus der Kalebasse und vergoss den Rest des Inhalts in einem Kreis um den Stock. Nachdem anschließend alle dem königlichen Stock noch einmal die Ehre erwiesen hatten, nahm der große Mann das Holz wieder an sich und schritt davon.

Kaum war er verschwunden, ging das Treiben auf dem Platz munter weiter. Eine Frau schlug einem Federvieh den Kopf ab und warf ihn einem streunenden Hund zu, ein junger Mann und ein Mädchen stritten sich um ein kariertes Stück Stoff.

Nun traten die Jungen zum Tisch des weißen Mannes. »Sind Sie Cornelius van Rijn«, fragte Gustav.

»Auf diesen Namen höre ich, wenn man freundlich fragt«, antwortete der Mann.

Gustav schilderte ihm sein Anliegen.

»Ach ja, die Geschichte mit den Kupfererzen, die es dann doch nicht gab. Ich erinnere mich. In die Richtung wollen wir wohl auch, aber Hoffnung, dass du dort deinen Vater findest, will ich dir keine machen. Die Gegend ist ziemlich verlassen. Es ist nicht weit vom Inkesi ein Stück oberhalb des Zongo-Wasserfalls. Es geht den Strom hinauf, das ist nichts für Schlappschwänze, das sage ich euch gleich.«

»Wo genau ist das?«, fragte Gustav aufgeregt.

Der Holländer zog aus seinem Hemd einen Schlüssel hervor, den er an einem Lederriemen um den Hals trug. Er stand auf, steckte den Schlüssel in das Schloss der Kiste, auf der er saß, und griff nach einer ledernen Rolle mit einem Schraubverschluss, etwa so lang wie Gustavs Arm. Darin bewahrte er drei oder vier zusammengerollte Karten auf, eine davon breitete er auf dem Tisch aus.

»Hier sind wir.« Sein rechter Zeigefinger tippte auf eine Stelle, der linke auf eine andere. »Und da endet unsere Safari.« Nun streckte er den kleinen Finger der linken Hand aus und markierte damit einen dritten Punkt. »Und hier müsst ihr hin. Immer nach Norden. Es ist eigentlich ganz einfach, weil sie dort Schienen verlegt haben, über die aber nie eine Lok gerollt ist. Außer einem Negerdorf ein paar Meilen oberhalb und den Resten einer Missionskirche der Jesuiten ist in der Gegend nichts mehr, soweit ich weiß.«

Gustav ließ den Kopf hängen.

»Was wollt ihr dort bloß? Diese gottverlassene Gegend ist nur für Tierfänger und Großwildjäger interessant und mit ein paar von denen gehen wir morgen auf die Reise. Das ist kein Ausflug in die Sommerfrische. Wenn ihr dabei sein wollt, müsst ihr zahlen oder arbeiten. Von den Wasserfällen aus müsst ihr dann allein weiter.«

»Wir können arbeiten«, sagte Gustav. »Wir sind als Schiffsjungen nach Sankt Petersburg gesegelt und Kulu ist im Zirkus vor dem Zarewitsch aufgetreten. Er ist der beste Bogenschütze der Welt.«

»Einen guten Schützen können wir immer gebrauchen, auch wenn ich daran zweifele, dass du schmales Bürschchen den Bogen fest genug spannen kannst, um uns eine Antilope zum Abendessen zu schießen.«

»Wir müssen aber dorthin.« Gustav sah den Holländer herausfordernd an. »Wir machen alles, was nötig ist.«

Cornelius van Rijn lachte. Dabei lief sein von der Sonne verbranntes Gesicht noch dunkler an, als es schon war. »Na, wenn dem so ist, muss ich euch wohl mitnehmen. Aber wehe, wenn ihr euch als zwei schlappe Faultiere herausstellt! Dann stecke ich euch als Köder in die Löwenfalle.«

Er streckte ihnen die Hand entgegen und sie schlugen ein, wobei er betonte, dass sie ordentliches Essen und eine Hängematte für die Nacht von ihm bekämen, aber nicht auf Reichtümer hoffen sollten. Wenn sie etwas verdienen wollten, mussten sie auf die Großzügigkeit der Jäger hoffen.

»Morgen geht es los. Zwei Stunden vor Sonnenaufgang brechen wir auf«, ermahnte Cornelius van Rijn Gustav und Kulu. »Wer zu spät kommt, kann bleiben, wo der Pfeffer wächst.«

19

Die Witwe Brotschneider weckte sie am Morgen rechtzeitig. Sie kochte ihnen sogar einen starken Kaffee, schnürte den Jungen noch ein Bündel mit Brot und Dauerwurst und einem geräucherten Ziegenkäse, dessen würziger Duft ihnen auch nach dem üppigen Frühstück aus Eiern und Speck noch das Wasser im Mund zusammenlaufen ließ. Den größten Teil ihrer Ausrüstung ließen sie bei der Witwe zurück. Bei einer Reise über Land störte das meiste Zeug nur. Gustav packte jedoch seinen Kompass in das Bündel und Kulu sein Fernrohr. Sie wickelten beides jeweils sorgsam in eine ihrer Unterhosen.

Am Sammelplatz der Karawane herrschte bereits reges Treiben. Cornelius van Rijn stand in der Mitte wie ein Dompteur im Zirkus. Er gab Befehle, pfiff schrill auf den Fingern, wenn jemand Unsinn anstellte und die vielen Gepäckstücke, die überall verstreut herumlagen, in Unordnung brachte.

Rund um den Platz brannten einige Feuer und tauchten alles in ein gespenstisch flackerndes Licht, während sich am Horizont bereits die erste zarte Morgenröte ankündigte. Van Rijns anfänglich noch gute Laune verdüsterte sich, als die Großwildjäger eintrafen. Begleitet wurden sie von zwei Uniformierten, die der Expedition vom Kommandanten der kleinen Garnison von Boma zugeteilt worden war. Die Soldaten sorgten in der Gegend für den Schutz der weißen Siedler, der Kolonialverwaltung und der Missionsstellen.

Der Holländer nahm die beiden jungen Unteroffiziere zur Seite und zischte ihnen etwas zu. Gustav und Kulu duckten sich in den Schatten einiger Büsche, in deren Schutz sie das Gespräch belauschen konnten.

»Mir wurde eine Eskorte von sechs Männern zugesagt«, schimpfte van Rijn. »Wo sind die anderen?«

»Wenn Sie es genau wissen wollen, Mijnheer van Rijn, sie kacken sich die Seele aus dem Leib. Die halbe Station liegt mit dem schlimmsten Durchfall, den Sie jemals gesehen haben, darnieder. Sie müssen sich mit uns und zwei Hilfspolizisten begnügen oder die ganze Sache absagen«, informierte ihn der eine der beiden Offiziere.

Der Holländer schnaubte wütend. »Sie wissen genau, dass eine Absage der Expedition nicht infrage kommt. Das würde mich ein Vermögen kosten.«

Seinen Ärger ließ van Rijn gleich darauf am Anführer der Träger aus, den er anschrie und mit dem Fuß trat: »Aufladen, hopp, hopp! Es geht in einer Minute los.«

Tatsächlich brauchte es aber noch eine geschlagene halbe Stunde, bevor sich der ganze Tross in Bewegung setzen konnte. Ein Streit brach aus, weil ein paar der Träger einigen anderen die leichteren Gepäckstücke weggenommen und ihnen stattdessen die großen, schweren Bündel zugeschoben hatten. Als auch dieses Problem ausgeräumt war, brach man auf.

Auch Gustav und Kulu bekamen eine Aufgabe zugewiesen. Jeder von den beiden trug eine große, mit Wasser gefüllte Kalebasse mit sich. Wenn einer der Herren der Jagdgesellschaft nach ihnen rief, mussten sie auf der Stelle herbeieilen, um ihnen einen Becher zur Erfrischung anzubieten, was nach nur einer halben Stunde Fußmarsch zum ersten Mal passierte und danach immer häufiger.

Der anfangs noch breite und ausgetrampelte Weg verlor sich schon bald in einen schmalen Pfad, an den sich die zusehends üppigere Vegetation schmiegte. Es fühlte sich an, als atmeten die Bäume und Sträucher die feuchte Luft, die die kleine Gruppe bald umgab, aus. Mit jeder Viertelstunde nahm die Hitze zu, der Schweiß bildete salzige Krusten auf der Haut und Gustav war froh über seinen neuen Hut.

Gegen Abend erreichten sie einen der vielen Nebenarme des Flusses, wobei dieser keineswegs ein schmales Rinnsal, sondern seinerseits ein ausgewachsener Strom war. Am liebsten wäre Gustav zur Abkühlung hineingesprungen, er wurde jedoch von Kulu gewarnt: Bei den im Wasser treibenden braunen Schatten handelte es sich nicht um Baumstämme, die der Fluss hierhergetragen hatte, sondern um Krokodile von beachtlicher Größe.

Wie richtig Kulus Warnung gewesen war, zeigte sich, als am anderen Ufer eine junge Antilope aus dem Dickicht der Mangroven trat. Das unscheinbare Tier ähnelte den Rehböcken, die Gustav aus den norddeutschen Wäldern seiner Heimat kannte, allerdings mit einem Unterschied: Seine spitzen, weiß-braunen Hörner standen leicht gewunden in die Höhe, statt sich zu verzweigen. Mit den Augen suchte es die Umgebung ab, die Ohren drehten sich dabei flink in alle Richtungen, um jedes Geräusch wahrzunehmen, hinter dem eine Gefahr für es stecken konnte. Einer der Jäger zückte bereits seine Flinte, was völliger Unsinn war, denn sie würden die Beute nicht von der gegenüberliegenden Seite des Flusses herüberholen können. Außerdem hatte es ein ganz anderer Jäger auf das Jungtier abgesehen, das nun vorsichtig die Spitze seiner Schnauze vorreckte, um zu trinken.

Urplötzlich und mit einer ungeahnten Gewalt peitschte einer der vermeintlichen Baumstämme aus dem Wasser und schnellte ein paar Schritte auf dem flachen Ufer voran. Die Antilope zuckte und setzte ohne Zögern zur Flucht an, aber sie war den einen Wimpernschlag, der über Leben und Tod entschied, zu langsam. Augenblicklich geriet die Wasseroberfläche in Bewegung, warf sich in Wellen und Blasen, fast als koche ein Topf Wasser auf.

Das erste Krokodil riss sein Maul voll spitzer Zähne auf und packte zu, ein zweites und ein drittes kamen herbei. Für die Antilope gab es kein Entrinnen. Die Bestien packten die Beute, wo sie nur konnten, sie rissen sie förmlich entzwei. Das Wasser färbte sich rot, nach wenigen Minuten trat wieder Ruhe ein und nur eine purpurne Spur im Fluss verriet, was passiert war.

»Die Beine lässt du hier besser nicht ins Wasser baumeln«, sagte Kulu trocken.

Gustav starrte ihn nur mit großen Augen an. Die blutigste Angelegenheit, derer er bisher Zeuge geworden war, bestand aus einem Hahnenkampf, in dem ein paar Burschen aus dem Nachbarort von Bokkelsen einmal das Federvieh aufeinandergejagt hatten. Selbst wenn auf dem Hof seines Onkels eine Sau geschlachtet worden war, war dies doch nach Plan und in festgelegter Reihenfolge der Handgriffe zugegangen. Das hier war etwas völlig anderes.

»Puh«, machte Gustav.

»Das ist der Urwald.« Kulu hob die Schultern. »Wenn du ein muzómbi werden willst, musst du dich daran gewöhnen.«

»Muzómbi«, wiederholte Gustav das neue Wort, dessen Bedeutung er sich selbst erschließen konnte. »Jäger?«, fragte er.

»Hey, du wirst immer besser.« Kulu schlug ihm anerkennend auf die Schulter.

Der Holländer trieb die Jungen und die Träger an: »Was haltet ihr Maulaffen feil? Richtet das Lager ein, baut die Zelte auf und sorgt für ein ordentliches Abendessen, damit unsere Herrschaften hier nicht übellaunig werden.«

Der Anführer der Träger trat vor und bat um Vorräte für seine Leute. Ihre eigene Verpflegung war aufgebraucht, sodass van Rijn ihnen eine Ration von einem Pfund Reis pro Tag und Kopf zusprach, dazu etwas vom billigen portugiesischen Landwein, von dem der Holländer nicht zu wenig mitgenommen hatte.

Die Waffen – zwei Repetierkarabiner, die Jagdflinten und ein paar Revolver – wurden unter der Obhut der begleitenden Offiziere in eines der Zelte gebracht. Eine Wache sicherte den Eingang.

Als alles erledigt war und von der vordem noch glühenden Sonne nur ein schmaler Streifen Abendrot übrig war, brach in kürzester Zeit die Dunkelheit über das Lager herein. Van Rijn teilte die Wachen ein, die auch dafür zu sorgen hatten, dass das Lagerfeuer nicht erlosch. Es war die einzige Möglichkeit, unliebsamen Besuch von den Zelten der Herrschaften fernzuhalten.

»Ich kann es kaum erwarten, dass wir ein ausgewachsenes Löwenmännchen mit einer ordentlichen Mähne zu Gesicht bekommen«, sagte einer der Jäger.

»Das wünschen Sie sich aber nicht mitten in der Nacht, überraschend und ohne einen gehörigen Sicherheitsabstand, Herr Baron«, sagte ein anderer.

Die nächsten Tage vergingen nach dem immer gleichen Muster. Nur zwei Dinge änderten sich: Die Kolonne überquerte an einer seichten Furt den Fluss und der Marsch wurde noch anstrengender, sodass die weißen Jäger sich einer nach dem anderen in einer Hängematte von zwei Trägern schleppen ließen. Die Lasten dieser Träger wurden auf die stärksten Männer der Truppe verteilt.

»Da können wir ja froh sein, dass wir sie nicht in einem Himmelbett durch den Urwald tragen müssen«, knurrte Gustav.

»Du müsstest das sowieso nicht«, sagte Kulu. »Und jetzt halt den Mund, sonst bringst du die Herren noch auf Gedanken.«

»Ihre Schuhe putzen muss ich auch«, gab Gustav zurück.

»Ach, du armer Kerl«, sagte Kulu und Gustav wusste, dass er nun besser den Mund hielt.

Sie fühlten sich wie in ihren Tagen als Schiffsjungen auf der *Hendrike Övelmann*: Sie waren die Mädchen für alles. Egal, was zu erledigen war, die Aufgabe fiel ihnen zu. Wenn die Träger das Lager aufgebaut hatten, richteten die beiden Jungen alles im Inneren der Zelte her, halfen den Herrschaften aus den Stiefeln, sorgten dafür, dass es den Jägern so gemütlich wie möglich gemacht wurde, liefen hin und liefen her, wenn jemand einen Wunsch hatte. Hatte dann endlich die Nachtruhe Einzug gehalten, räumten sie auf, putzten das Schuhwerk und lachten über das Konzert der Schnarcher, das aus den Zelten drang und es schaffte, die Geräusche der Wildnis zu übertönen.

Van Rijn war so zufrieden mit ihnen, dass er sie gleich für seine nächste Expedition engagieren wollte. »Wenn wir diese hier überleben«, sagte er am Abend eines Tages, an dem einer der Jäger sich zuerst in den eigenen Fuß geschossen und anschließend einem Träger einen Streifschuss an der Schulter verpasst hatte.

»Eine Handbreit tiefer und der Kerl wäre nicht mehr in sein Dorf zurückgekehrt«, berichtete Gustav seinem Freund. Kulu war im Lager geblieben, um mit dem Koch das Abendessen für die Herren vorzubereiten.

Am fünften Tag kam die Kolonne tatsächlich in Gefahr, denn plötzlich stellte sich heraus, dass ihnen, verborgen in der üppigen Vegetation, eine Gruppe von Gestalten folgte. Van Rijn befahl dem Tross am Ende einer Talsenke, als sich der Weg hinauf auf eine kleine Hochebene schraubte, im Schutze eines Felsens zu verharren. Das jedoch war die gänzlich falsche Entscheidung, wie sich herausstellte, denn in den Felsen befanden sich Höhlen, die für die Verfolger von besonderer Bedeutung waren – so bedeutsam, dass sie diese mit Gewehrschüssen verteidigen wollten.

»Zum Teufel, woher haben diese Wilden Feuerwaffen?«, brüllte der eine Offizier. Er zückte seinen Revolver und gab ebenfalls ein paar Schüsse ab.

Augenblicklich pfiff ihn der Holländer zurück. »Sind Sie wahnsinnig?«, brüllte er. »Soll das hier in einem Blutbad enden?«

Es begann ein wildes Rufen – durch van Rijn, der versuchte, in allen Landessprachen, die er in seinen Jahren in diesem Teil der Welt gelernt hatte, die Eingeborenen zu beschwichtigen. Und auch der Anführer der Träger tat sein Bestes. Aber da sie alle aus einer anderen Gegend stammten und zu unterschiedlichen Völkern gehörten, verstand keiner ein Wort.

Erst als Kulu ein paar Sätze hervorbrachte, stellte sich heraus, dass unter den Angreifern ein Mann war, der Kikongo, Kulus Sprache, verstand. Eine Weile redeten die beiden miteinander und schließlich konnte Kulu dem Holländer berichten.

»Wir haben ein Fetischtal des Volkes betreten«, sagte Kulu. »Das ist streng verboten. Der König und seine Söhne müssen alle töten. Zumindest alle Fremden.«

Die Jäger schauten sich zuerst erschrocken an, dann redeten alle auf einen Schlag auf den Holländer und die beiden Offiziere ein.

»Ruhe!«, brüllte van Rijn. Dann wandte er sich an Kulu: »Um welchen Fetisch handelt es sich?«

Kulu hob entschuldigend die Schultern, obwohl er natürlich gar nichts dafür konnte. »Um den Schutzgeist des ganzen Tals. Es sind Männer aus allen Dörfern zu einem Palawu versammelt. Das passiert nur alle fünf oder sechs Jahre.«

»Oh Gott«, seufzte van Rijn. »Ein großes Palaver also. Dann steht es schlecht um uns.«

Gustav zupfte Kulu am Hemd. »Machst du einen Scherz?«, fragte er leise.

Kulu schüttelte den Kopf, lächelte aber trotzdem. »Er hat es genau so gesagt, aber ich glaube, wir können verhandeln.«

Er begab sich zurück zu den fremden Männern, die sich auf einer Lichtung in einem Halbkreis niedergelassen hatten. Gustav wunderte sich, dass sie nun einfach so dort saßen, aber sie schienen der Kraft ihres Schutzgeistes zu vertrauen. Kulu hockte sich ebenfalls hin. Wieder begann ein ausführlicher Wortwechsel, der sich etwas in die Länge zog. Nach einer Weile erhob Kulu sich und kam zurück.

»Konntest du verhandeln?«, fragte Gustav.

Auch die Jäger schauten ihn gespannt an.

Der Holländer steckte die Daumen in den Bund seiner Hose und zog sie hoch. Er schien sich auf alles gefasst zu machen.

»Ich konnte sie herunterhandeln.« Kulu nickte ernst. »Sie geben sich mit einem zufrieden.« Er druckste ein wenig herum, rückte schließlich aber mit dem schlechten Teil der Nachricht heraus. »Sie nehmen den mwana bakala.« Er benutzte das Wort seiner Muttersprache, als traue er sich anders nicht, es auszusprechen.

Gustav grübelte ein paar Augenblicke lang. Dieses Wort kannte er schon, er musste nur ein bisschen in seinem Gedächtnis kramen. »Mwana bakala«, wiederholte er ein paar Mal.

Kulu korrigierte seine Aussprache als säßen sie in der Schulbank.

Plötzlich fiel es Gustav ein: »Ich!«, rief er entsetzt aus und sprang auf. »Mwana bakala – der weiße Junge.«

»Ja«, sagte Kulu kleinlaut. »Sie sagen, weil deine Haut so besonders hell ist und deine Haare so besonders blond sind, bist du besonders gut zur Beschwichtigung der Geister geeignet.«

Gustav kamen auf der Stelle die Geschichten von den Kannibalen in den Sinn, die die Jungen in Bokkelsen sich erzählt hatten. Obwohl er sich auch an die Worte von Herrn von Mörbeek erinnerte, der solche Erzählungen als Räuberpistolen abgetan hatte, rutschte ihm nun das Herz in die Hose. Misstrauisch sah er seinen Freund an. »Du nimmst mich auf den Arm, oder?«, fragte er hoffnungsvoll.

Kulu schüttelte den Kopf. »Die Sache ist ernst, aber mir fällt bestimmt etwas ein. Zur Not müssen wir abhauen.«

»Das kommt gar nicht infrage«, kreischte der Mann, den die anderen immer ›Herr Baron‹ nannten. »Dann ist bestimmt einer von uns dran!«

»Keine schlechte Idee«, wisperte Kulu.

Die Jäger tuschelten miteinander. Bestimmt wogen sie ab, ob es nicht ratsam und durchaus vertretbar sei, einen, nämlich Gustav, auszuliefern, um alle anderen zu retten. Dann nahm einer von ihnen Cornelius van Rijn zur Seite.

Am Tag zuvor hatte Gustav diesem Kerl noch aus der Patsche geholfen, als ihm ein Skorpion in den Stiefel gekrochen war. Gustav hatte es gesehen, das Schuhwerk mit einem Büschel Gras verstopft und das stattliche und giftige Exemplar entfernt. Jetzt – da war Gustav sich sicher – würde dieser Kerl ihn, ohne mit der Wimper zu zucken, opfern.

»In Ordnung«, sagte der Holländer prompt, »dann geben wir ihnen den Jungen.«

Gustav wich der letzte Rest Farbe aus dem Gesicht. Er war jetzt weiß wie Mehl.

»Dann muss ich mich jetzt wohl von meinem Bruder verabschieden«, sagte Kulu in diesem Moment laut und umarmte Gustav theatralisch. Dabei flüsterte er ihm ins Ohr: »Wenn ich dir ein Zeichen gebe, rennst du los und bleibst dicht hinter mir. Im Busch haben wir sie in drei Minuten abgehängt.«

Gustav wurde so flau im Magen, dass er zuerst gar nicht mitbekam, wie van Rijn zuerst rot anlief, dann einen Schritt auf den Jäger zutrat und dabei die Hände in die Seiten stemmte. Mit herausgedrückter Brust schubste er sein Gegenüber einmal, dann wieder und ein drittes Mal, bis dieser rückwärtsstolperte und auf dem Hosenboden landete.

»Eher stopfe ich SIE in einen Kessel und zünde höchstpersönlich das Feuer darunter an! Hier wird niemand zurückgelassen und schon gar nicht einer der Männer, die sich am meisten verdient gemacht haben um diese Expedition.«

Gustavs Gesicht gewann wieder ein wenig Farbe, einerseits, weil Herr van Rijn sich als ein zuverlässiger Mensch erwies, andererseits aber auch, weil er Kulu und ihn gerade zu den ›Männern‹ gezählt hatte.

»Ich werde es noch einmal versuchen«, übertönte Kulus Stimme die lautstarke Auseinandersetzung und schlagartig waren alle still.

»Und in der Zwischenzeit bereiten wir uns auf unsere Verteidigung vor«, befahl der Holländer.

Erneut machte Kulu sich auf den Weg hinüber. Aus der Entfernung konnte Gustav beobachten, wie eine weitere Runde des Palavers begann. Zuerst wurde geredet, dann auf einer Flöte geblasen und schließlich zogen alle reihum an einer Pfeife, die Unmengen von Rauch absonderte, als hätte jemand nasses Stroh angezündet. So ähnlich roch es auch.

Kulu kippte um und lag eine kurze Weile auf dem Boden.

Gustav sorgte sich, dass sein Freund möglicherweise vergiftet worden war. Vielleicht war Kulu aber auch nur übel geworden. So war es vor einigen Jahren ihm selbst gegangen, als er heimlich an der Pfeife seines Onkels gezogen hatte. Drei Tage war ihm davon speiübel gewesen, und er hatte sich geschworen, niemals wieder in seinem Leben Tabak anzurühren.

Doch Kulu stand plötzlich auf und torkelte zu ihm und den Herrschaften der Jagdgesellschaft herüber. Seine Pupillen waren riesengroß. Er sagte nichts. Stattdessen schnürte er eines der Bündel, die die Träger abgesetzt hatten, auf und wühlte darin herum, bis er fündig wurde. Mit einem Gegenstand in der Hand kam er zu Gustav. »Hock dich hin, damit ich an deinen Kopf komme«, befahl er. »Beeil dich, bevor sie es sich anders überlegen.«

Gustav gehorchte. Er vertraute Kulu, auch wenn er den Gegenstand nun gesehen hatte: eines der Rasiermesser, mit denen sich die Herren jeden Morgen den Bart stutzten.

Kulu nahm Gustav den Hut ab. Er packte ihn bei den mittlerweile lang gewachsenen Haaren, die im Nacken zu einem Zopf gebunden waren, und zog den Kopf seines Freundes nach hinten. Dann grinste er.

»Sie lassen dir das Leben. Sie wollen nur deine Ohren.«

Für einen kurzen Moment herrschte Totenstille. Kulu lachte aus vollem Halse, denn Gustav war nun wieder so blass geworden wie zuvor.

»Halt still, Bruder. Deine Haare müssen dran glauben, mehr nicht. Den Priester wird in Zukunft ein hübsch geflochtener blonder Zopf schmücken. Alle werden ihn dafür bewundern und ihr Schutzgeist wird für diese Gabe verzeihen, dass wir durch das heilige Tal getrampelt sind.«

So verlor Gustav seine Haarpracht und sah mit dem geschorenen Haupt auf einmal seinem Freund und Bruder ähnlich – nur dass der eine mehlweiß und der andere rabenschwarz war.

20

In den nächsten Tagen begleitete Gustav die Jäger meistens auf ihren Streifzügen und bereitete ihnen ein Picknick zum Mittag. Er wechselte kein Wort mehr mit den verräterischen Kerlen, die ihn so einfach hatten opfern wollen, um die eigene Haut zu retten.

So hatte er die Gelegenheit, wenigstens aus der Ferne die majestätischen Bewohner dieses Landes zu bewundern: ein Löwenrudel, später dann Elefanten, die rein gar nichts mit dem traurigen Elmonstro aus Corellis Wanderzirkus zu tun hatten.

Zum Glück waren die Herren Jäger in erster Linie reich, zielsicher waren sie nicht. Jeder betrunkene Trottel auf dem dörflichen Schützenfest hätte besser getroffen als sie. Nicht ein Zebra musste sein schönes Streifenfell hergeben und auch die wendigen Leoparden kamen mit ihrem begehrten gepunkteten Pelz davon.

Der Holländer grinste verächtlich, wenn niemand hinsah. »Am Ende verkaufe ich ihnen aus meinem Bestand ein paar Geweihe und Häute und ein Tischchen aus einem Elefantenfuß für ihren Salon, damit sie zu Hause damit angeben können«, spottete er gegenüber Gustav und Kulu.

Wenn es nichts für ihn zu tun gab, saß Gustav oft allein irgendwo im Schatten mit seiner Blechschale und dem einfachen Essen, das die Bediensteten zugeteilt bekamen. Ein ungutes Gefühl hatte ihn seit dem Ereignis, das ihn zum Glück nur seine

Haare gekostet hatte, beschlichen. Eigentlich war dieses Gefühl schon vorher da gewesen, er hatte es nur immer wieder zur Seite geschoben: Das Leben hier in Afrika war so aufregend und abenteuerlich, wie er es sich an den Abenden in seiner Kammer über dem Kuhstall auf dem Hof seines Onkels vorgestellt hatte. Nein, eigentlich war es noch viel abenteuerlicher, niemand konnte sich so etwas in seiner Fantasie ausmalen.

Aber man konnte hier auch schnell das Leben lassen und die Wahrscheinlichkeit, dass es einen wie seinen Vater erwischte, der keinen Freund wie Kulu an seiner Seite gehabt hatte, war nicht gering. Vielleicht war seine Suche sinnlos. Vielleicht warteten am Ende nur schlechte Nachrichten auf ihn. Oder gar keine, was sogar noch wahrscheinlicher und noch schlimmer war. Vielleicht sollte er sich daran gewöhnen, dass er ein Waisenjunge war, der sich nicht einmal am Grab von seinem Vaters verabschieden konnte.

Am Abend eines dieser Tage kam Kulu zu ihm, nachdem er das Geschirr abgewaschen hatte. Er strich Gustav über den geschorenen Kopf.

»Steht dir gut«, sagte Kulu.

»Es juckt furchtbar«, antwortete Gustav. Außerdem verbrannte die zarte Haut auf seinem Schädel, wenn er auch nur ein paar Minuten ohne seinen Strohhut herumlief.

Kulu blieb an den meisten Tagen lieber im Hauptlager. Er genoss die Stunden, in denen ihn niemand herumscheuchte. Seit Tagen nutzte er die Zeit, um an etwas herumzubasteln, denn Gustav hatte ihm in der Woche zuvor verraten, dass er bald Geburtstag hatte. Er wurde vierzehn Jahre alt und wie Kulu gelernt hatte, war der Geburtstag für die Menschen in Gustavs

Heimat ein Ehrentag, an dem man einander eine Freude bereitete und sich Glück wünschte. Genau das hatte Kulu sich vorgenommen, schließlich war Gustav sein Bruder.

Am Abend vor dem Geburtstag überraschte er ihn dann damit: Kulu hatte nicht nur einen, sondern gleich zwei Bogen und zwei Dutzend Pfeile geschnitzt.

»Es wird höchste Zeit, dass du lernst, wie man im Urwald überlebt. Herzlichen Glückwunsch zum Geburtstag«, sagte er.

Noch bevor die Dunkelheit hereinbrach, ließen sie die Stiefel der Herren Stiefel sein und ignorierten auch die Rufe Cornelius van Rijns, der nach seinem Essen und einem Schnaps verlangte.

»Du musst locker in den Knien stehen. Die Sehne wird zum Abschuss gespannt, deine Schultern darfst du nicht verkrampfen. Dann ausatmen – und Schuss!«

Das wiederholte Kulu nicht nur einmal, sondern – so fühlte es sich für Gustav an – mindestens einhundert Mal. Aus ein paar Schilfbündeln flocht Kulu eine Zielscheibe, in deren Mitte er von Mal zu Mal kleiner werdende Dinge befestigte.

Gustav fluchte hundert Flüche, die schlimmer waren, als er sie jemals in der Back des Segelschiffs gehört hatte. Anfangs fielen die Pfeile auf den Boden, bevor sie auch nur einen Meter weit gekommen waren. Dann erreichten sie zwar den Baum oder Busch, in dem Kulu die Scheibe befestigte, das Ziel verfehlten sie aber immer noch. Bald fand er jedoch die Tricks und Kniffe heraus, auf die es ankam. Kulu war ein geduldiger Lehrer und Gustav verbesserte sich von Tag zu Tag.

»Bis du mich vom Thron des weltbesten Bogenschützen stößt, dauert es noch ein bisschen. Aber nicht mehr lange und wir gehen auf die Pirsch.«

Sie erreichten den Inkesi-Fluss unterhalb der Zongo-Wasserfälle nach vier Wochen. Vielleicht waren es auch fünf oder sechs, Gustav hatte jegliches Gefühl für die Zeit verloren. Er stand staunend vor den hinabstürzenden Wassermassen. Hier sollten die Ausrüstung und die wenigen Trophäen der Jäger auf zwei Flöße geladen und der größte Teil der Träger ausgezahlt und entlassen werden. Und ab hier wären Gustav und Kulu wieder auf sich allein gestellt.

Gustav spürte, dass mit seinem Freund etwas nicht stimmte. Kulu war fahrig, brachte die Gepäckstücke der Herren durcheinander, ließ eine Kiste des Holländers ins Wasser fallen, der daraufhin einen Tobsuchtsanfall bekam, weil es sich bei deren Inhalt um ein paar Flaschen Genever handelte, die er sich bis hierher aufgespart hatte.

»Was ist los?«, fragte Gustav.

Kulu wollte ihn abwimmeln, aber so leicht gelang ihm das nicht.

»Sag schon: Was hast du?«

Doch Kulu weigerte sich, damit herauszurücken, was ihn bedrückte. Also schleppten sie schweigend die persönlichen Taschen und Reisekisten der Jäger zur Siedlung, die hauptsächlich aus den einfachen Hütten der Eingeborenen bestand sowie einer Missionsstelle und zwei Holzbauten, die einer portugiesischen Handelskompagnie gehörten. Die Anlegestelle stand auf festen hölzernen Stelzen im Wasser und war mit einem langen Steg mit dem Ufer verbunden. So konnten auch kleine Flussdampfer hier Station machen, ohne im seichten Gewässer auf Grund zu laufen.

Von einem Dampfschiff war nichts zu sehen. Außer den Flößen dümpelten ein paar aus Baumstämmen geschlagene Kanus träge im Wasser. Van Rijn runzelte die Stirn. »Kapitän Morlock ist ein zuverlässiger alter Schiffer, aber die gute Lucy hat ihre besten Tage hinter sich«, sagte er. »Vielleicht ist etwas kaputtgegangen und nun hängt er irgendwo fest, bis er ein Ersatzteil bekommt.«

Und genauso verhielt es sich, wie ihnen einer der Pater der Missionsstelle bestätigte. »Es ist ein Kreuz, es ist ein Kreuz«, wiederholte er immer wieder. »Wir warten seit mehr als drei Wochen auf Morlock. Das letzte Versorgungsboot hatte viel zu wenig Ladung an Bord. Auf halber Strecke sind sie zudem ausgeplündert worden, nun mangelt es uns an allem.«

»Tja, dann müssen wir die Flöße nehmen«, sagte van Rijn. »Da könnte ich euch brauchen, Jungs. Ich zahle gut!«

Kulu schüttelte den Kopf. »Wir müssen weiter. Auf dem Fluss dauert es nicht mehr lange, bis wir am Ziel sind. Wir geben jetzt nicht auf.« Dem Holländer teilte er mit, dass sie das Angebot ehre, sie es jedoch nicht annehmen würden.

Sie ließen sich von Cornelius van Rijn entlohnen. Kulu bestand darauf, dass der Holländer nicht in barer Münze, sondern in Tauschwaren zahlte.

Gustav war entsetzt, als er sah, was die weißen Händler den schwarzen Männern für ihre Arbeit gaben: minderwertigen Plunder, Tücher oder Ketten aus Glasperlen, die zwar bunt und verführerisch glitzerten, aber nicht einmal ein paar Pfennige wert waren, Metallglöckchen, Uniformstücke, Angelhaken, Nähnadeln und Zwirn.

All das forderte auch Kulu bei dem Holländer ein, dazu noch Proviant für eine Woche und ein Empfehlungsschreiben für den Leiter der nächsten Handelsstation.

»Geld nützt uns hier nicht viel«, beruhigte Kulu seinen Freund. »Wir brauchen Sachen, die wir tauschen können. Bunte Tücher sind besonders viel wert. Wir nehmen, was er uns gibt. Du wirst sehen, was es uns einbringt.«

Gustav gab sich geschlagen. Er musste Kulu vertrauen. Sein Freund kannte sich viel besser mit den Gepflogenheiten dieses Landes aus. Ein mulmiges Gefühl blieb trotzdem zurück, wenn er an Kulus Plan dachte: Sobald wie möglich aufbrechen und sich weiter nach Norden durchschlagen, immer dem Fluss nach, um möglichst viel Strecke zu machen.

»Van Rijn hat es uns doch auf seiner Karte gezeigt. Immer nach Norden. Mit deinem Kompass kann da nichts schiefgehen. Wir brauchen ein Kanu«, sagte Kulu. »Ich habe mich schon umgehört und zwei Männer gefunden, die uns eins überlassen wollen.«

Gustav schaute ihn erstaunt an. Kulu hatte also einfach und ohne ihn zu fragen Nägel mit Köpfen gemacht. Vielleicht war es gut so.

Am Nachmittag verschwand Kulu und kehrte erst zurück, nachdem die Herren der Jagdgesellschaft ihre Schlafstellen aufgesucht hatten. Er grinste zufrieden. »Morgen geht es los. Vor Sonnenaufgang, oberhalb des Wasserfalls. Aber wir müssen noch ein paar Sachen besorgen, mit unseren Perlen und Taschentüchern kommen wir hier nicht weiter.«

»Was für Sachen?«, fragte Gustav.

»Einen Regenschirm und einen Spiegel«, antwortete Kulu, erklärte aber nicht, was es damit auf sich hatte. »Der Herr Baron besitzt beides.«

Das wusste Gustav nur zu gut. Sie hatten schließlich Tag für

Tag den ganzen Kram des adligen Herrn aus dem Hessischen Land aus- und wieder eingepackt.

»Wir können die Sachen doch nicht einfach nehmen?«, protestierte er jetzt. Er hatte noch nie etwas gestohlen, außer, wenn der Hunger zu groß und die Würste in Tinkas Vorratskammer daheim in Bokkelsen zu verführerisch gewesen waren. »Aber ... vielleicht ist es gar kein Diebstahl«, überlegte er weiter. »Es ist der gerechte Preis für mein Leben, das sie opfern wollten. Mindestens.«

»Eigentlich kommen sie so noch gut davon«, sagte Kulu.

Gustav nickte.

Als sich die mondlose, tiefschwarze Nacht über die Siedlung legte, war nur noch das Zirpen der Grillen und gelegentlich der Schrei eines Leoparden zu hören. Gustav und Kulu schlichen sich aus der Hütte, in der sie gewartet hatten.

Die reichen Herren hatten am Abend reichlich vom roten Portugieser getrunken und auch das ein oder andere Schnäpschen hinterhergekippt. Man hätte ihnen die Betten unter dem Wanst wegstehlen können. Den Schirm und den Spiegel fanden die Jungen sofort. Letzteren hüllte Kulu vorsichtig in ein schmutziges Laken. Er war nicht allzu groß, aber in einen verschnörkelten goldenen Rahmen gefasst. Gustav griff nach dem Schirm. Dann fiel sein Blick auf eine Weste aus schimmerndem Brokat, deren Vorderseite mit rankendem Efeu und Hibiskusblüten bestickt war und von golden glänzenden Knöpfen verschlossen wurde.

Der Baron hatte dieses vornehme Kleidungsstück auf der ganzen Reise nicht ein einziges Mal getragen, aber Gustav hatte es jeden Abend ausbürsten und in seinem Zelt aufhängen müssen. Er grinste. Schnell nahm er die Weste vom Haken, wickelte sie ebenfalls um den Spiegel und folgte Kulu nach draußen.

»Das war kinderleicht!«, flüsterte Gustav triumphierend und knuffte Kulu in die Seite. Kulu knuffte zurück und unterdrückte ein Lachen. Die Freude blieb ihnen allerdings im nächsten Moment im Hals stecken. Ein Geräusch ertönte in ihrem Rücken. Eine Flamme blitzte auf. Jemand hatte ein Streichholz entzündet.

»So, so«, sagte der Holländer. Er saß in einer dunklen Ecke der schlicht gezimmerten Holzveranda, die der Unterkunft der weißen Herrschaften vorgesetzt war. Mit dem Zündholz steckte er sich eine Zigarre an und seufzte zufrieden. »Nichts haben sie auf diesem verlassenen Flecken Erde, aber Zigarren, die nicht einmal schlecht sind. Und die jungen Herren, was machen die um diese Zeit hier?« Er lachte hämisch.

Gustavs Gehirn arbeitete, so schnell es ging, aber er fand keine Ausrede für das, was sie hier taten. Er hielt den Spiegel in der Hand, während Kulu versuchte, den Regenschirm hinter seinem Rücken zu verstecken.

»Ob es morgen wohl Regen gibt?«, fragte der Holländer, hob die buschigen Augenbrauen und zog ein erstauntes Gesicht.

Gustav und Kulu schwiegen.

»Glaubt ihr, ich erführe nichts davon, wenn jemand hier nach einem Kanu fragt und dafür ein Spiegel und ein Regenschirm gefordert werden? Ihr wisst, was man in dieser Gegend mit Dieben macht, nehme ich an? Man schlägt ihnen eine Hand ab.«

Gustav schluckte. Kulu hielt die Luft an.

Cornelius van Rijn genoss für ein paar Augenblicke ihr Entsetzen. Dann brach er in sein raues Lachen aus, schlug sich aber sofort die Hand vor den Mund und legte den Zeigefinger auf die Lippen. »Psst!« sagte er mit einem Blick zur Tür der Unterkunft. »Wir wollen doch die Herren nicht wecken, oder? Diese Nichtsnutze, die sich hier durch den Urwald tragen lassen. Nun ja, ich verdiene gut an ihnen. Und es geschieht ihnen nur recht.«

Ungläubig starrte Kulu den Holländer an. War er etwa auf ihrer Seite?

»Wir legen die Sachen zurück«, sagte Gustav zögerlich. »Morgen sind wir weg und …«

»Einen Teufel tut ihr.« Van Rijn winkte ab. »Den Mund haltet ihr und ihr rührt euch nicht vom Fleck, verstanden?« Er verschwand um die Ecke der Behausung, dorthin, wo seine eigene Unterkunft lag.

Gustav und Kulu standen wie versteinert da. Sie wussten: Wenn sie abhauten, würden sie nicht weit kommen, falls der Holländer Alarm schlug.

Es dauerte keine zwei Minuten, da stand er wieder vor ihnen. »Hier, ohne die kommt ihr sowieso nicht weit. Ein paar Orientierungspunkte habe ich euch schon eingetragen.« Er hielt eine seiner Karten in der Hand. »Die hat mich eine Menge Geld gekostet, also haltet sie in Ehren und denkt ab und zu an den alten van Rijn.« Danach verschwand er wieder um die Ecke.

Noch vor Sonnenaufgang packten Gustav und Kulu ihre Bündel, um sich davonzuschleichen. Dabei fiel Gustav auf, dass Kulus Fernrohr fehlte. Kulu hatte es die ganze Reise über sehr sorgsam behandelt, es nur selten zur Hand genommen, um den Horizont damit abzusuchen, und stets darauf aufgepasst.

Gustav vermutete, dass es ein Geschenk für den Großvater sein sollte, wenn Kulu diesen am Ende ihres Abenteuers wiedersah.

»Wo ist das Fernrohr?«, fragte Gustav.

Kulu reagierte nicht auf Gustavs Frage. Stattdessen bedeutete er ihm, leise zu sein und sich zu beeilen. Aber Gustav fragte noch einmal und schließlich antwortete Kulu: »Meinst du, die Männer im Busch hätten sich wirklich nur mit deinen schönen blonden Haaren zufriedengegeben?«

Gustav konnte es nicht fassen: Kulu hatte sich ihm zuliebe von seinem größten Schatz getrennt. Er kramte den Kompass aus seinem Bündel und streckte ihn Kulu entgegen. »Der gehört jetzt dir«, sagte er.

Doch Kulu schob Gustavs ausgestreckte Hand zurück. Er schüttelte den Kopf. »Sachen sind nicht so wichtig. Ich hatte Angst, dass sie dich wirklich behalten wollten.« Er lachte. »Ein Fernrohr bist du wert. Aber nicht mehr, das sag ich dir. Und jetzt sollten wir uns wirklich beeilen.«

Der erste Abschnitt ihres Weges war besonders anstrengend. Sie mussten den Wasserfall umgehen, um weiter oberhalb wieder dem dahinströmenden Fluss folgen zu können. Bei Sonnenaufgang waren sie schon ein paar Meilen am Ufer entlanggelaufen. An einem schmaleren Zufluss, der aber immer noch fünfzehn oder mehr Meter breit war, warteten zwei Männer. Sie hockten an einem kleinen Lagerfeuer, neben ihnen lagen zwei Kanus in einer sandigen kleinen Bucht auf dem Land.

Gustav hielt kurz die Luft an. Die Männer machten einen kampfbereiten, fast schon kriegerischen Eindruck. Beide hielten eine Lanze in der Hand.

Der eine Mann, dessen Oberarm mit einer ganzen Reihe von

Perlenschnüren umwickelt war, winkte die Jungen herbei. Die Männer hatten mit den Speeren zwei dicke, lange Fische im Wasser aufgespießt, so groß, wie Gustav bisher nur Fische auf hoher See unter die Augen gekommen waren, nie jedoch in einem Fluss oder See. Sie waren dabei, ihren Fang zu braten. Fett tropfte in die Flammen und verbrannte zischend. Es roch lecker. Im Feuer lag ein Stein, auf dem ein dünner Fladen Brot röstete.

»Es gibt Frühstück«, sagte Kulu.

Gustav nickte nur.

»Was ist los?«, fragte Kulu. »Hast du keinen Hunger?«

Gustav antwortete darauf nicht. Er schämte sich ein wenig. Beim Anblick der Speere hatte er wieder die düstersten Gedanken gehabt, was diese Männer wohl angestellt hatten. Obwohl er nun schon so viele schwarze Menschen gesehen und in einem von ihnen seinen Freund und Bruder gefunden hatte, beschlichen ihn immer wieder solche dummen Gedanken. Jetzt nahm er sich vor, sich in Zukunft nie wieder von den Schauermärchen, die er von den wilden schwarzen Männern gehört und gelesen hatte, beeindrucken zu lassen, sondern stattdessen seinen eigenen Augen und Ohren zu trauen.

Kulu forderte Gustav auf, den Männern die Sachen zu zeigen, die sie als Bezahlung für das Kanu mitgebracht hatten. Doch der Mann mit den Perlenschnüren winkte ab. Er bestand darauf, dass sie zuerst von dem Fisch aßen, dazu von einem Getränk kosteten, das nicht einmal Kulu kannte.

Die Haut des Fisches war knusprig gebraten und mit Kräutern ummantelt. Gustav hatte noch nie etwas so Leckeres gegessen. Beim ersten Bissen entzündeten die Kräuter ein wahres Feuerwerk in seinem Mund, das zum Schluss von roten, sehr scharfen Beeren zur Explosion gebracht wurde. Das sämige, milchige Getränk beruhigte die Zunge wieder und spülte den Brand mit einem süßen weichen Aroma hinweg.

Obwohl Kulu und Gustav nach dem köstlichen Essen am liebsten auf dem schnellsten Weg losgefahren wären, mussten sie weiter Geduld aufbringen. Es wurde eine Pfeife entzündet. Das Ganze kam Gustav wie eine Art Zeremonie vor. Was genau beschworen wurde, war nicht zu erkennen, aber am Ende mussten alle reihum einmal an der Pfeife ziehen. Gustav und Kulu husteten von dem Rauch. Er kratzte im Hals und reizte die Lunge. Die Männer lachten.

Erst nachdem gegessen, getrunken und geraucht worden war, konnte der Handel stattfinden. Gustav präsentierte die Weste, den Spiegel und den Regenschirm. Die Weste war dem Mann mit den Perlenschnüren vorbehalten. Er schlüpfte hinein, betrachtete sich im Spiegel. Der Anblick versetzte ihn in allerbeste Laune. Das Geschäft war gemacht.

Kurz darauf saßen die beiden Männer in dem etwas größeren Kanu, das sich durch Schnitzereien am Heck von dem anderen unterschied. Der Mann mit den Perlenschnüren und der Weste hielt den geöffneten Regenschirm über sein hocherhobenes Haupt, während der andere im Bug kniete und in schneller Folge das Paddel immer abwechselnd links und rechts in das schokoladenbraune Wasser des Flusses tauchte. Sie waren bald flussaufwärts verschwunden.

»Folgen wir ihnen?«, fragte Gustav.

Kulu nickte.

Sie verstauten ihre Habseligkeiten in dem kleineren Kanu. Gustav stieg als Erster hinein. Kulu wollte ihn warnen, aber sein Ruf kam zu spät. Das Gefährt maß ungefähr drei Meter in der Länge und war aus einem einzigen Stück Holz geschlagen. Der Kiel lief spitz zu, das Kanu kam – wie Gustav nun spürte – schnell ins Wanken. Er breitete die Arme aus, um sich wieder ins Gleichgewicht zu bringen, aber der ausgehöhlte Stamm kippte nach rechts. Gustav gab Druck aufs linke Bein und schwang zurück, jedoch so stark, dass er den Halt noch mehr verlor.

Ihr Gepäck setzte sich in Bewegung, Gustav ging in die Knie, um das Bündel mit ihrem Proviant zu retten. Das machte alles nur schlimmer. Er stolperte über das eine der beiden Paddel, versuchte sich an der Seitenwand festzuhalten, gab dem Kanu damit aber nur den endgültigen Stoß, der es zum Kentern brachte.

Ihren Mundvorrat an Maniokbrot und gedörrtem Ziegenfleisch und ein Säckchen voller Erdnüsse bekam er gerade noch zu fassen, auch wenn alles vom Wasser durchtränkt war. Doch die Paddel glitten ins Wasser und fanden schnell die Strömung, die sie davontrug.

»Mist!« Gustav rappelte sich auf, warf das Bündel mit dem Essen aufs Trockene und platschte mit großen Schritten ins Wasser.

»Nicht«, rief Kulu.

Doch Gustav hörte nicht auf ihn. Ohne die Paddel nützte ihnen das Kanu nicht viel. Eines sammelte er ein, das andere hatte bereits Fahrt aufgenommen. Obwohl der Fluss träge wirkte, zog das Holz schnell davon, auf die Flussmitte zu.

Mit einem kleinen Hechtsprung würde er das Paddel noch schnappen können. Gustav setzte dazu an, spürte aber, dass er plötzlich keinen Boden mehr unter den Füßen hatte. Nur ein paar Meter vom Ufer entfernt, wo das Wasser seicht und träge war, brach der Untergrund jäh ab.

Er schlug um sich, schnappte nach dem Griff des Paddels und fasste ihn. Er stieß einen Freudenschrei aus. Dabei nahm er einen ordentlichen Schluck Wasser, hustete und prustete. Den plötzlichen Schmerz in der linken Hand missachtete er im ersten Augenblick.

»Ich helfe dir, komm schon, reich mir das Paddel!« Kulu watete ein paar Meter ins Wasser, schnappte sich das andere Ende des Paddels, das Gustav ihm entgegenstreckte, und zog daran.

Gustav spürte, dass seine Füße festen Halt fanden, er stolperte vorwärts, atmete wieder frei. Nur der Schmerz in der linken Hand wurde immer stärker.

Kulu stand plötzlich still und mit aufgerissenen Augen da. Gustav folgte seinem Blick. Ihm wurde schlecht. Blut tropfte ins Wasser. An seiner Hand zappelte etwas.

Ein junges Krokodil hatte sich daran festgebissen.

Viel schlimmer war jedoch, dass sein Herumtoben im Wasser auch die Eltern des Jungtiers angelockt hatte. Gustav schüttelte den Arm und stapfte so schnell er konnte zum Ufer zurück. Mit Schwung schlug er das bissige Tier auf den Boden. Das junge Krokodil öffnete das Maul, Gustav fasste es am Schwanz und schleuderte es im hohen Bogen zurück ins Wasser – und mit ihm seinen linken kleinen Finger, den das Tier als kleine Beute davontrug. Gustav stieß einen Siegesschrei aus. Dann fiel er beim Anblick seiner blutenden Hand in Ohnmacht.

Als er die Augen wieder öffnete, hatte Kulu bereits ein Feuer angezündet. Mit einem der Taschentücher, die eigentlich als

Tauschmittel gedacht waren, hatte er Gustavs Hand verbunden, das Blut sickerte jedoch weiter durch den Stoff.

»Glück gehabt, dass es nicht seine Mutter war«, scherzte Kulu.

Aber Gustav war nicht nach Scherzen zumute. Auf einen Finger konnte er verzichten, allemal an der linken Hand. Die Gefahr, dass der Wundbrand ihn das Leben kosten könnte, war ihm hingegen bewusst.

»Was machst du da?«, fragte er mit zittriger Stimme.

Kulu drehte sich vom Feuer weg. In der Hand hielt er ein Messer, dessen Klinge bereits glühte. »Wir müssen es ausbrennen«, sagte er und klang dabei nicht weniger erschüttert als sein Freund. Er hielt die Schneide noch einmal ins Feuer. »Leg dich hin, mach die Augen zu und steck dir das hier zwischen die Zähne.« Er gab Gustav ein Holzscheit. »Sonst beißt du dir die Zunge ab.«

Gustav nickte. Er wusste, dass dies die einzige Chance war, die Wunde zu verschließen und sie daran zu hindern, sich zu entzünden. Sie hatten auf der *Hendrike Övelmann* einmal dabei zugeschaut, wie Iversen bei einem Leichtmatrosen einen brandigen Zeh behandelt hatte.

Kulu wickelte behutsam das Tuch von der Wunde. Gustav warf einen vorsichtigen Blick darauf und auf der Stelle wurde ihm erneut schlecht.

»Ich sage doch, mach die Augen zu.« Kulu zeigte auf das Stück Holz. »Rein damit«, befahl er erbarmungslos.

Die glühende Klinge zischte, als Kulu sie auf die blutende Wunde drückte. Die verbrannte Haut stank widerlich, der Schmerz stach durch den ganzen Arm. Gustavs Zähne gruben sich in das Holzstück und hinterließen einen Abdruck darin. Ein weiteres Mal wurde ihm schwarz vor Augen.

In den nächsten Stunden kümmerte Kulu sich um alles. Er verschwand im Wald und kam mit ein paar Früchten zurück, die süß und saftig waren, er hängte eine Schnur mit einem Angelhaken in den Strom, allerdings ohne Erfolg. Kein Fisch biss an.

Bevor die Sonne unterging, ließ er Gustav noch einmal alleine und brachte kurze Zeit später ein Bündel von Grünzeug zurück: ein paar Büschel eines Krautes, ein paar größere Blätter und einige bastartige Fäden, die Gustav bereits einige Male an knorrigen, alten Bäumen gesehen hatte und von denen man sie in Streifen abziehen konnte. Kulu suchte einen großen, flachen, ausgewaschenen Stein. In dessen Mulde legte er die Kräuter und zerstieß sie mit einem anderen faustgroßen Brocken zu einem Pflanzenbrei.

»Zeig deine Hand«, sagte er.

Gustav tat, was Kulu verlangte. Er entfernte das Tuch, mit dem sie die Wunde verbunden hatten. Kulu roch daran.

»Hm«, sagte er nur. »Ich habe bei meinem Großvater immer nur zugeschaut. Es riecht nicht faul, das ist gut.« Er schmierte den Pflanzenbrei auf die Wunde und deckte sie mit den größeren Blättern ab. Zum Schluss umwickelte er alles mit den Bastfäden und verknotete sie. »Jetzt kannst du schlafen«, sagte Kulu. »Du wirst sehen, der Wald wird dir helfen.«

21

Am nächsten Morgen pochte die Wunde nur noch schwach. Der grüne Verband saß fest und sicher. Kulu hatte bereits ihre Sachen zusammengepackt. »Glaub nicht, dass du dich lange auf die faule Haut legen kannst«, sagte er.

Als Gustav ihm helfen wollte, das Kanu aus dem seichten Uferwasser hinauszuschieben, befahl Kulu ihm jedoch, sich in den Bug zu setzen und sich ruhig zu verhalten. Mit sicheren Zügen steuerte er bald darauf das Boot durch die Weiten der Flusslandschaft.

In den ersten Tagen paddelte er alleine, hinten im Heck sitzend manövrierte er sie in der Mitte der Strömung. Der Fluss wurde mit jeder Meile, die sie zurücklegten, breiter, dann verengte er sich wieder und nahm an Tempo zu.

Der Schweiß glänzte auf Kulus Haut. Die Muskeln seiner Oberarme und Schultern wölbten sich, jedes einzelne Bündel der Fasern zeichnete sich ab. Er war ein drahtiger, fast schon knochiger Junge gewesen, als Gustav und er einander in Bokkelsen begegnet waren, nicht zuletzt, weil es bei Corelli nur eine schmale Kost gegeben hatte. Die Wochen der Reise und die Arbeit auf den Schiffen hatten aus ihm fast schon einen Mann gemacht.

Den Brei auf Gustavs Wunde entfernte Kulu nach zwei Tagen. Gustav war erstaunt, als er sich die Wunde nun genauer anschaute. Er wusste, wie eine brandige Verletzung aussah.

Und wie sie roch. An der Stelle, wo einmal sein Finger gewesen war, bildete sich bereits eine feine Haut.

Die Verletzung verheilte, an den Verlust seines kleinen Fingers gewöhnte er sich. Die Wunde juckte und kribbelte.

Nach ein paar Tagen verlangte Gustav, dass er Kulu unterstützen durfte. Er fand einen Weg, das Paddel zu halten, ohne an die Wunde zu stoßen. Anfangs scherte das Kanu noch zur Seite aus, aber schon bald kamen sie im doppelten Tempo voran.

Ihr Weg wurde zusehends von einem nie verstummenden Geräusch begleitet: dem Schlagen von Trommeln.

»Wir werden angekündigt«, sagte Kulu.

»Was heißt das?«

»Das sind die Botschafter des Urwalds. Die Sprache der Trommeln ist schnell am Ziel. Und die Nachrichten machen vor keinem Hindernis halt. Außerdem ist es besser, wenn man frühzeitig weiß, was auf einen zukommt.«

Gustav hörte den Stolz in der Stimme seines Freundes. Es entging ihm nicht, wie stark und furchtlos Kulu mit jedem Stück des Weges wurde, das sie zurücklegten. Das hier war Kulus Welt, daran bestand kein Zweifel. Gustav wäre ohne ihn hoffnungslos verloren gewesen.

Aber er lernte schnell. Schon bald konnte er unterscheiden, welche Blätter oder Äste er heranschleppen durfte, um am Abend ein Lager daraus zu bauen. Einige fielen nämlich schnell in sich zusammen, andere beherbergten entsetzlich stinkende Wanzen oder sie verbrannten einem die Haut schlimmer als jede Brennnessel.

Nachdem sie ihren letzten Proviant verputzt hatten, mussten sie sich bei der Suche nach Essbarem auf Kulus Kenntnisse über die Pflanzen und Früchte des Busches verlassen – und auf ihre Treffsicherheit mit dem Bogen.

In den frühen Morgenstunden eines Tages, in denen der Wald rund um ihr Lager von feuchten Nebelschleiern durchzogen wurde, spürte Gustav eine Hand an seiner Schulter. Er hatte tief und fest geschlafen und schreckte auf, aber es war kein Angreifer, sondern sein Freund Kulu, der vor ihm stand. Kulu hielt beide Bogen und seinen Köcher mit den Pfeilen in der Hand. Er legte einen Zeigefinger auf die Lippen und bedeutete ihm, leise zu sein und ihm zu folgen.

Gustav rappelte sich auf. Kulu reichte ihm seinen Bogen und den Köcher, dann ging er mit ruhigen Schritten voraus, bewegte sich fast lautlos durch das Unterholz, einem verschlungenen Weg folgend. Kulu schien genau zu wissen, wohin er Gustav führen wollte.

Schließlich drehte er sich zu ihm um, wieder mit dem Finger auf den Lippen. Die letzten Meter hütete er sich, auch nur das geringste Geräusch zu erzeugen, was Kulu noch immer weitaus besser beherrschte als Gustav. Zweimal trat Gustav auf ein Ästchen, das knackend zerbrach.

Sofort erstarrte Kulu, verharrte mitten in der Bewegung. Auch Gustav rührte sich nicht, bis Kulu ihm ein Zeichen gab. Das kannte Gustav bereits von ihren bisherigen Jagdzügen: Man musste sich möglichst gegen den Wind anschleichen, damit die Beute den Jäger nicht frühzeitig erschnuppern konnte. Und leise musste man sein. Sehr leise. Das Knacken eines Hölzchens konnte schon alles zunichte machen.

Aber sie hatten Glück.

Kulu lief voraus bis zu einem dichten Gebüsch. Vorsichtig

schob er zwei belaubte Äste auseinander. Vor ihnen öffnete sich eine Lichtung im sonst so zugewachsenen Wald. Eine Herde kleiner Gestalten äste dort, kaum größer als ein ausgewachsener Hase, aber sie ähnelten eher dicken, geschrumpften Rehen, fand Gustav, zumal einige von ihnen Hörner hatten.

Gustav erwartete, dass Kulu sich – wie sonst, wenn sie jagten – in Position brachte: sicheren Stand suchen oder in die Hocke gehen, auf ein Knie gestützt den Bogen hochnehmen, den Pfeil anlegen, spannen, zielen, ausatmen. Schießen, wenn das Tier seine Flanke darbot, sodass man es mit dem ersten Schuss zu Fall bringen konnte.

Aber nichts von alldem geschah.

Stattdessen blickte Kulu Gustav nur auffordernd an. Gustav zeigte mit fragendem Blick auf sich selbst. Kulu nickte.

Augenblicklich schlug Gustavs Herz schneller. Er atmete zweimal ein und aus, um sich zu beruhigen. Dann nahm er eines der größeren Tiere auf der Lichtung ins Visier. Er hob den Bogen, folgte mit dem Blick dem Verlauf des Pfeils bis zur Spitze und von dort bis zu dem Punkt, wo er das Wild treffen wollte. Er atmete aus. Sein Finger löste sich, die Sehne schnellte nach vorne und der Pfeil zischte davon.

Vielleicht hörte sein Jagdopfer dieses Zischen. Es blickte auf, die Augen schimmerten feucht, aber im nächsten Augenblick wurden sie groß und rund und Gustav glaubte, den Schreck und den Schmerz darin zu sehen. Das Tier gab einen hohen, spitzen Ton von sich und fiel um, alle anderen stürmten davon. Er hatte getroffen.

Kulu schlug ihm auf die Schulter. »Das hätte ich nicht besser gemacht«, sagte er. Gustav wusste, welch großes Lob in diesen Worten lag.

Wenn sie am Abend ein Dorf erreichten, ging Kulu voran und überbrachte dem Dorfältesten ein Geschenk: ein buntes Tuch, einen Angelhaken oder eine Kette aus Perlen. Er bat darum, für eine Nacht im Dorf bleiben zu dürfen. Einmal wurden sie davongejagt, weil die Bewohner Angst vor Gustav hatten. Vielleicht hatten die Dorfbewohner aber auch nur schlechte Erfahrungen mit Leuten wie ihm gemacht.

Immer wieder begegneten ihnen Menschen, denen eine, manchmal sogar beide Hände fehlten. Gustav fragte Kulu danach. »Erinnerst du dich daran, was van Rijn uns am letzten Abend angedroht hat? Sie werden abgeschlagen von den weißen Herren. Wenn du ungehorsam warst oder zu wenig Kautschuk gebracht hast oder einfach, weil sie Lust dazu haben oder weil sie eine Kugel verloren haben.«

Gustav konnte nicht glauben, was Kulu ihm da sagte. Und er verstand es auch nicht. »Eine Kugel verloren?«

Kulu nickte. »Die Soldaten, die die Kautschuk-Plantagen bewachen, müssen für jede Kugel, die sie abfeuern, eine Hand bei ihren Befehlshabern abliefern – zum Beweis. Und wer eine Kugel verloren hat, braucht eine Hand.«

Nachdem er diese Worte gesprochen hatte, stand Kulu auf und kroch auf sein Nachtlager. Er drehte sich zur Seite, was er immer machte, wenn er nichts mehr sagen wollte.

Gustav träumte schwer in dieser Nacht und schreckte immer wieder hoch. Schon vor den ersten Sonnenstrahlen stand er auf und kletterte in einen knorrigen alten Baobab-Baum, von dem aus er einen Blick weit über den Fluss hatte.

Am abendlichen Feuer in den Dörfern entlang des Flusses erzählten sie den Menschen von ihrer Reise ins Reich des russischen Zaren, von den Segelfahrten, dem Marsch durch den Dschungel und dem Verlust von Gustavs Finger durch das Krokodil.

Je weiter sie vorankamen, desto schneller eilte ihnen ihr Ruf voraus. Besonders die Geschichte, dass Gustav den Angriff eines Krokodils überlebt hatte, hinterließ großen Eindruck. »Das Krokodil ist in ihren Erzählungen nun fast doppelt so groß wie du«, sagte Kulu, als sie auf dem spiegelglatten Fluss dahinglitten.

»Hm«, sagte Gustav. Er musste an den Weiher in Bokkelsen denken und an Willi, den Wels, der angeblich kleine Kinder oder zumindest Lämmer, die ins seichte Wasser gingen, verschluckte. In den Geschichten der Dorfbewohner war auch aus dem vielleicht stattlichen Fisch mit den Jahren ein Ungeheuer geworden.

»Es ist ein Wunder, dass es dich nicht mit Haut und Haaren verschluckt hat. Sie halten es für deine Buschseele, jeder hat ein Tier, das seine Buschseele verkörpert. Sie ist oft stärker als alle deine anderen Seelen und das Krokodil ist eine der stärksten Buschseelen, die man haben kann.«

Ein schneeweißer Fremdling blieb Gustav trotzdem. Er wunderte sich über die Dinge, die Kulu ihm über die Buschseele erzählte, und über die Fetische, die einen schützen sollten. Sie paddelten eine Weile schweigend weiter, bis Kulu erneut auf das Thema zu sprechen kam.

»Ihr Weißen glaubt an einen Gott, der über den Wolken sitzt«, sagte er und klang ein wenig verärgert. »Und dass es einen heiligen Geist gibt und dass euer Gott aus einem brennenden Dornbusch spricht und ihr singt ihm Lieder und trinkt sein Blut. Und wenn eure Priester ein paar Zauberworte murmeln, dann habt ihr heiliges Wasser, mit dem ihr euch bespritzt. Ein großer Unterschied zu dem, was die weisen Männer unseres Volkes machen, besteht da auch nicht.«

Wieder paddelten sie ein gutes Stück weiter. Die Sonne stand schon hoch über ihnen, es war an diesem Tag besonders heiß und die Moskitos stürzten sich auf sie. Nachdem Gustav eine Weile über Kulus Worte nachgedacht hatte, sagte er: »Stimmt.«

Gustav versuchte immer wieder, sich mit seinem Kompass und der Karte, die sie von Cornelius van Rijn bekommen hatten, zu orientieren. »Sehr genau ist die nicht«, knurrte er. »Wir sind schon viel länger unterwegs, als er gesagt hat.«

Kulu tippte auf eine Stelle der Karte. »Ich glaube, wir sind hier. Das ist der große Bogen, den der Fluss hier macht. Es ist fast, als fließe er wieder zurück.«

An diesem Abend machten sie an einer kleinen Bucht fest, wo sie bald von einer Gruppe junger Männer begrüßt wurden. Ihre Körper bedeckte rostrote Farbe, die Haare waren geknotet und mit allerlei Zierrat versehen: Glöckchen, die sie eingetauscht haben mochten, bei einem fiel Gustav ein silberner Teelöffel auf, der von geflochtenen Zöpfen gehalten wurde. Einige trugen Knöchlein an Ketten um den Hals, Skelette von kleinen Tieren, manchmal nur die Schädel, Federn und Fellstücke und bei fast jedem aus Holz oder Elfenbein geschnitzte Figürchen, die immer wieder mit den Händen berührt wurden. Dabei murmelten die Menschen für Gustav unverständliche Worte.

»Was sagen sie?«, fragte Gustav seinen Freund.

Der zuckte die Achseln. »Nichts Gutes, würde ich sagen. Sie tragen alle Fetische mit sich herum.«

»Die kleinen Puppen an ihrem Hals?«

Kulu nickte.

Im Dorf angekommen, wurden sie nicht direkt zur Hütte des Königs geführt. Gustav hatte mittlerweile verstanden, dass die Königreiche in dieser Gegend oft klein ausfielen, sie reichten nicht über die Grenze des Dorfes und seines engeren Territoriums hinaus.

Stattdessen führte man sie zu einer Behausung, die in einigem Abstand zu den anderen Hütten lag und einer der jungen Männer aus der Eskorte bedeutete ihnen, zu warten. Er betrat die Hütte und eine ganze Weile passierte nichts. Schließlich kam eine Frau heraus, die eine Schale in der einen und ein Bündel Schilfgras in der anderen Hand trug. Sie tauchte die Spitzen des Grases in die Schüssel. Darin befand sich ein feines, hellbraunes Pulver.

»Lass am besten alles über dich ergehen«, sagte Kulu mit starrer Miene. »Außer, sie will dir die Kehle aufschlitzen, dann laufen wir.«

Die Frau rührte mit dem Schilfgras in der Schüssel herum und sprach in einem tiefen Singsang vor sich hin.

»Ich glaube, sie hält dich für einen vumbi.«

»Einen was?«

»Die Seele eines Ahnen, die zurückkehrt.«

Plötzlich zog die Frau das Bündel aus der Schale und staubte Gustav und Kulu damit ein. Zum Glück schlossen beide instinktiv den Mund und die Augen. Es kribbelte in ihren Ohren und in den Nasenlöchern und sie mussten sofort husten.

Als sie wieder Luft bekamen, sagte Kulu: »Sie reinigt uns vom Geist des Toten.«

So ging es noch eine Weile weiter. Die Zeremonie dauerte fast eine Stunde. Die Frau entzündete Kräuter, deren Geruch die Jungen schwindelig machte, umkreiste sie in einer Art Tanz und reichte ihnen schließlich eine Schale mit einer trüben braunen Flüssigkeit darin.

Kulus Miene verfinsterte sich.

»Was ist los?«, fragte Gustav.

Kulu druckste ein wenig herum, bevor er mit der Sprache herausrückte: »Hoffen wir, dass es kein Gottesurteil ist«, sagte er bloß. »In diesem Fall wäre Gift in der Schale. Wenn wir sterben, ist das der Beweis, dass wir keine Geister oder Dämonen sind. Und wenn wir überleben, sind wir welche und werden getötet. Weil wir Geister oder sogar Dämonen sind.«

Gustav legte die Hände wie zum Gebet zusammen und verbeugte sich vor der alten Frau. Sie lächelte ihn an und zeigte auf die Schale. Es schien, als habe sie die Bedenken der Freunde erspürt. Sie hob die Schale zum Mund und nippte daran. Erleichtert atmete Gustav auf. Auch Kulu schien ein Stein vom Herzen zu fallen. Beide nahmen sie einen Schluck von dem Getränk.

Keine zwei Minuten später drehte sich die Welt vor Gustavs Augen. Er starrte Kulu an, der starrte zurück. Fast gleichzeitig wurden Gustav die Knie weich und er sank hinab in den Staub.

Als er aufwachte, dröhnte Gustavs Kopf. Er lag auf einer Matte in der Mitte einer Hütte, durch eine runde Öffnung im Dach dieser Hütte drangen ein paar Sonnenstrahlen herein. Neben ihm war eine zweite Matte, auf der jedoch niemand lag. Irgendwo draußen meckerte eine Ziege, ein Huhn gackerte und Kinder bekamen sich vor Lachen nicht mehr ein.

Gustav kroch hinaus und erblickte Kulu, der vor ein paar splitterfasernackten Gestalten einen Handstand machte. Die Knirpse, denen Kulus Darbietungen sehr zu gefallen schienen, stupsten Kulu an, sodass dieser in den Staub fiel. Wieder quietschten sie vor Vergnügen.

»Na endlich«, rief Kulu, als er Gustav entdeckte. Er streckte den Kindern die Zunge heraus und machte ein paar alberne Grimassen, die er sich wahrscheinlich bei den Clowns aus dem Circus Corelli abgeschaut hatte. Dann trat er zu Gustav, nahm ihn an den Schultern, streckte die Arme aus und schaute ihn an. Er musterte Gustav einmal von oben bis unten.

»Nicht schlecht«, sagte Kulu. »Wenn du nicht weiß wärst, könntest du einer von uns sein.«

Erst jetzt bemerkte Gustav, dass sich irgendetwas an ihm verändert hatte. Sein Körper fühlte sich anders an, irgendwie trocken und er juckte. Er folgte Kulus Blick und schaute an sich herab.

Er war nackt. Nicht vollständig nackt. Ein winziger Lendenschurz bedeckte seine Scham. Die knappe Bekleidung bestand nur aus ein bisschen Leder, das mit zwei Riemen zwischen den Beinen hindurch und durch seine Ritze gezogen verknotet war.

Sein ganzer Körper war mit einer krustigen Schicht aus Lehm und Farbe bedeckt. Gustav tastete sein Gesicht ab und betrachtete anschließend seine Fingerspitzen: Sie waren rot.

Am Oberarm trug er ein Stück Tuch, das von getrocknetem Blut durchtränkt war. Darunter brannte es. Er nahm den Fetzen Stoff ab. Ein Reif kam zutage, der um seinen Oberarm in die Haut geritzt worden war. In den Wunden klebten Fusseln des Kapokbaums, wodurch sich die Schnitte entzünden und vernarben würden. Gustav hatte dieses Zeichen schon bei mehreren Männern in den Dörfern gesehen, durch die sie gekommen waren, bei einigen bedeckten solche Narbenringe den ganzen Arm vom Ellbogen bis zur Achsel.

»Die weiteren Ringe musst du dir verdienen«, sagte Kulu.

Gustav wusste nicht recht, was er tun sollte. Er entschied sich, in der Hütte zu verschwinden, um seine Sachen zu suchen und sich zu bedecken. Aber seine Kleider waren verschwunden.

»Wenn du deine Sachen suchst«, hörte er Kulus Stimme von draußen. »Die sind hier.«

Gustav trat wieder hinaus.

Kulu stand vor einem schwarz-grauen Aschehaufen. »Es ist alles verbrannt worden.«

»Von wem?«

»Von dir.«

»Niemals. Das wüsste ich doch.«

Kulu runzelte die Nase. »Ich glaube, in dem Trank waren ein paar Kräuter drin, die deine Erinnerung ein bisschen durcheinandergebracht haben. Du bist jetzt ein Mitglied des Stammes. Genau wie dein Vater.«

»Mein Vater?« Gustav nahm es fast die Luft. »Ist er hier?«

22

In Gustavs Erinnerung fehlten genau drei Tage und drei Nächte. Kulu erzählte ihm, was geschehen war: Er war in einer ganzen Abfolge von Tänzen und Schwüren, Gesängen und Übungen in die Dorfgemeinschaft aufgenommen worden, nachdem sichergestellt war, dass er nicht ein Wiedergänger seines eigenen Vaters war, sondern der Sohn dieses weißen Mannes, den es bereits vor einiger Zeit in die Gegend und in genau dieses Dorf verschlagen hatte. Unweit des Dorfes verliefen noch die Schienen, auf denen nie eine Bahn gefahren war. Die hölzernen Schwellen waren bereits verrottet.

Hinnerk Kröger hatte mit einer Expedition von nur fünf Männern, einigen Trägern und einem Führer am Oberlauf des Flusses nach Spuren von Kupfer gesucht. Seine Begleiter waren Opfer eines Fiebers geworden, nur er selbst hatte ein ganzes Jahr lang überlebt und war im Dorf geblieben.

»Und wo ist er jetzt?«, fragte Gustav bang.

»Nach einem Jahr ist er aufgebrochen, das Heimweh hat ihn gepackt«, sagte Kulu. »Er wollte zurück, zu deiner Mutter und seinen Kindern, sagt der Dorfälteste. Am Tag seiner Abreise ist er jedoch unvorsichtig gewesen. Er ist von einem Krokodil gepackt worden und nach Srahmandazi gegangen.«

»Wo ist dieser Ort?«, fragte Gustav. »Können wir auch dorthin gehen?«

Kulu schüttelte den Kopf. »Es ist kein Ort. Es ist eine andere

Welt, die Schattenwelt, in die du erst nach deinem Tod gehen kannst.«

Gustavs Augen füllten sich mit Tränen. »Er ist also tot?« Er hatte es ja schon geahnt. Und doch traf ihn die Neuigkeit nun mit voller Wucht.

Kulu schwieg. Er führte Gustav zur Hütte des Dorfältesten. Dieser saß auf einem Holzstamm vor seiner Behausung und wartete. Zu seinen Füßen stand eine Holzkiste mit rostigen Eisenbeschlägen. Gustav erkannte die Kiste sofort.

Der Dorfälteste erhob sich, nahm die Kiste und überreichte sie Gustav. Er sagte ein paar Sätze, die Gustav nicht verstand, die jedoch würdevoll und mitfühlend klangen. Nur ein Wort musste ihm niemand übersetzen und das war der Vorname seines Vaters: Hinnerk.

Gustav nahm die Kiste entgegen und öffnete sie. Das Taschenmesser seines Vaters lag darin, der Bilderrahmen, der aus drei Teilen bestand, die man aufklappen und auf seinen Nachttisch stellen konnte. Das Bild links zeigte seine Mutter, rechts schaute der Vater würdevoll in die Kamera und in der Mitte war eine Fotografie der ganzen Familie im schönsten Sonntagsgewand. Sie hatten das Foto eigens gemacht, damit der Vater es sich in der Ferne anschauen und an sie denken konnte. Auch die zwei Taschentücher mit den Buchstaben H und K, die Gustavs Schwester gestickt hatte, fanden sich in der Kiste – und ganz zuunterst lag das Glücksschwein, das Gustav für ihn geschnitzt hatte.

Als er das Bild seines Vaters anschaute, wurde im klar, was die Mutter oder die Witwe Brotschneider gemeint hatten, wenn sie bei seinem Anblick gesagt hatten: Du bist ihm wie aus dem Gesicht geschnitten. Die Ähnlichkeit war groß und auch der Dorfälteste deutete immer wieder erst auf die Fotografie und dann auf Gustav.

»Táta«, sagte Gustav und er wiederholte das Wort und zeigte auf sich selbst dabei.

»Táta!«, antwortete der Dorfälteste begeistert und zeigte wieder auf Gustav.

Ein paar Wochen verweilten sie in dem Dorf. Gustav gewöhnte sich schnell an den Lauf des Alltags, der in erster Linie davon bestimmt wurde, die Dorfgemeinschaft mit allem zu versorgen, was die Menschen brauchten. Er wusste jedoch, dass sie noch nicht am Ende ihre Reise angelangt waren. Kulu fand er immer öfter am Fluss oder im Schatten eines Baumes sitzend. Manchmal schaute sein Freund dabei verträumt, oft aber traurig und voller Sehnsucht in die Ferne. Sie mussten weiter, das spürte Gustav bald.

Als er Kulu wieder einmal da sitzen sah, gesellte er sich zu ihm. Der fast volle Mond stand am Himmel und ließ den Urwald nicht grün, sondern silbrig blau schimmern. Die Tiere der Nacht veranstalteten ein Spektakel, wie Gustav es selten gehört hatte. »Was würde dein Großvater sagen? Ist die Zeit des Vollmonds eine gute Zeit für eine Wanderung?«, fragte er.

Kulu schaute ihn mit großen Augen an. Bevor er ihm antworten konnte, sagte Gustav: »Wenn du es nicht weißt, müssen wir ihn wohl fragen.«

Kulu verstand immer noch nicht, worauf sein Freund hinauswollte.

»Pack dein Bündel. Morgen früh machen wir uns auf den Weg zum Ufer des Orowango. Ich will unseren Großvater kennenlernen, Bruder.«

Jetzt, endlich, hellte sich Kulus Miene auf. Er sagte nichts, sondern stand schweigend auf und breitete die Arme aus, um Gustav an sich zu drücken. »Bruder«, murmelte er.

Am nächsten Morgen bepackten sie ihr Kanu mit etwas Proviant. Sie machten sich vor Sonnenaufgang davon, um auszuschließen, dass es ein großes Palaver gab, wenn sie ihre Absicht ankündigten. In den Tagen danach nutzten sie jede Minute, in der es hell genug war, um voranzukommen und rasteten nur, wenn es allzu dunkel wurde. Der Fluss wurde schmaler, dann dehnte er sich fast zu einem See aus, den sie überqueren mussten.

»Dort auf der anderen Seite mündet der Orowango. Dann ist es noch ein halber Tag«, sagte Kulu.

Gustav hörte die Aufregung in der Stimme seines Freundes. Er ahnte, was den Freund beschäftigte: Kulus Großvater war schon beim Weggang seines Enkels aus dem Dorf ein alter Mann gewesen. Und jetzt sorgte Kulu sich, ob er ihn überhaupt noch lebend antreffen würde.

Als sie das Dorf Malouku dann erreichten, hellte sich Kulus Stimmung jedoch bald auf.

Obwohl ihn die ersten Bewohner, die sie unten am Fluss antrafen, nicht wiedererkannten und sich zudem mehr für den weißen Begleiter interessierten, durchströmte Kulu sofort das beruhigende und wohlige Gefühl, wieder in seiner Heimat zu sein.

Es hatte sich fast nichts verändert. Der Dorfplatz lag fast verlassen in der Hitze der Mittagssonne, ein paar Hunde dösten im Schatten und nur ein Huhn gackerte leise vor sich hin, während es nach Getreidekörnern suchte.

Erst als eine Frau aus einer der Hütten trat und ein paar

Worte flüsterte, um dann laut kreischend zurück ins Innere zu stürzen, kam Leben in das Dorf.

»Das war die Schwester meiner Mutter«, sagte Kulu. Zu mehr kam er nicht.

In wenigen Augenblicken füllte sich der gesamte Dorfplatz mit Menschen, die Gustav und Kulu umringten. Anfangs versuchte Kulu noch, Gustav darüber aufzuklären, wer ein Vetter oder ein Onkel oder eine Cousine oder in irgendeiner anderen Form mit ihm verbunden war. Doch er gab es ebenso schnell auf wie den Versuch, die vielen Fragen zu beantworten, die jeder von ihnen hatte. Wo waren sein Vater, seine Mutter und die kleine Schwester? War er jetzt ein reicher Mann?

Es dauerte eine ganze Weile, bis Kulu sich endlich zum Haus seines Großvaters durchgekämpft hatte. Es war eine schlichte Hütte, die sich kaum von denen der anderen Dorfbewohner unterschied. Nur über dem Eingang wies ein Gebilde aus Federn und gewundenen Zweigen, das wie eine Krone auf einer hölzernen Maske saß, darauf hin, dass hier eine besonders mächtige Person lebte.

Der Eingang ins Innere war mit einem purpurroten Tuch verhangen. Ein monotoner Gesang drang nach draußen. Eine Trommel wurde geschlagen, dazwischen erklangen die mal hohen, mal sehr tiefen Töne einer Flöte.

»Wir müssen warten.« Kulu gab Gustav ein Zeichen und sie hockten sich beide auf ihre Fersen – eine Haltung, an die sich Gustav in den letzten Wochen gewöhnt hatte.

Es dauerte bis zur Abenddämmerung, bis ihr Warten ein Ende hatte.

»Er befragt die Geister. Sie werden entscheiden«, sagte Kulu.

»Was werden sie entscheiden?«, fragte Gustav.

»Ob wir willkommen sind«, antwortete Kulu. Er verbesserte sich: »Ob ich willkommen bin. Für dich gilt die Gastfreundschaft, die unser Dorf jeder guten Seele gewährt. Wenn jedoch ein Mitglied der Gemeinschaft weggegangen ist, müssen die Schutzgötter befragt werden.« Bei diesen Worten zitterte seine Stimme.

Kulu befürchtete, dass sein Großvater ihn wegschicken würde, und er spürte, dass Gustav es wusste. Nach einiger Zeit verstummte die Musik.

Gustav bewegte die Zehen. Langsam wurde ihm die Sitzposition doch unbequem. Aber da trat ein junger Mann aus der Hütte. Ohne ein Wort zu sagen, ging er fort und kehrte mit einem geflochtenen Korb, der von einem Deckel verschlossen wurde, zurück. Der Blick des jungen Mannes war unruhig, aber Kulu atmete erleichtert auf. »Erinnerst du dich an das Haus mit den Schlangen?«, fragte er.

Gustav nickte. Daran erinnerte er sich nur zu gut. Die Biester hatten ihm gehörigen Respekt eingeflößt. Dass sie so etwas wie Heilige gewesen waren, konnte er noch immer nicht verstehen. Nachdem der junge Mann den Korb in die Hütte getragen hatte, lüpfte er den roten Vorhang und winkte Kulu und Gustav herbei.

Mit vorsichtigen Schritten näherte sich Kulu dem Eingang. Als er bemerkte, dass Gustav zögerte, winkte er seinen Freund herbei. Kulus Lächeln war gelassen, sodass auch von Gustav augenblicklich die Spannung abfiel.

Das Innere der Hütte war in das schummrige Licht zweier kleiner Feuerstellen getaucht. Ein sehr alter Mann mit kurzen grauen Haaren saß dazwischen, vor ihm stand der geöffnete Korb, der kurz zuvor hineingetragen worden war. Er deutete auf zwei ihm gegenüberliegende Matten. Kulu und Gustav nahmen Platz.

Der junge Mann reichte Kulu eine tönerne Schüssel. Kulu trank einen Schluck und gab sie weiter an Gustav. Die zähe Flüssigkeit schmeckte süß. Der alte Mann, der Kulus Großvater sein musste, wies den jüngeren hinaus.

Ruhig blickte er Kulu in die Augen. Kulu nickte und der Großvater begann zu erzählen. Kulu bemühte sich, die Worte leise flüsternd für Gustav zu übersetzen: »Ich erzähle euch die Geschichte der großen Schlange und des Bogenschützens«, sagte der Großvater. »Wer der Schwarzen Mamba einmal ins Maul geschaut hat, weiß, warum die Schlange ihren Namen trägt. Kurz darauf ist er jedoch tot, das ist so gut wie sicher.«

Aus dem Korb ertönte ein Rascheln, dann ein Zischeln. Gustav sah, wie sich das Haupt einer Schlange erhob. Er hielt den Atem an. Der alte Mann störte sich nicht daran, als das Reptil sich langsam aus dem Korb schlängelte und in einer der dunklen Ecken verschwand, die der Lichtschein der Feuerstellen nicht erreichte. Die Worte des Großvaters in den fremdartigen Lauten und Kulus Übersetzung verwoben sich ineinander: »Die Schwarze Mamba liebt die Büsche und Wälder in der Nähe von Gewässern. Die Schlange ist scheu, niemals würde sie einfach zum Vergnügen angreifen ...«

Verstohlen drehte Gustav den Kopf zu seinem Freund. Die Spur einer Träne glitzerte auf Kulus Wange. Es war eine Freudenträne, da war Gustav sich sicher.

Kulu war endlich zu Hause.

Und er selbst hatte vielleicht eine neue Familie gefunden.

Ende

Nachwort

Die Geschichte von Kulu und Gustav ist frei erfunden, die beiden existieren nur in unserer Fantasie. Aber wir können einiges aus ihrer Geschichte lernen, denn ihre Lebensumstände sind keineswegs ausgedacht: Zwischen dem späten 19. und frühen 20. Jahrhundert wurden als »fremd« empfundene Menschen aus aller Welt in Völkerschauen, Kolonialausstellungen, zoologischen Gärten, Varietés und Theatern als Attraktionen für ein weißes Publikum ausgestellt: Es war die Blütezeit der sogenannten »Menschenzoos« in Europa. Eins der wohl bis heute bekanntesten Beispiele ist der Tierpark Hagenbeck in Hamburg. Wenn du ihn einmal besuchst, denk daran: In dem Gehege, wo heute die Elefanten wohnen, wurden über viele Jahre Menschen ausgestellt.

Diese Darbietungen wurden von vielen Millionen Menschen besucht. Sie prägten das Bild der Europäerinnen und Europäer von Menschen aus anderen Kulturen und beeinflussen heute noch, wie wir andere Kontinente bewerten und sehen. Die »Menschenzoos« hatten ein Ziel: Sie sollten einen Beweis dafür liefern, dass indigene Menschen aus Afrika, Nord- und Südamerika oder Asien weniger entwickelt und weniger wert seien als weiße Menschen in Europa. Dafür wurden die Menschen gezwungen, sich als Kannibalen auszugeben, ausgedachte Rituale durchzuführen oder nackt ums Feuer zu tanzen. Sie lebten oft unter unwürdigen Bedingungen. Es ging nicht darum, ob die Menschen in ihren Heimatländern wirklich so lebten wie in den Völkerschauen, sondern darum, sie so darzustellen, wie die Europäer und Europäerinnen sie ohnehin schon sehen wollten: Als »unzivilisierte Wilde«. Aber warum eigentlich?

Um das zu verstehen, müssen wir ein neues Wort kennenlernen. Ein Wort, das uns auf Kulus und Gustavs Reisen zwar immer wieder am Rande über den Weg läuft, das wir aber nie wirklich zu fassen kriegen: Kolonialismus.

Die Geschichte dieses Wortes beginnt vor ungefähr 500 Jahren: Brutale und selbstsüchtige Männer aus Europa unternahmen im Auftrag ihrer Könige und Königinnen weite Reisen in andere Teile der Erde – nach Amerika, nach Asien und Afrika. Auch heute noch werden diese Männer gerne als »Entdecker« bezeichnet – dabei haben sie gar nichts entdeckt, man wusste in Europa nur nichts von diesen Kontinenten: Denn wie kann etwas »entdeckt« werden, das es schon gibt? Die Gebiete und die Menschen, die in ihnen seit Jahrhunderten lebten und starben, existierten schon lange, lange Zeit, bevor die ersten Europäer einen Fuß in sie setzten.

Auch im Kongo tauchten solche Männer auf. Sie kamen aus Portugal und wurden vom Seefahrer Capitão Diogo Cão angeführt, der im Jahr 1482 im heutigen Ghana, an der Westküste Afrikas, frisches Wasser und Proviant aufgenommen hatte, um weiter gen Süden über das Kap Santa Katharina hinaus zu segeln, und schließlich als erster Europäer die Mündung des Kongo erreichte. Jener Diogo Cão ahnte noch nicht, dass dieser Fluss einem mächtigen und reichen Königtum den Namen gab, das sich weit ins Landesinnere erstreckt – wie auch, denn wenn man ehrlich ist, hatte er wenig Ortskenntnisse. Er glaubte nämlich, dass er über den Kongo zur arabischen Halbinsel und dann weiter bis nach Indien segeln konnte. Viele dieser europäischen Seefahrer stießen eher zufällig auf die Orte, für deren »Entdeckung« sie bekannt wurden: Du hast doch bestimmt schon mal von Christopher Kolumbus gehört, oder? Als dieser in Nordamerika ankam, dachte er, er wäre in Indien, da wollte er nämlich eigentlich hin – genau wie Diogo Cão. Die Eindringlinge brachten seltsame, jedoch auch aufregende Güter mit: gewobene Tücher in tiefem Rot oder blau wie das Meer, glitzernde Perlen und Kopfbedeckungen, wie sie die Menschen am Kongo noch nie gesehen hatten. Anfangs schien es so, als wollten die Fremden nur Handel treiben: Elfenbein aus den Stoßzähnen der Elefanten war ihnen besonders viel wert, Gold, Zucker und Pfeffer. Schon bald aber erwies sich, dass dieser gewaltige und scheinbar bis ans Ende der Welt reichende Dschungel, der sich nördlich und südlich des mächtigen Stroms vom äußersten Westen Afrikas bis fast hinüber in den Osten zog, einen ganz anderen Schatz für die weißen Männer und ihre Könige in fernen Gegenden weit hinter dem Ozean barg: Sklaven.

Die Portugiesen waren zwar die ersten Europäer, die mit dem Handel von Sklaven begannen, aber sie blieben nicht die Einzigen. Die Engländer, die Franzosen, die Niederländer, die Spanier, die Dänen, ja, auch die Deutschen, und im Laufe der Jahre später vor allem die US-Amerikaner verdienten sich eine goldene Nase mit dem Handel von Menschen. Afrikaner und Afrikanerinnen vom ganzen Kontinent wurden verschleppt, an die

Küsten gebracht und dort an die verschiedenen Sklavenhändler verkauft. Die Eroberer sperrten die geraubten Frauen, Männer und Kinder in die Dunkelheit der Laderäume ihrer Segelschiffe. Falls ihnen unterwegs nicht Hunger oder Krankheiten das Lebenslicht ausbliesen, erblickten sie die Sonne erst wieder, wenn sie auf der anderen Seite des Ozeans an Land getrieben wurden wie Vieh. Sie wurden nach Nord- und Südamerika, vor allem in die USA und Brasilien, oder auf karibische Inseln, nach Jamaika oder Haiti, gebracht und mussten dort auf Zuckerrohr- oder Baumwoll-Plantagen bis zur Erschöpfung schuften, immer der Willkür und den Peitschen ihrer Besitzer ausgesetzt.

Länder wie England, Portugal oder Frankreich hatten nämlich sogenannte Kolonien in diesen Gebieten errichtet, indem sie diese unter ihre Kontrolle brachten – oft mit Gewalt und indem sie die Bevölkerung vor Ort töteten. Die einheimische Natur beuteten sie zu eigenen Zwecken aus. Damit die Menschen in Europa möglichst reich werden konnten, brauchte es billige Arbeitskräfte – da kamen Sklaven gerade gelegen, denn sie arbeiteten umsonst, bis sie tot umfielen. Sie hatten keine Wahl. Ein Großteil des Reichtums, den wir heute um uns herum in Europa und in den USA sehen, hat hier seinen Ursprung und ist auf dem Rücken von schätzungsweise 12 Millionen versklavten Menschen aus Afrika entstanden.

Nun wird kein Mensch auf dieser Welt als Sklave geboren. Er wird dazu gemacht. Mit roher Gewalt nimmt ihm der Sklavenhalter das Wichtigste: das Menschsein. Denn wenn ein Mensch jemand anderen zu seinem Besitz erklärt, wird aus dem anderen eine Sache, ein Ding, ein Gegenstand, über den er frei verfügen kann, bis zu dem Punkt, dass er dieses Ding vernichtet, wenn er seiner überdrüssig wird. Er nimmt ihm die Seele und alles Seelenlose in seinem Besitz kann er beliebig nutzen, es verbrauchen, es beschädigen und es zerstören, um es schließlich auf den Müllhaufen zu werfen. Es fällt leichter, Menschen zu versklaven und sie bis zum Tode auszubeuten, wenn man sie als etwas Minderwertiges sieht, als Gegenstand, mehr als Tier denn als Mensch, als Bestien, als weniger entwickelt, als unterlegen und von Natur aus dafür geboren, um weißen Menschen zu dienen: In Europa galten Menschen aus Afrika eben als »unzivilisierte Wilde«.

Ungefähr 80 Jahre bevor die Geschichte von Kulu und Gustav beginnt, war die Sklaverei nach fast vier Jahrhunderten Existenz abgeschafft worden, doch in der Zwischenzeit war viel passiert und diese bestimmte Vorstellung von Menschen aus Afrika hatte sich nicht nur gehalten, sondern weiterentwickelt. Immer mehr und mehr europäische Nationen breiteten sich immer weiter und tiefer auf dem afrikanischen Kontinent aus. Es kamen immer mehr Schiffe, europäische Festungen wurden zu Städten, Handelsstationen sprossen aus dem Boden, Europäer und Europäerinnen kamen, um zu bleiben, und bauten Siedlungen, Missionare aller Kirchen machten sich auf den Weg, um das Wort ihres Gottes zu verbreiten und die afrikanischen Gesellschaften von ihrer Verehrung der Naturgeister und Fetische abzubringen. Alles diente nur einem Ziel: die Schätze Afrikas und deren Bewohner ausbeuten zu können – ohne etwas dafür zu bezahlen. Hier kam die Idee von »unzivilisierten Wilden« gerade recht: Der Kolonialismus wurde damit gerechtfertigt, dass die weißen und dadurch automatisch zivilisierten Kolonialherren von Natur aus dazu bestimmt seien, den »unzivilisierten Wilden« bei ihrer Entwicklung zu helfen – Europa diente als Vorbild und die Afrikaner und Afrikanerinnen müssten eben versuchen, so zu werden wie weiße Menschen. Da die weißen Menschen in Europa selbst am besten wussten, wie man so werden konnte wie sie, übernahmen sie so etwas wie eine Vormundschaft und gaben den Menschen in Afrika mit Hilfe von Gewalt, Zerstörung und Gesetzen vor, wie sie sich zu verhalten hätten – angeblich nur zu ihrem Besten. Dabei verfolgten sie nur ihre eigenen Interessen und interessierten sich gar nicht für die Menschen. Du kannst dir das vereinfacht vorstellen wie einen großen Bruder, der nach außen so tut, als würde er nur dein Bestes wollen, dich aber hinter deinem Rücken beklaut, schlägt, wenn niemand hinschaut, und nur ausnutzt.

Gerade im Kongo war es besonders schlimm: In den neuen Kautschukpflanzungen und in den Minen zur Ausbeutung von Bodenschätzen schufteten die afrikanischen Arbeiter und Arbeiterinnen für wenig mehr als nichts. Wer nicht gehorchte, dem drohten schlimmste Strafen. Für kleinste Vergehen wurden Hände abgeschlagen, als warnendes Zeichen für die anderen. Ein Menschenleben war schnell verwirkt. Zum Ende des 19. Jahrhunderts war ein großer Teil des Kongo privater Besitz des belgischen Königs Leopold II. Schätzungen gehen davon aus, dass weit über zehn Millionen kongolesische Menschen in dieser Zeit durch Tötungen, Krankheiten und Hunger ihr Leben ließen. Der Kongo ist nur ein Beispiel, aber wohin man auf dem afrikanischen Kontinent blickt, findet man Spuren ähnlicher Verbrechen – nur die Nationalität der europäischen Täter und Täterinnen wechselt dabei.

Der Kolonialismus hat Narben hinterlassen und Überbleibsel in unserem Denken. Die »Menschenzoos« sind dafür ein gutes Beispiel, denn sie haben bis heute eine Wirkung auf jeden von uns: In dieser Idee von minderwertigen, »unzivilisierten Wilden«, in dieser Art, Menschen auszustellen, wurzelt viel vom heutigen Rassismus. Natürlich darf in Deutschland niemand mehr aufgrund seiner Hautfarbe oder Herkunft versklavt oder ausgebeutet werden, denn das Grundgesetz sagt, dass wir eigentlich alle gleich sind. Eigentlich. In der Realität ist es leider trotzdem so, dass Menschen aufgrund ihres Aussehens benachteiligt werden, wenn auch auf eine andere Art und Weise als noch vor ein paar Hundert Jahren. Wenn ein schwarzer Fußballspieler von den gegnerischen Fans mit Bananen beworfen wird und bei jedem seiner Ballkontakte Affengeräusche durchs Stadion erschallen; wenn Lehrerinnen und Lehrer die Klassenarbeiten von schwarzen Kindern schlechter bewerten, obwohl sie genauso gut sind wie die ihrer Mitschüler und Mitschülerinnen; wenn schwarzen Menschen nicht zugetraut wird, dass sie so gut Deutsch sprechen können wie du, dann beweist das eines: All diese grausamen Vorstellungen von schwarzen Menschen, denen auch Kulu und Gustav auf ihrer Reise immer wieder begegnen, sind bis heute tief im kulturellen Erbe weißer Gesellschaften verankert. Die »Menschenzoos« gibt es zwar schon lange nicht mehr, aber schwarze Menschen müssen sich trotzdem bis heute damit herumschlagen, dass weiße Menschen sie zu exotischen Wesen herabwürdigen, die man anfassen darf wie Schauobjekte: Ich weiß nicht, wie viele unzählige Male ich mich in meinem Leben weißer Menschen erwehren musste, die ungefragt einfach so in meine Haare fassten. Einfach nur weil sie wissen wollten, wie sich mein Afro wohl anfühlt. Auf die Idee nachzufragen, ob es für mich in Ordnung sei, dass wildfremde Menschen meine persönlichen Grenzen überschritten, kamen sie dabei nie.

Rassismus existiert also weiter. Genau deswegen ist es so wichtig, dass wir Geschichten wie die von Kulu und Gustav erzählen, denn wir können viel daraus lernen. Um gegen Ungerechtigkeit und Rassismus im Hier und Jetzt ankämpfen zu können, müssen wir verstehen, wo deren Ursprung liegt. Geschichten können uns dabei helfen, einander besser zu verstehen, Vorurteile hinter uns zu lassen und uns auf Augenhöhe zu begegnen. Kulu und Gustav werden nach einer langen und beschwerlichen Reise am Ende zu Brüdern – lasst uns sie zum Vorbild nehmen und gemeinsam eine gerechtere Welt gestalten. Das wird nicht einfach werden, denn die erlernten Bilder in unseren Köpfen sitzen tief. Doch wenn Gustav es gelingt, sie nicht nur loszuwerden, sondern neue Bilder zu erschaffen, dann können wir das schon lange:

»Er schämte sich ein wenig. Beim Anblick der Speere hatte er schon wieder die düstersten Gedanken gehabt, was diese Männer wohl angestellt hatten. Obwohl er nun schon so viele schwarze Menschen gesehen und in einem von ihnen seinen Freund und Bruder gefunden hatte, beschlichen ihn immer wieder solche dummen Gedanken. Jetzt nahm er sich vor, sich in Zukunft nie wieder von den Schauermärchen, die er von den wilden schwarzen Männern gehört und gelesen hatte, beeindrucken zu lassen, sondern stattdessen seinen eigenen Augen und Ohren zu trauen.«

Demba Sanoh, Berlin – Februar 2023

Demba Sanoh ist Historiker, Diversity-Trainer, freier Autor und Speaker. Er arbeitet vorrangig zu seinen Themenschwerpunkten Rassismus und Kolonialismus. In seiner Funktion als Mitgründer von SAME BUT DIFFERENT schult er Unternehmen und Institutionen in der Kulturbranche zu Themen wie Diversität und Diskriminierungssensibilität.

Dank

Ich danke meiner Lektorin Katrin Weller, die mich mit Rat und Kritik in diesem Projekt begleitet hat. Demba Sanoh hat mit seinem kritischen Blick auf das Manuskript maßgeblich dazu beigetragen, dass ich mich sicher darin fühlen konnte, nicht ungewollt die Fehler zu machen, die alten Rassismus in neuen fortschreiben. Allen im Verlag danke ich, dass sie so lange Geduld bewiesen haben. Verzeiht mir, dass der Erscheinungstermin verschoben werden musste! Großer Dank gilt dem Jungen Literaturhaus Köln, das die Arbeit am Manuskript mit dem Kölner Kinder- und Jugendbuchstipendium aus Mitteln der Stadt Köln und der Imhoff-Stiftung unterstützt hat.

Frank Maria Reifenberg,
Köln im Juli 2023

Walter Hansen
Der Detektiv von Paris
Das abenteuerliche Leben des François Vidocq

288 Seiten
Broschur
ISBN 978-3-7641-2006-1

Ab 12 Jahren

ebook

Ein Leben, wie es spannender nicht sein könnte!

Paris 1809: Der junge François Vidocq ist ein ganz besonderer Sträfling. Fünfundzwanzigmal ist er schon aus dem Gefängnis ausgebrochen. Und noch ein 26. Mal gelingt ihm die Flucht – diesmal mithilfe der Polizei. Denn er wechselt unverfroren die Seiten: Mit seinen völlig neuen Methoden und Denkweisen verhilft er der Pariser Polizei endlich erfolgreich gegen die Unterwelt zu ermitteln und revolutioniert so letztendlich die Polizeiarbeit auf der ganzen Welt.

Die bemerkenswerte Geschichte des wahren Sherlock Holmes – ein spannendes Abenteuer im napoleonischen Frankreich

www.ueberreuter.de
Folgt uns bei Facebook & Instagram

Andreas Brettschneider
Auch junge Leoparden haben Flecken

192 Seiten
Steifbroschur
ISBN 978-3-7641-7121-6

Ab 12 Jahren

ebook

Ein ergreifender Abenteuerroman über die Piraterie an der Küste Somalias

Der 15-jährige Geedi hat eine ganz besondere Bindung zu seinem großen Bruder Aayan – bis er plötzlich aus Hafun verschwindet, um sich den somalischen Piraten anzuschließen. Geedi bleibt fassungslos zurück, eine seltsame Vorahnung sagt ihm aber, dass sein Bruder zurückkommen wird. Und tatsächlich: Eines Tages ist Aayan wieder da. Er hat sich jedoch sehr verändert. Als er sofort wieder abreisen muss, beschließt Geedi, ihm heimlich zu folgen und herauszufinden, was es wirklich bedeutet, ein Pirat zu sein ...

www.ueberreuter.de
Folgt uns bei Facebook & Instagram

Atlantischer Ozean
Europ
Afrika
Mittelmeer
Rhein
Elbe
Donau
Kong
Äquator
1
3
4
5
6
7
8
9
10
11
12
13
14
15